危機を生きる言葉

２０１０年代現代詩クロニクル

野村喜和夫

思潮社

危機を生きる言葉

２０１０年代現代詩クロニクル

目次

イントロダクション——二〇一九年の時点から

Chronicle

クロニクル2011

クロニクル2012

クロニクル2013

クロニクル２０１４

クロニクル２０１５

クロニクル２０１６

クロニクル２０１７

クロニクル２０１８

Poets

装幀＝中島浩

危機を生きる言葉

2010年代現代詩クロニクル

イントロダクション

——二〇一九年の時点から

0　前提

発生への情動。「詩の死」が語られて久しいいま、その仮死の空間を、なんとか詩の行為のあらたな発生論的トポスに転化せしめようという企図。

＊

いきなりこのイントロダクションの趣旨をみずから裏切るようないい方になるが、状況論的な展望や詩史的な回顧というものには、本来あまり食指が動かない。というのも、私は詩に、詩バカといわれるぐらい無条件に手放しで没入していて、あとさきのことはほとんど何もみえていないからだ。仮にみえたとしても、同時に悲観的なバイアスがかかってもいて、詩には個人レベルであれ時代レベルであれ、進化も進展もないと考えている。あるのは変化だけ、いやその変化すらも、そのつど一回かぎりの醇乎とした詩作の時間に解消されうる。

＊

（補記）二〇一〇年代においてもしかり。もちろん、その逆、詩は衰退したとか退歩したとかという見方にも簡単には与することができない。多少の消長、あるいは時代的な制約というのは、たとえばシュルレアリスムを経なければ詩の書き方は更新されなかったであろうとか、昔は手書きで書いていたので書く手つまり身体性をじかに感じることができていたであろうとか、その程度にはあるだろうが、詩は基本的に、いつも無限に豊かで、かつまた、無限に貧しい。

1　「世界」の変遷

詩の耐え抜きと詩の権能のはざまで、眠れ言葉よ。あるいは詩の空位の時代であるかもしれないいま、むしろ全体性という圧力から逃れた言葉が、その「弱い力」を解き放つ過程。われわれの現代詩はそのように始まっている。

＊

あるのは変化だけ。この確認に戻って、ひとつ思い当たるのは、「世界」という語をめぐっての、そのニュアンスの変遷である。

時代をはるかな過去に巻き戻すが、一九七〇年代から八〇年代にかけて、世界同時的に、文化全体の根底的な変容が起きて、その前と後での現代詩のステータスにも微妙な——しかし決定的な——移動を強いたということができる。文化全体の変容とは、高度に発達した資本主義がもたらした大衆社会状況の到来ということである。六〇年代にはカウンターカルチャーと呼ばれ、萌芽の状態にすぎなかった漫画やロック音楽などの若者文化は、サブ＝マス・カルチャーとして世界を制覇するにいたる。加えて、表現メディアの多様化、そこから結果する視聴覚文化の（言語文化に対する）優位、情報通信機器の発達による電子イメージの跳梁とそれがもたらすリアリティなるものの変容——。

これを要するに、知的エリートが担う文化から、匿名の「ぼく」や「わたし」が担う文化へ。文化は消費となり、エンタテインメントとなっていった。消費されるかぎりにおいて、すべては等価となってしまったのだ。使用価値よりも交換価値。そうしたなかにあって、ハイカルチャーの要素をもつ現代詩のステータスも変更を迫られる。それを象徴しているのが、詩における「世界」という語のニュアンスの変遷ではないだろうかと思われるのだ。

文化の変容以前には、「世界」とは言語あるいは詩人が対峙しうるもの、すくなくとも言語あるいは詩人と一意的な対応関係にあるものであって、詩のなかでもよく使われていたように思う。谷川俊太郎においてすら、五〇年代、六〇年代には世界という語がかなり頻繁にあらわれていたし、いわゆる思想詩、左翼的な詩だったら、たぶんもっと頻度が高くなっていたはずである。「ぼくが真実を口にするとほとんど全世界を凍らせるだらう」（吉本隆明）。いずれにしても、詩は「世界」と釣り合うものであって、その等価性を、表現論のレベルでいえば、隠喩なるものが文字通り表象＝代行していたのだった。

その後、モダンからポストモダンへという移行期になると、一時的に「世界」という語はあまり使われなくなったように思われる。もはや詩人が対峙すべきものとしての、そして革命なら革命へと止揚されるべき「世界」は消えつつあったからだ。私個人のこととしていえば、そのような時代の空気のなかで詩を書き始めたので、自分の詩作や詩論で「世界」という言葉を使うことにはなんとなくブロックがかかってしまったように記憶している。それがちょうど詩のポストモダンの実践期にあたっていたわけで、立場はちがうが、荒川洋治が「世間」という言葉を持ち出したのも、そういうブロックと多少関係しているのかもしれない。

ところが、奇妙なことに、文化の変容がほぼ地上を覆い尽くした九〇年代に入って、またこの語が使われるようになった。そんな気がする。ただし、その内実はかなり様変わりしたものとなって。以前の「世界」は、理念としての、全体性としての「世界」であり、誰もが共有しうる普遍的な了解事項を含むものであった。モダンなるものを議論するときの常套句を使えば、「大文字」の「世界」といってもいいかもしれない。それに対して、復活した「世界」は、ずいぶんとちっぽけで、ただ主体を取り囲む環境としての、主体それぞれにちがう、あるいは主体が作り出したものにすぎない、モナドの窓のような、あるいは環界のような「世界」であって、しかしながら、隠喩によっては容易に「表象＝代行」されえない、ある種の複雑さも含んでいるというような――。

以上の観測から、何がいえるか。ひとつのエピソードが語られている。いわゆる二〇〇〇年代詩、思潮社が刊行した「新しい詩人」シリーズの詩人たちの詩、それらを評して吉本隆明が「無」だと述べたのは、あれはいつのことだったであろうか。しかし、私はそれほど否定的にみていない。モナドの窓を通して、内在性の異貌ともいうべき言語的小怪物がうごめいているのがみえる。それはそれで、悦ばしき多数多様性であろうと思われるのだ。

さらに年少の、たとえば「高校生詩人」と呼ばれた頃の文月悠光や「マーケッティング詩人」――これは私の命名だが――最果タヒの作品などをみても、むしろ詩はそのいわば誕生以前へと戻って、みずからの権能をふたたび一から確かめているようなところがあって、そのひたむきさには、やはり虚を衝かれたような新鮮な驚きがある。

文月作品を思い出すなら、テーマという面からみると、思春期ならではの、学校や家庭を舞台にした「私」と「世界」との生まれたての関係性が、生まれたてのままに表出されていたわけだが、それと相俟って、そうしたテーマを繰り出す言葉の群れもまた、詩へと画定される手前で未分化にうごめき、複層的にたわむれていた。それが新鮮だったのだ。通常の詩ならばメタファーとして固まってしまうような表現が、ここでは瞬時に描写の次元に横滑りしたりもする。たとえば「金魚」というイメージ、それはあきらかに経血のメタファーではあるのだが、同時にしかし、アニミズム的に、金魚それ自体の具体性のうちに捉えられてもいた。

＊

（補記）渡辺玄英やさらに若い岡本啓にいたっては、サブカルチャーからの照り返しもあるのだろう、「世界」は「セカイ」もしくは「せかい」と表記され、軽量化されてしまっている。というか、「世界」は「ぼく」や「きみ」のそれぞれの「セカイ」もしくは「せかい」に砕け散って、乱反射しているというふうなのだ。

2 詩の散文化と換喩の問題

詩に固有の領土などないのだ、とひとまず仮定してしまうとどうなるか。詩は、もはや分有によってしか煌めかないか細い線となって表象の地勢学のうえを浮遊し始めるだろう。〈他〉との結合あるのみの、むきだしで純粋な欲望の線だ。

＊

隠喩は名づけえないものの転記であり、転記された文字性において還元不可能である。

＊

ここ数十年の文化の変容と「世界」の意味の変遷を辿るなかで、現代詩における何かしら宿命のようなものも、うっすらと浮かび上がってくるような気がする。ひとことでいえばそれは、散文化ということになろうか。かつて詩を繋ぎ止めていたもの、全ての詩に通底していたエピステーメーのようなもの、それもひとことでいえば、メタファー（広い意味での）への信ということになるだろうが、そうした根拠から詩が解き放たれて、てんでにさまよい出したという印象がある。そう、詩のオデュッセイア。

その場合、多くの書き手は散文化というべつの岸をめざしたように思われるのである。人々の言語リテラシーがもはやメタファーを解さないまでに劣化したということもあるかもしれないし、そのなかで詩がなんとか生き延びをはかろうとしたということなのかもしれない。

詩の散文化は、昔からあった行分け身辺雑記風でなければ、おおむね、ナラティブつまり説話論的構成の導入という方向をとる。お話風ということだ。韻文で物語を語るというのは、もちろん昔は叙事詩や譚詩というかたちでふつうに行なわれていたわけだが、近代以降それらは小説に進化し、詩で物語を語るというのはある種の語義矛盾となった。それを踏まえたうえで、あえて方法的実験的にナラティブを取り入れた戦後現代詩の例として、ただちに入沢康夫の「擬物語詩」が思い浮かぶ。そこには、物語もどきを実践することによってかえって物語なるものを異化効果あるいは脱構築にさらすという構造があったが、近年の物語風な詩を書く若い詩人たちにそのような企みは希薄であろう。むしろ無媒介的に、時代の空気としてごく自然に、彼ら彼女たちはナラティブに向かうようである。そのとき、言葉はいきおい、自体価値的なものというより、対象指示性のつよいものとなる。

詩の散文化は、したがってそれを表現論的にいえば、換喩の優位として捉えられる。近年、ひとつの刺激的なポレミックがあらわれた。阿部嘉昭の『換喩詩学』がそれである。

阿部は、たとえば石原吉郎の詩の書き方をとりあげ、「石原の詩作の動力は換喩だというしかない」としているが、そうした場合、換喩というレトリックの用語をかなり拡張的に使用しているので、つまり「換喩のもうひとつの機能、「全体」に対して意味形成を負わないという、換喩単位＝部分の「虚無性」への視角」とか、「部分性の桎梏に鎖されながら、しかもそれ自体が伸びようとする換喩の力能」というようないい方――なるほど批評を運ぶ言葉としてはスリリングだが――をするので、そういう視点からみれば、石原の非‐意味形成的なメタファーの組成も換喩的ということになってしまう。

本来、換喩は世界原理によるものであり、つまり見たままを言うような、散文的で目立たない徴である。対象指示性そのものだ。換喩「赤頭巾ちゃん」は女の子がたんに赤頭巾をかぶっているのが見えたからこそそのように綽名されたのであって、これに対してメタファー（通常「隠喩」もしくは「暗喩」と訳されるわけだが、「隠」も「暗」もよろしくない語感なので、ここでは「意味の移動」という原義を活かすため「メタファー」のまま使ってみる）は、言語原理、つまり言葉の力によって――夢見るように――異質なもの同士を結合しようとする。メタファー「白雪姫」においては、何はともあれ言葉のうえで、悦ばしくも雪と姫という異質なもの同士が結びつけられているのである。あのいにしえのアリストテレスでさえ、メタファーの創成には才能つまり想像力が必要だと認識していたゆえんである。

このような詩学の根本的問題をべつにすれば、詩の現在への阿部の批評的観測はほとんど正しい。詩の散文化という現象を鋭く精妙に分析し得ているといえる。しかし、詩のオデュッセイアにとって、換喩は暫定的な岸辺のひとつにすぎない。換喩が詩のあたらしさに寄与できるのは、あくまでもメタファーとの関係においてであって、換喩がたんに換喩として働き出すならば、詩から詩性はどんどん蒸発していってしまい、最後にはただの散文でしかなくなるだろう。詩がメタファーを離れるというのは、つまり語義矛盾であり、それこそほとんど自殺行為にも等しく、いずれはメタファーの岸に——そこがまた変容の波に洗われていることを、つまりもはやマラルメ以来の詩的言語至上主義では対応しきれないことも認識しつつ——帰還しなければならないという宿命を負っていることも、オデュッセウスたるもの、うすうす感づいていなければならないのである。

それゆえ広瀬大志のように、「詩はメタファーだ」と、換喩の優位＝詩の散文化への異議を叫び、また野沢啓のように、言葉の本質的な隠喩性を根拠に「換喩の詩学」を批判する者もあらわれてくる。彼らのリアクションは当然といえば当然であり、いわば、魔女キルケ（＝換喩）に繋ぎ止められているオデュッセウスが、帰還を信じて待っている貞淑な妃ペネロペ（＝メタファー）をなつかしく思い出しているのだ。詩とは、一方で深さへのノスタルジー（＝メタファー）であり、他方で、その深さからの無限の逃走線（＝換喩）への憧れである。

（補記）このような問題は、結局のところ、ヤーコブソンの簡潔にして美しい定式、「詩においては、メタファーはいくぶんか換喩であり、また換喩はいくぶんかメタファーである」という事情に帰着するのではないだろうか。この定式の及ぶ範囲は詩の歴史全体にも拡張されうるだろう。メタファーが支配的なコードとして詩的発話の伸びを摘んでしまう時代には、脱隠喩的な方向性つまり換喩がもとめられるのであり、逆に今日のように詩があまりにも散文化してしまった時代には、あらたな凝集の潜勢力として隠喩の復権がもとめられるのである。ちょうどビッグバンから始まった宇宙が、膨張の一途をたどりついに拡散しきったところで、今度は逆にビッグクランチのほうに転じる(という説があるらしい)ように。

3 未来から到来する言語――詩とカタストロフィー(1)

「まだ」と「もう」のあわいをさまよいながら、あらゆる詩作に基底的な〈いま=ここ〉という絶対的な余白への絶えざる不可能な回帰のうちに、さらにあえかなゆらぎや打ち返しをみせてゆく――それがとりあえずの、だがかけがえのない詩の行為だ。

*

繰り返すが、そのつど一回かぎりの醇乎とした詩作の時間、およびその結果としての一個の作品とその享受という営為――その外部に何があるのかを私は知らない。なぜなら、その営為にこそ圧倒的な〈外〉が書き込まれているであろうからである。こういう状況だからこういう詩が書かれている、書かれるだろう、書かれるべきだ、というような筋道は、すくなくとも私の思考にはない。こういう詩が書かれているから、おそらく外部はこういうことになっているだろう、ということがかろうじて言えるだけだ。

というのも、またべつの観点からすれば、詩は未来から到来するからである。あれはいつだったか、夜霧の出た圏央道から一般道に降り、木立のなかをアウトレットモールのほうへ、少しほっとして放送大学のラジオ放送をかけると、ちょうど「世界の名作を読む」とかいう講義の始まるところで、講師はロシア文学者の沼野充義氏であった。氏はやがてロシアの亡命詩人ブロツキーを紹介し始めた。そしてこう述べたのである。ブロツキーは言っています、詩は私が書くのではありません、未来の言語が私の手に到来して書くのです。そうか、と私は思わずハンドルを叩きそうになった。あらゆるテクストは先行するテクストの書き換えである、という文学的事象の、これは見事な倒立像ではないか。あらゆるテクストは未来のテクストの先取りである。生来のずぼらゆえ、ブロツキーのこの発言の正確な出典などを調べるにはいたっていないが、それでもそのとき、未来の言語が私に到来して詩を書かせるという発想は、まぎれもなく啓示のように私にはたらいて、以後それは、闇を照らし出す車のヘッドライトのイメージと重なるのである。

二〇一〇年代の詩とそれ以前の詩とのあいだに懸隔があるとすれば、もちろんそれは、ベテラン中堅新人の如何にかかわらず、3・11のカタストロフィーの介在をおいてほかにないが、つまり二〇一〇年代の詩は、二〇一一年三月十一日という日付を起点として始まったとするほかないが、このカタストロフィーは、誤解を恐れずに言えば、まさにいま述べた未来が現在となってしまった巨大な時間錯誤の瞬間として捉えることができる。

本書「*Chronicle*」の章でリアルタイムに追跡した『詩の礫』の和合亮一から、ついに言及できなかった『怪物君』の吉増剛造にいたるまで、前者における大衆との癒合や後者におけるシャーマン的逸脱はあるにしても、この巨大な時間錯誤を生きたというリアリティーは打ち消しようがない。

＊

（補記1）二〇一二年に刊行されたアンソロジー『現代詩花椿賞30回記念アンソロジー』の第一部には歴代受賞者の書き下ろし作品が収められているが、それらを読んで印象深いのは、その多くのページに3・11のあの災厄をくぐったことが、濃く薄く確かめられるということである。未曾有の危機に横断されながら、翻弄されながら、それでも危機をみずからの生の本質的な分け前と感じ取ってふるえている詩の身体は、だからこそ、その究極において美しいというほかあるまい。

（補記2）もちろん時間錯誤は過去からも到来する。現在とは、未来へと折り返された過去にほかならない。その一例として以下に、二〇一六年に書評として書いた「黒田喜夫詩文撰『燃えるキリン』刊行に寄せて」という小文（「週刊読書人」三一三〇号）を掲出する。

かつて、黒田喜夫という詩人が存在した。東北地方の貧しい農村から京浜の工業地帯へと社会の辺縁を移動しながら、一九五〇年代から七〇年代にかけて、その独特の幻想的リアリズムの手法によって、革命の夢と荒廃した現実とのめくるめく交錯を比類のない詩的空間に書き留めたのち、ベルリンの壁やソ連邦の崩壊をみることなく世を去った。

没後三十有余年。本書は、刊行が予定されている『黒田喜夫全集』に先立ち、そのエッセンスともいうべき詩と散文を選んで編まれたアンソロジーである。第一部には代表作「毒虫飼育」をはじめとする詩二十九篇を、第二部には「死にいたる飢餓」ほかの散文十一篇を収める。巻末には、解説として、鵜飼哲による力作評論「黒田喜夫の動物誌――「辺境のエロス」をめぐって」が付されている。そして、田中千智の挿画と宗利淳一の装幀が鮮やかだ。それはまるで、忘却ののちの詩人の甦りを、あらかじめ書物という物質的な支持体のほうから告げているかのようである。

いまなぜ黒田喜夫なのか。挟み込まれた鵜飼哲の『全集』推薦文によれば、「ひとつの時代がひとりの詩人を葬り去ろうとする衝動が、黒田喜夫没後三十年間の日本ほど、強烈だったことがかつてあっただろうか？　戦後詩の極北を指し示した彼の著書は、この時期ただの一冊も再刊されなかったのである。」

ところが、「新自由主義による社会的紐帯の解体とともに資本主義の高度化という幻想が潰え去り、福島第一原発事故とともに〈村〉の破壊が大地の死と同義であることがあらわになり、沖縄での新たな基地建設強行とともに日本がふたたび戦争に向けて動き出し、「アジア的身体」の否認がむきだしのレイシズムとなって吹き荒れるいま」、黒田喜夫の詩と批評が、時代を撃つ言葉として不思議なリアリティを帯び始めているというのである。嘘だと思うなら、本書を手に取って、自身の眼で確かめられよ。

そう促されているような気がして、読んでみると、まさしく再発見されるべき何かがなまなましく立ち上がってくるかのようだ。「最後の戦後詩人」とも呼ばれる黒田喜夫が書いたのは、たしかに潰え去った革命の幻想であり、その意味では歴史的過去というほかない事象だが、鵜飼も示唆するように、そこには「抜け道」があり、そこを通っていつのまにか私たちの現在に出てしまうというふうなのである。途中、「見る限り生えつづいている稲の海の／密生した根の下の一点に／パルチザンの心の形をして深く／埋っている地中の武器を」(「地中の武器──パルチザンの日記から」)手に取って。「抜け道」はたとえば、「原点破壊」におけるすさまじい身体と性の変幻のうちに、あるいは、「毒虫飼育」や「原野へ」における、ほとんどユーモアの発現と紙一重の、驚くべき動物への生成変化の諸相のうちに求められるだろう。けだしユーモアとは、意味と非意味とが無差別に共存して言説のアナーキー状態をつくり出すところの、私たち自身にとっても有力な「地中の武器」のひとつではないだろうか。

言い換えるなら、それらの作品に読まれる夢魔的なエクリチュールは、戦後詩的なメタファーという歴史的限界を超えて、私たち自身による「抵抗」としての詩のあらまほしき姿まで、はるかに指し示しているように思われる。「燃えるキリンが欲しい」と私たちも叫んでいいのである、叫ばなければならないのである。ただし、今度は黒田の散文から引けば、「詩人とは、詩の自由と、それを自由の仮象と視る意識の矛盾する構造を呪われたように自己の内に抱き、(…)われわれの現存在の二重性、分裂の証人、それとの根源的な闘争者である」という自己批評性とともに。ともあれ、終わりが始まりとなる歴史の皮肉が、いやダイナミズムが、「最後の戦後詩人」の甦りを通して証明されることになるかもしれない。これからさき、黒田喜夫という詩人が存在するであろう。

(補記3)ふと思い出した。終わりが始まりとなる歴史のダイナミズムについて、私は二〇一五年にも、北川透を援用しつつ書いたことがあるのだ(『文藝年鑑二〇一六』)。これも掲出しておこう。

世界的な経済システムの迷妄と、この国特有の、あたかも戦争前夜を呼び込むような政治状況に加え、二〇一五年は戦後七十年ということで、詩の世界でもさまざまな過去への遡及が行なわれ、あらためて歴史的な現在を問い直そうという動きがみられた。たとえば「現代詩手帖」では、特集として七月号で「ポスト戦後詩、20年」が、八月号で「戦後70年、痛みのアーカイヴ」が組まれた。たしかなことは、現在は未来へと折り返された過去でもあり、回顧的なまなざしは、いきおい未来への展望に重なってゆくということである。未来のない閉塞感がこの時代の空気だとしても、ひっきょう詩は、私たちの手を使って、未来からの言語が書かせるものである。

それと関連してもうひとつ、『北川透現代詩論集成』(思潮社)刊行開始を記念した同誌二月号特集「北川透、詩と批評の未来へ」で、当の北川が「最後の詩人とは誰か」という巻頭エッセイを書いている。北川はそこで、「詩が読まれなくなった」云々というような情勢論をしりぞけ、いつの時代にも「最後の詩人」はいた、北村透谷然り、萩原朔太郎然り、そして「最後の詩人の要素を、その作品言語のなかに見つけることによって、最後が最初の姿であることを明らかにしようとする」のが批評の仕事だとする。まことに意味深い逆説であるといえよう。

そうした「最後の詩人」を、われわれもまた見出そうではないか。いや、どうせこのやりきれない閉塞の時代なのだ、われわれ自身が「最後の詩人」となることをめざそうではないか。

4　二〇一〇年代詩はやって来たか

詩的言語とは、何かしら境界的なトポスから生まれ出て、閾から閾へと、母語の狂気として、父なる異語を求めてさまよう言語であろう。詩的言語とはまた、無化の一瞬の光芒においてみずからを指し示す言語、「無を孕み、つぎの無の戸口でなまなましい」とまばゆい光にメッセージを託して、みずからは消えてゆく言語であろう。

＊

詩人の行為とは、詩とメタ詩とのあいだで演じられる笑劇のようなものである。

＊

こうした非展望的な展望のうえに、ひとつの問いを立ててみよう。二〇一〇年代詩はやって来たか。同じ問いを私は二〇一二年に発したことがある。その年は有力な新鋭詩人たちが相次いで詩集を刊行して、詩のヴィンテージともいうべき年であったが、それを受けて私は、「10年代詩はやって来たか」という時評的エッセイを書いたのだった（「現代詩手帖」二〇一二年十二月号）。枝葉を払って掲出すれば、ほぼ以下のようになる。各詩集への詳しい論評は「クロニクル２０１２」を参照されたい。

電子情報網の発達で、人はいつどこでも瞬時のうちに他人と通信できるようになった。いうところのＳＮＳ。その利用を称して、とくに若い人は「つながる」といい、喉の渇きを癒す一杯の水を求めるように、のべつ「つながろう」としているようだ。３・11以降、その傾向はますます強まり、ポップスの歌詞などにもふんだんに反映されているようにみえる。それを全否定するつもりはないが、人と言葉の関係はそんなに単純ではない。そこに詩の介在する余地も生じる。詩においては、むしろ孤独を深めるために言葉を発するのであり、あるいは言葉を発することがかえって孤独を深める場合もあり、人間という存在の底なき底にふれることにもなるのである。

ひとことでいうなら、それが抒情ということだ。以前は詩のスタンダードな様態をさして使い古されていたこの言葉が、このところまた特別な意味合いを帯びて浮上するようになった。中尾太一、岸田将幸ら、二〇〇〇年代に登場した一群の若い詩人たちが、一篇の詩の自立性や芸術性よりも、書く行為を通していかに主体の——おもにきわめてプライベートな次元での——情動が言語化されているかを前面に打ち出すようになって以来のことである。彼らはそうしたスタイルを抒情と呼び、しばしばそれに淫するような姿勢で詩のありかを追求してきた。

そのあとにやってきたのが、二〇一〇年代前半にあらわれた新人たちである。白鳥央堂、金子鉄夫、榎本櫻湖、望月遊馬。３・11以降において、あたかもその３・11が強いるかのような問題機制（いわく、いまこそ言葉の無力さを思い知らなければならない、あるいは逆に、いまこそ意味のある言葉を発信すべきである、などなど）にもとらわれないという意味において、最初かつ最大の詩の事件であるとさえいえるかもしれない。上に名前をあげた新鋭に、暁方ミセイや文月悠光を加えてもいいだろう。なにゆえ彼らはあらわれたのか、彼らを先行するゼロ年代詩人からわずかでもへだてる差異の事項とは何なのか、というような状況論は、繰り返すが、私の午後の脳の仕事ではない。一個の作品とその享受という営為を重ねることしか私にはできないし、その営為を通して帰納できる事柄をおいてほかに、ここに書き記すべきことはない。ひとは言葉の無力さを思い知ったからこそ（という気の利いた逆説において）詩を書くのでもないし、いまこそ意味のある言葉を発信すべきだからこそ（という能天気において）詩を書くのでもないのである。

白鳥央堂『晴れる空よりもうつくしいもの』（思潮社）。ひとことでいうなら、きわめてうつくしい、ふるえるようなアドレッセンスの表出。なによりも言葉の繰り出し方がじつに精妙かつ多彩で、七〇年代詩の微分的な抒情言語をいまに伝える雰囲気がある。そしてまたその意味では、二〇〇〇年代にあらわれた一群の過激にして繊細な抒情言語の担い手たち、中尾太一や岸田将幸や手塚敦史といった詩人たちと同根もしくは地続きであるといえるかもしれない。

いうところの抒情主体。そのステータスというものがもしあるとすれば、それは弱く繊細な言表の主体が実は強固な言表行為の主体を担保しているということである。「私は悲しい」と言うためには、「私」や「悲しい」の意味を保証する真摯で同一的な言表行為の主体が前提とされていなければならない。この二重性を称して抒情主体という。

けれども私は、そこに未来の言語の到来つまりあたらしさをみない。あたらしさはここでは、そうした抒情の空間を引き裂くメタレベルの介入が、意外にも荒々しく果たされる面に求められるのではないか。そこにはなにかしら言語を保持してしまったことへの怒りの情動のようなものが感じられる。そして詩集最終ページに出てくる「未意味の警笛を晒す」というフレーズが、本文全体を照り返す反射鏡であるかのようだ。意味でも無意味でもなく、非意味ですらない「未意味」とは、その直後に記された「青い月の透き通る真昼の幼年」から、あるいはそこに向かってもたらされるもの、すなわちインファンス（言葉なき者）への不断の参照であり、またそこからのアイロニーに満ちた引き裂かれなのである。それは抒情主体を超えている。

金子鉄夫『ちちこわし』（思潮社）。作者の名前にふたつも金属名が入っているが、その詩風はむしろ、語る猛禽ともいうべきしなやかな力をそなえている。どこか言語の暴力性を標榜した一九六〇年代詩人の再来を思わせながら、しかしもちろん、二〇一〇年代初頭のいまならではのあたらしさに充ち満ちてもいて、それは、明るい絶望という語義矛盾を詩の空間においてどこまでも生き抜こうとする意志、とでもいおうか。

タイトルの「ちちこわし」は、父壊しであろうか、父恐しであろうか。それとも、乳壊しであろうか、乳恐しであろうか。一見ロックシンガーめいた俗語調を繰り出すこの語る猛禽は、しかし同時に、詩的言語の本質的な両義性についてことのほか敏感であり、そうしてそこから、「父」と「乳」の重層した厚みとは別様の、なにかしら得体の知れない肉体性を獲得しようと苦闘しているひとりの青年の姿が浮かび上がってくる。

かくして、白鳥作品と金子作品と、一方では隠喩的な奥行きにおいて濃密な〈私〉の物語のかけらが反射しあい、他方では換喩的なひろがりにおいて人称を超えた身体が浮かび上がる。この幅——いってみればそれは、マラルメとランボーの幅である——が一〇年代詩の梁をかたちづくるかのようだ。そこに、まだまだ捨てたものではない現代詩の可能性そのものを測ることができるのである。

だとすれば、もうひとりの新鋭、榎本櫻湖は、さしずめロートレアモンといったところか。その『増殖する眼球にまたがって』（思潮社）。榎本作品には通常の抒情詩におけるような「私」という主体が希薄である。あるいは、いわば無限遠点に設定されている。真摯で同一的な抒情主体によるウエットな主題の展開などはハナから問題になっていないのである。どころか、なにか書記機械のようなものがはたらいて、自動的にテクストを産出しているような印象がある。櫻湖機械だ。

それでも、底を流れているのは、金子や白鳥の場合と同じ反抗のスタンス、もしくは怒りの情動ではあるまいか。ただし、前二者の怒りにはエロス的身体が交錯していたが、榎本の場合は、もはや男やら女やらの〈私〉には還元できないある特異な〈個体〉――真にオルタナティブな身体――の居場所が問題なのだ。世界はそれを許容しない。ならば、「世界の総体は悉く文字のみによってなりたっている」と思いなして、そこを縦横に動きまわる一個の文学機械ともいうべき存在に変化を遂げようというのである。

さてこのようにみてくると、あらわれはじめた一〇年代詩のひとつの特徴は、きわめてソフィスティケートされたかたちでの反抗と怒りの言語化であるかもしれない。経済の停滞や社会の劣化につれて、若い人の生存の条件はどんどんきびしくなっている。3・11の打撃がそれに拍車をかけて、もはやかつてのように未来を思い描くことは困難である。にもかかわらず、詩の言語は未来から到来する、してしまう。この引き裂かれを若い詩人たちはいま生きようと――あるいは生かされようと――しているのではないか。

その極限に、望月遊馬の『焼け跡』（思潮社）を置いてみる。この得体の知れない大きな才能は、二〇〇六年にまだ十代で現代詩手帖賞を受賞し、『焼け跡』はその第二詩集にあたるが、たとえていうなら、抒情主体のステータスはそこでめたためたに焼け焦がれたさまを呈し、異様というほかない。

たとえば「雨」という言葉が頻出するが、それはたんにイメージなのではなく、全体を貫く基調的な主題でもあり、さらに驚くべきことには作品の主体でもあるのだ。ふつうなら〈私〉という言表の主体がいて、さらにそれを統御する言表行為の主体が作品を織り成していくのだが、ここではそれが「雨」に乗り移られ、「雨」と「わたし」との区別さえ不分明になっているのである。こうして、雨が言語の原理であり世界の原理でもあるような、なにやら得体のしれない詩の空間が現出し、読者に深い衝撃をもたらす。連辞と連合との揺らぎに満ちた関係は、どこかしら二〇〇〇年代初頭における小笠原鳥類の登場を思わせもするが、「家具の音楽」という詩に出てくる「牛」も十分に異様である。それらは、反抗と怒りがかえってある物質的恍惚をもたらした状態といってもよいだろう。つまりもはやゆるぎなく同一的な抒情主体さえ担保されえないような、不気味さが不気味さそのものとして感光されている詩の行為の「焼け跡」が現出しているのである。

そうしてここでこそ、未来から到来した詩は、あの３・11のカタストロフィーと出会い、あるいは同期する。あの日太平洋沖の海底で起き、いまも福島の原発で起きつづけていることは、人間にはとうてい統御することのできない、ラカンのいわゆる〈現実界〉にも比すべき表象不可能な出来事であったとすれば、望月のこの詩集も、直接３・11に向き合って書かれたものではないにもかかわらず、どこかその表象不可能性をかすめてしまったような自失と錯乱とをテクスト全体に濃くうすく漂わせているからである。

希望とともに生きる。唐突なこのひとことが本稿の結語である。以上にみてきた新鋭たちの、これほどまでに引き裂かれ、自壊し、平滑し、舌肥大し、あるいはさらに、ラカン的な〈現実界〉をも垣間みてしまったかのような主体たちにとっては、もはや希望とともに生きるしかあるまいと思われるのだ。それというのも、希望とは生の残余だからである。個人誌「詩の練習」四号で「希望」の特集を組んだ杉中昌樹も同様のことを書いている。心にしみるその言葉を引用して締めくくるとしよう。「希望は余りものです。全ての価値、全ての善いもの、全ての美しいものが、放り出され、飛び去り、逃げ延びたのちに残されたもの、その残余こそが希望なのです。」

以上が二〇一二年に書いた「10年代詩はやって来たか」という小論のあらましであるが、いま、二〇一九年の時点から読み返してみて、どことい って変更の必要は認められない。おそらくこのようにニ〇一〇年代詩はやって来たのだろう。

＊

（補記）この時評的な文章から七年、その後さらにいくたりかの新人の詩集があらわれた。たとえばカニエ・ナハの『用意された食卓』（私家版）は、簡潔かつインパクトある言葉で「この世の露光時間」をとらえようとする本格の手つきが頼もしい。カニエは、おそらくこれからの現代詩をリードする詩人のひとりになるのではないか。森本孝徳の『零余子回報』（思潮社）は、近年刊行された詩集のなかではもっとも異貌を誇るといってよいが、日本語の語彙体系に深く潜行したこの意欲的な実験から、つぎに何を詩的実存へと持ち帰るのか、むしろ今後に期待したい。その他の有力な新鋭たち（暁方ミセイ、岡本啓、萩野なつみ、伊藤浩子、マーサ・ナカムラなど）の詩集については、「*Chronicle*」の章で個々に取り上げているので、そちらを参照されたい。

5「それ、言葉だけが残りました」——詩とカタストロフィー（2）

詩とは、みずからの外に言語をもつような、ある種の不可能な表象形式——あるいは表象形式において夢見られた非表象性のことである。言語への本質的な途上性、それだけが詩にとってリアルなのだ。

＊

最後にまた、詩とカタストロフィーについて。さきほど未来から到来する言語と書いた。それは言葉なるものが不壊であるということの言い換えである。詩とカタストロフィーの関係を考えるとき、結局のところ、いつも定式のように思い浮かべてしまうのは、パウル・ツェランのつぎの有名な発言である。

それ、言葉だけが、失われていないものとして残りました。そうです、すべての出来事にもかかわらず。しかしその言葉にしても、みずからのあてどなさの中を、おそるべき沈黙の中を、死をもたらす弁舌の千もの闇の中を来なければなりませんでした、（…）――しかし言葉はこれらの出来事の中を抜けて来たのです。抜けて来て、ふたたび明るい所に出ることができました――すべての出来事に「豊かにされて」。

この発言は、東日本大震災後の日本でも引き合いに出されることがあるという。あらまほしいかぎりだが、同時に、安易な通俗化の文脈によって詩の行為の単独性や特異性が見過ごされるのではないかという危惧もおぼえる。言葉が残ったといっても、それは一般に了解されるような、共同の声に吸収されるような、つまり多くの人に勇気や元気を与えるような言葉なのではない。傷を伝える言葉、傷の意味作用をひらく言葉ではなくて、その意味作用をむしろ脱落させた、傷そのものである言葉であり、あるいは言葉をも越え、沈黙そのものへと晒された傷なのである。「豊かにされて」という逆説は、そのように理解されなければならない。

＊

（補記）しかしここまで極限的な例ではなくとも、たとえばつぎのルネ・シャールの詩も、簡素ながら、「出来事の中を抜けて来た」言葉のありようを述べているのではないだろうか。

ぼくはきみを愛していた。雷雨に穿たれた泉のようなきみの顔を、ぼくの接吻を取り囲むきみの領地の数字を、ぼくは愛していた。まん丸い想像力をあてにしている者たちがいる。ぼくの場合は行くだけで十分だった。絶望から持ち帰ったのは、ごく小さな籠。恋人よ、柳の小枝で編むことができたほどの。

（「籠職人の恋人」）

この「ごく小さな籠」とは、メタレベル的に、詩のことでもあろう。カタストロフィーから詩人が持ち帰ることができるのは、体験から帰納される教訓的な言説でもなければ、体験そのものを伝える悲痛な証言ですらない。そうではなく、かろうじてわずかな「小枝」で編むことができた「ごく小さな籠」としての詩であり、そのようなものとしての「歌うことの残り」なのである。それは、そのちいさな隙間だらけの網の目は、語り得ないものについて語ろうとした詩の力と空しさとを器として等しくとどめているのである。

＊各項冒頭のゴシック体の部分は、一九九六年に思潮社より刊行された私の最初の時評的詩論集『散文センター』のうち、「詩学マトリックス」からの自己引用である。もとより言説の有効性の経年劣化は認められるだろうが、二十年以上という歳月のへだたりがある明朝体の本文とくらべて、アクチュアリティにおいてそんなにずれてはいないという印象も、またたしかではないだろうか。

Chronicle

クロニクル2011

1月

痩せた言葉に抗して
――柴田トヨ、三角みづ紀、高橋正英

言葉が痩せてきている。そう思うのは私だけではあるまい。ポップス系の歌から聞こえてくるのも、愛だの恋だの、いやそれならまだしも、ひとりじゃないだの明日を信じていこうだの、いわずもがなのメッセージを無自覚かつやみくもに伝えるだけの薄い言葉ばかりだ。たかが大衆文化というわけにはいかない。ポップスの分野だって、かつては井上陽水のような豊かな歌詞――うそだと思うなら、たとえば「リバーサイドホテル」の歌詞をたどってみるがいい、「ベッドの中で魚になったあと／川に浮かんだプールでひと泳ぎ」とか、シュールそのものではないか――があったはずで、それらはどこへ行ってしまったか。現代という果てしない情報の砂の広がりのなかで人々は心の余裕をなくし、言葉の力というものを感じられなくなっているのだろう。

詩の復権――と、夢見るようにつぶやいてみる。たとえば、ついに百万部を突破したという柴田

トヨの『くじけないで』（飛鳥新社）。たしかにそこにもメッセージはあふれているが、同時に、まぎれもない詩のかたちがある。それは言葉と沈黙（余白）の配分と言い換えてもよい。言葉は、自分が沈黙とともにあると知ったとき、はじめておのれの力能にめざめる。引用してみよう。

忘れてゆくことの幸福
忘れてゆくことへの
あきらめ

ひぐらしの声が
聞こえる

（「忘れる」部分）

「あきらめ」から「ひぐらし」へ、ささやかな沈黙、そしてそこを渡るささやかな想像力の飛躍がある。すべての詩がはじまるのは、おそらくこの配分、この間《ま》からなのだ。

おりしも、若手を代表する詩人のひとり、三角みづ紀が詩集『はこいり』（思潮社）を刊行した。表紙には、本人のものだという骨のレントゲン写真が使われている。その光と影のコントラストは、そのまま、上述した言葉と沈黙の配分を物語るかのようだ。そしてときおりそこから、強い情動をはらんだ詩句、たとえばつぎのような詩句が立ち上がる――

信号の点滅。
赤だったら
赤だったら赤だったら
赤だったらなあ！
赤だったらよかったのになあ！
ぜんぶ赤だったらよかったのになあ！
赤だったらなあ！
赤だったら赤だったら
赤

（「まちがいさがし」部分）

こうした言葉は必ずしも読者を心地よくするものではないが、つまらないメッセージの共有を押しつけられる不快感もない。詩人はただ、個人的な不幸さえ創作の泉になるという真実を伝えるのである。もしよろしかったら、このかけがえのない孤独を共有しませんか、と。

またべつの配分もある。僧侶でもある新鋭高橋正英の『クレピト』（ふらんす堂）。沈黙のうえに言葉が伸びやかにまたひびき豊かに流れ出し、

こうして地より湧きいでてきた
清らかなことばで満たされますように

（「誕生譚一」部分）

とこんなふうに、頁全体にわたってともに仏教的な喜びの宇宙を表現しているかのようである。

2月

発光しつづける「言の葉」

——茨木のり子、田原

戦後を代表する女性詩人のひとりで、名詩「わたしが一番きれいだったとき」などで知られる茨木のり子が、いまちょっとしたブームになっているようだ。後藤正治による評伝『清冽　詩人茨木のり子の肖像』（中央公論新社）をはじめ、自選作品集『言の葉』（全三巻、ちくま文庫）、写真集『茨木のり子の家』（平凡社）などが相次いで刊行されている。

没後五年。ベストセラー『倚りかからず』（一九九六）の余韻がまだつづいているという感じだろうか。後藤によれば、「あらゆる権威が地に堕ちた現代、言葉が滅んだ時代といってもいいのであろうが、なお発光しつづける言葉がここにある」ということになる。

この「発光しつづける言葉」を、茨木にならって「言の葉」と古風に言い換えてみよう。「言」と「葉」のあいだに融通無碍な助詞「の」が入り、付随して濁音が清音に変わったわけだが、それだけでも、コトバなる概念は角が取れてある種のふくらみや優しさを帯び、さらにいうなら、植物の葉との類比が働いて、そこに生命力が宿ったような印象さえあるではないか。「言の葉」とは、つまりこうして、言葉の詩的なありようをさす符牒なのである。それはこんなふうに詩行を成すのだ。

あなたは　もしかしたら
存在しなかったかもしれない
あなたという形をとって　何か
素敵な気がすうっと流れただけで

（「存在」部分）

平明だけれど、はっとするほどの意味の輝き。「おんなのことば」という詩にはこんな数行もある。

生きてゆくぎりぎりの線を侵されたら
言葉を発射させるのだ
ラッセル姐御の二梃拳銃のように
百発百中の小気味よさで

そう、なかなかどうして、茨木のり子は反骨の詩人なのである。私淑したあの金子光晴の衣鉢を継ぐように。

自分の感受性くらい
自分で守れ
ばかものよ

（「自分の感受性くらい」部分）

ちなみに、茨木が川崎洋とともに創刊した同人詩誌「櫂」に参加していたのが、たとえば谷川俊太郎だ。おりしも、日中両国語で詩を書く田原の労作『谷川俊太郎論』（岩波書店）が刊行された。国際的視野からの初の本格的な谷川論といってよいが、そこで強調されているのも、「言の葉」に似た「優しさの重み」なのである。

そのうえで田原は、壮年期の実験的な散文詩集『定義』と、老境に入ってからの簡潔きわまる短詩集『minimal』とを相次いで分析することによって、谷川詩の多様性を見事にひとりの詩人の物語として語り直している。谷川俊太郎とは誰か。生きることが詩であり、詩がまた生きることであるという幸福な、しかし困難な一致を、生涯にわたって、あらゆる変化の相のもとに追求している世界でも希有な詩人。そのことが、手堅くも熱情にあふれた田原の筆致を通して、ありありと伝わってくるのだ。

田原は一九六五年、中国河南省の生まれ。河南大学を卒業後、来日して谷川俊太郎の詩に感銘を受け、中国語訳『谷川俊太郎詩選』を刊行するなど、中国における日本詩歌の見直しと谷川俊太郎ブームのきっかけをつくった。また、自身の日本語による詩集『石の記憶』で第六十回H氏賞を受賞している。

深い慟哭と不安のなかで
――辺見庸、萩原朔太郎

3月

深い慟哭と不安のなかでこの原稿を書いている。折口信夫の言葉を借りれば、「海山のあひだ」、そこに私たち日本人は生活の場をもとめてきたが、それが根こそぎ巨大津波に持ち去られてしまったかのようだ。

詩に何ができるか。社会が危機的な状況になると、必ずそのような問いが立てられる。だが、おそらく答えはない。詩はひとりの飢えた子供すら救うことはできず、しかし同時に、数えきれぬ人々に生きる希望を与えることもできる。詩はけっして無力ではないし、だからといって、直接的具体的に何かの役に立つというものでもない。

一般に、詩人は現実に直面して、即座に反応するのは苦手だ。経験をいったん内的に沈めて、そこからふたたび浮かび上がってくる言葉を書き取らねばならないからである。詩はいわば、もっとも深められた証言としての抒情であり、もっともなまなましく開かれた抒情としての証言なのだ。

やがて詩人たちは書き始めるだろう。それを待ちながら、辺見庸の中原中也賞受賞作『生首』（毎日新聞社）をあらためて読む。独特の「詩文」で危機が表現されており、いまこそ言及すべき書物かもしれない。小説家による詩への越境ということでは、ふと高見順を思い出す。高見は、病を得た人生後半の境涯を書き記すべく詩という形式を選び取ったのだったが、辺見作品の場合はどうか。

中心的なイメージは、表題にもなっているおどろおどろしい「生首」である。それは作者の分身だが、奇妙な力を帯びて私たち生の側を哄笑し、あるいは叱咤しているようにもみえる。また「入江」という作品では、まさに海山のあいだへつづく女性的な「入江」が、豊饒でもあれば禍々しくもある両義的な場所として、力強い筆致で喚起されている。要するに、個を超えた叙事的ないしは黙示録的な迫力が感じられるのである。

つけ加えるなら、萩原朔太郎をも私は思い出す。冒頭の「剝がれて」は、

言は剝がれ。はがれ。剝がれ。神から言が剝がれ。神が言から剝がれ。言は抜かれ。

と連用中止形を連ねた呪詛のような響きをもち、なんとなくそれが、同じ語法による朔太郎のあの「竹」連作を想起させるのだ。二番目のほうの前半部分を引用しておこう。

光る地面に竹が生え、

青竹が生え、
地下には竹の根が生え、
根がしだいにほそらみ、
根の先より繊毛が生え、
かすかにけぶる繊毛がはえ、
かすかにふるえ。

この現代詩の原点から多様な抒情の可能性が開花したわけだが、ならば今度は、そこから別の叙事詩的な可能性を立てること。それが『生首』の野心でもあろうか。抒情から叙事へ、叙事からまたさらなる抒情のステージへ。繰り返すが、やがて詩人は書き始めるだろう。

タブラ・ラサと言葉の出現
――和合亮一、長田弘

4月

タブラ・ラサ。白紙状態を意味するラテン語だ。大震災以降、私たちの社会システムや生活様式そのものが一からの再考を迫られているが、言葉を失うような悲しみと怒りの状態に突き落とされた私たちの心もまた、一種のタブラ・ラサにあるといえよう。そこからいま、どんな言葉が生まれ出ようとしているのか。

まず立ち現れたのは、被災地の詩人からのなまなましいドキュメントである。福島県在住の和合亮一は、若い世代をリードする詩人のひとりだが、震災後数日を経て、猛烈な勢いで言葉を発信し始めた。そしてそれがリアルタイムで多くの人々に受け止められ、静かな反響を呼ぶまでにいたっている。もちろんそんなことは従来の紙媒体では起こりえない。和合が拠ったのは、インターネット内の、「一四〇字のつぶやき」ともいわれるツイッターという媒体だ。そのつぶやきに音を重ねるように、彼は自分の発信を「詩の礫」と称し、怒りも悲しみも、孤独も不安も、全部ストレートに打ち出している。なかには読むこちら側が恥ずかしくなるような直情的すぎるフレーズも含まれているが、もともと自然発生的に機関銃のように詩的発話を繰り出す和合の詩風が、ツイッターの即時性にぴったり合ったという感じだ。詩の種子ともいうべき言葉の律動も随所に感じられ、たとえば「余震」という言葉がくり返し呪文のようにあらわれて、それが逆に和合の発話を突き動かしているかのようにもみえる。そのあたりはなかなかスリリングで、読者をぐいぐい引き込んでゆく。

しーっ、余震だ。何億もの馬が怒りながら、地の下を駆け抜けていく。

（…）

ほら、ひづめの音が聞こえるだろう、いなきが聞こえるだろう。何を追っている、何億もの馬。しーっ、余震だ。

そうしたなかで、タイトルの「詩の礫」が、四月十日以降、鎮魂とも通じる「詩ノ黙礼」に変わったことは、わけても意味深い。その日、和合はより深刻な被災地を訪れて言葉をなくし、「黙礼」することとしかできなかったのである。おそらくこの沈黙、この「黙礼」からこそ、前回でもふれた詩という「もっとも深められた証言」が始まるのではないだろうか。

もうひとつの言葉の出現は、思いもよらぬ方向からのものである。長田弘のデビュー詩集『われら新鮮な旅人』（みすず書房）が復刊された。長田は、平易ながら人生への深い省察にみちた詩風で人気が高いが、もともとは一九六〇年代、鮎川信夫の精神を受け継ぐようなかたちで詩壇に登場し、詩と詩論の双方ではなばなしい活躍をみせたのだった。『われら新鮮な旅人』は、そうした長田の詩的青春がつまった伝説の一冊であり、その抒情はいま読んでも十分にみずみずしい。

だが、それ以上のことがある。一九六〇年代といえば、革命幻想が潰えてゆく時代でもあって、長田はそのいわばゼロ地点で表現を引き受けようとしたのだが、若き詩人のそうした苦い決意は、白紙還元に晒されたいまの私たちにも不思議な勇気を与えるかのようなのである。

ぼくは既にして　誰れをも愛していない青年です。
そして、まだ一篇の詩をも書いたことのない
詩人です。

（「クリストファ詩篇」部分）

そう、私たちもまた、「既にして　誰れをも愛していない」者として、「まだ一篇の詩をも書いたことのない」者として、いまここに立ちつくしているのではあるまいか。ちなみに長田は、和合と同じ福島県の出身。たんなる偶然とも思われない。

「災後」の詩が動き始めた
——金子光晴、小笠原鳥類、河津聖恵

5月

「災後」の詩が動き始めた。「現代詩手帖」五月号では、「東日本大震災と向き合うために」という大特集が組まれている。なかでも目につくのは、四十四ページ一挙掲載という和合亮一のツイッター作品、「詩の礫」である。本欄でもすでに取り上げたが、被災地から届けられた生々しい詩的ドキュメントとして、紙媒体においても十分に発表に値するだろう。編集部の英断をたたえたいと思うが、これをしも「長篇詩」と呼んでいいかどうかについては、若干の留保の気持ちが残る。

同特集でもうひとつ目についたのは、小笠原鳥類の文章である。小笠原はもともと、そのペンネームが示すように、人間中心主義ならぬ動物本位的なユニークきわまりない詩を書く詩人だが、今回もひとりそっぽを向くようにして、朱位昌併という新人の作品を読み解いているのだ。それはど

こか、金子光晴のあの「おっとせい」を想起させる。金子は書いている、

おいら。
おっとせいのきらひなおっとせい。
だが、やっぱりおっとせいはおっとせいで
ただ
「むかうむきになってる
おっとせい」

あるいは、『死の灰詩集』に異を唱えた鮎川信夫の単独者的な姿勢に似てなくもない。『死の灰詩集』とは、一九五四年、ビキニ環礁でのアメリカの水爆実験で被爆したいわゆる第五福竜丸事件にさいして、詩人たちが寄せた反戦詩のアンソロジー。鮎川はその付和雷同的な傾向に対して、戦時中の戦争協力詩となんら変わらないとして批判したのだった。

小笠原は甚大な被害を受けた岩手県釜石市の出身であり、おそらく、慟哭や不安の度合いはほかの書き手と同等か、あるいはそれ以上であろう。それでもあえて震災への言及を避け、詩のテクストに没頭しているのは、何かひときわ心を打つものがある。彼もまた詩人の責任を模索しているのだ。全体が重く沈み込むような特集ページのトーンのなかで、詩をそれ本来の軽やかな高みのほうへ、笑いと踊りの渦巻くニーチェ的な快活さのほうへと、ひとり必死に引き上げようとしているの

である。

アクションかテクストか、「災後」でなくともむずかしいところだ。場合によっては、ひとりでその両極を揺れ動かなければならない。河津聖恵の『ハッキョへの坂』（土曜美術社出版販売）を一読してそんな思いをあらたにした。「ハッキョ」とは朝鮮語で「学校」のこと。詩人はその坂を、朝鮮学校が無償化から除外された不条理に憤りながら、同時にしかし、「まだ見ぬあなたと出会おうと」「つま先立ちにな」りながら、登っていくのである。

遥かな時の中から
あなたは私を見つけてくれた
遥かな時を経て
私はあなたを見つめはじめた
花と蛇のように　蛇と花のように
かつてはぐれた真実の友だちとして

（「友だち」部分）

河津といえば、すでに何冊もの完成度の高い詩集を持つ屈指の中堅詩人である。それがいつからか、社会現実への参加を積極的に打ち出すようになって、この詩集もその延長線上にある。いきおい、言葉が帯びる熱は感動的なまでに高まるが、その分、詩としての厚みや密度はやや犠牲にされる。繰り返すけれど、詩作とはむずかしいものだ。

めざましい言葉の譜

——寮美千子編『空が青いから白をえらんだのです』、手塚敦史

6月

詩はどこに息づいているか。この問いは意外にスリリングで楽しい答えを用意する。というのも、詩とはメッセージを伝える言葉ではなく、それ自体がメッセージとなっていいわば励起状態にある言葉のことだが、それは時と場所を選ばず、人をさえ選ばないからだ。「言葉は存在の家」（ハイデガー）であり、もしその力を切にもとめている者があれば、言葉はその者の内へとおのずから励起し、詩の様相を帯び始めるのである。

うそだと思うなら、たとえば、奈良少年刑務所の受刑者たちが書いた『空が青いから白をえらんだのです』（寮美千子編、新潮文庫）という詩集。受刑者の言葉の切実さに誰もが胸を打たれるだろう。しかし私の場合、それだけではない。いま述べたような詩の生成の機微が、素朴なかたちであれこんな過酷な場所にも確かめられることに、ある種の感動を禁じ得ないのだ。なかんずく、「ゆめ」と題された詩は、たった一行、「ぼくのゆめは」と始まって、そこで絶句したように、「……」と終わっている。逆説的なようだが、この「……」こそがメッセージであり、したがってまた詩なのである。詩は沈黙とべつのものではない。というか、沈黙を地にして、そこから図のように浮かび出るものなのだ。

ここから現代詩の最前線までは、じつはそんなにへだたっていない。二〇〇〇年代になって登場

した詩の書き手を「ゼロ年代詩人」と呼ぶことがある。かぎりなく小さな個として生きながら、なお世界とのヴィヴィッドなかかわりをもとめる立ち位置から、ガラパゴス的に特化した精細精妙な書法を繰り出す一群の若い詩人たち。そのうちのひとりに数えられる手塚敦史の『トンボ消息』(ふらんす堂)は、そうした特徴を保持しつつも、より高い次元へと一歩を踏み出した秀作である。今年上半期の最高作のひとつに挙げてよいと思うが、手塚もまた、もとはといえばひとりの孤独で傷つきやすい青年であり、青春という輝かしくも残酷な時期をくぐるために、やはり言葉の力を必要としたのだ。それはさきほどの「……」部分が反転して、一気に詩的言語のアラベスク模様を現出させたというふうである。

形式的には、追い込みのように詩篇を扱って、全体でひとつのテクストを成すというスタイルだ。内容はといえば、トンボに仮託されたあるあえかな存在の消息を語り、あるいはそれ自身に語らせながら、なつかしい未知ともいうべき不思議な奥行きのある詩的世界が織り上げられている。

まず、なぜなつかしいか。それはこの詩人の抒情をつむぐ言葉の質がどこか古風であり典雅であるからで、さながらあの北原白秋の『思ひ出』が二十一世紀版となってよみがえったかのようだ。

では、それなのになぜ未知なのか。過去の想起に向けられた官能的な言葉の触手を主旋律に、四大(水、火、空気、土)をめぐる記述や、合わせ鏡のように映し合う自己=他者の声のオペラ的交響を絡ませながら、全体としてめざましい言葉の譜が現出しているからだ。コーダ部分を引いておこう。

今では白い花が咲いている。鞄にタビラコ、セリ、ナズナ、ハハコグサなどからはじまる本を入れ、多摩丘陵を東へ歩をすすめた。あの庭が面白いと思う。トンボがよく集まってきている。これはキイト、あれはウスバキ、ウスバカゲロウの翅。――誰が見ても僕は今、二人だろうな。きみと話をしている。真実繁茂しているきみの背後。あれを見な。ヘクソカズラ、カラスウリ、ハルノノゲシが、スズメたちの頬ふくらませる陽ざしの歌を投げかけている。石垣や混凝土をたよりに、ポストの前なくなった風景とともに――。今僕は二人。ともに名まえの向こうにいなくなろうとしている。

みずみずしい恋歌の対位法ともいうべきこの言葉の譜を主体が自在に行き来するさまは、心底あたらしいと思える。

7月

悪魔払いとしての諧謔
――宮沢賢治、天沢退二郎、北川透

震災を機に東北地方がクローズアップされているが、東北の大地に根ざした詩人といえば、まず宮沢賢治だ。「雨ニモマケズ」が様々な場で朗読され、被災地の人々を勇気づけているというし、

雑誌「ユリイカ」も、「宮沢賢治——東北、大地と祈り」と銘打って特集を組んでいる。なかでも私の興味を惹いたのは、思想史家田中純の論考「鳥のさえずり」である。震災後、ツイッターのいわゆるbot（プログラム化された自動発言装置）によって、ネット上に『春と修羅』の断片化された詩句が配信されたが、田中はそれが通常の詩作品とは違う「あらたな方角から到来するかのように」感じられたと言い、そうしてさらに、科学と宗教を合体させた賢治の想像力が孕みもつ「不穏な何ものかの到来の兆し」まで認められるとしている。

七つ森のこつちのひとつが
水の中よりもつと明るく
そしてたいへん巨きいのに
わたくしはでこぼこ凍つたみちをふみ
このでこぼこの雪をふみ
向ふの縮れた亜鉛《あえん》の雲へ
陰気な郵便脚夫《きやくふ》のやうに
　（またアラツデイン　洋燈《ラムプ》とり）
急がなければならないのか

「屈折率」の全行を引いた。『春と修羅』の詩的言語は、いわば時空を超えて響く危機の結晶なのである。そうした賢治世界に深く親和しつつ、現代詩の地平を切りひらいてきた詩人が、天沢退二郎だ。その新詩集『アリス・アマテラス』（思潮社）。実をいうと、私は以前、「真の天沢的主題、それはカタストロフィーへの感覚である」と書いたことがあり、今回の詩集にもその雰囲気は濃厚に感じられるが（ちなみに収録作品はすべて震災前に書かれている）、それだけではなく、いやむしろそれを超えて、悪魔払いとしての諧謔が前面に打ち出され、その勢いはもうどうにもとまらないというふうだ。

そのとき弓張り島全体が
バリバリバリと鳴り出した
それ！　弓鳴り島だ！

（「〈弓〉の付く地名の由来」部分）

諧謔ということでは、天沢と同世代の北川透も負けていない。『海の古文書』（思潮社）は、北川年来の潜在的モチーフといってよい、革命をめぐる精神の狂気（「ひとりは狂死／もう一人はアルコール中毒死／第三の男は行方知れず」）に初めて本格的に向き合った重厚な作品だが、そこで用いられている主たる方法もまた諧謔である。

大きな青いビニール袋　海の古文書から
「一九七二年の幽霊船」が　ぼんやりと姿を現す

巨大な抹香鯨　暴れる海の怪獣に似た……

（「第三の男へ」部分）

戦後詩の代名詞的存在である鮎川信夫を下敷きにした数行を引いたが、狂気を解毒するには笑いをもってするほかなく、あるいは、狂気は笑いとポエジーとの三位一体のなかでしか意味をもたないということを、おそらく北川は骨身にしみて心得ているのだ。そのうえで、みずからをもアイロニーの対象として突き放すところに（「第三の男」とはおそらく北川自身のことである）、この詩人の本質的に健康な精神が示されている。

8月

光にも似た言葉の通路
——管啓次郎・野崎歓編『ろうそくの炎がささやく言葉』、ルネ・シャール、岬多可子

厳密には詩書の範疇を超えてしまうが、『ろうそくの炎がささやく言葉』（管啓次郎・野崎歓編、勁草書房）というアンソロジーの紹介から始めよう。「東北にささげる言葉の花束」と帯にはある。

今度の震災で、ツイッターをはじめ、インターネットによる情報発信の威力をあらためて認識したという人は多いだろう。一方また、停電などでろうそくの炎をみつめて過ごし、その魅力を再発見したという人も、少数ながらいるのではないだろうか。光とともにあることの、電気による照明

では得られない濃密で本源的な経験が、そこには息づいている。本書の企画も、ただその経験を共有しようという思いからのみ発したというふうだ。谷川俊太郎を始めとする三十一人の書き手は、しかし詩人ばかりではなく、ジャンルも国籍もさまざまだが、そのひとり、フランス文学者石井洋二郎が引くバシュラールの言葉にもあるように、ろうそくの炎のもとでは誰もが「潜在的な詩人」になるのである。そうして気に入ったページを、できれば声に出して読んでみること。文字の静謐と声の祭りとが、一体となって私たちを包むだろう。いや、それ以上だ。本書のタイトル通り、ささやいているのは炎であり、私たちはその炎にだけ属している孤独でゆたかな生以外の何ものでもなくなる。ふと、ルネ・シャールの詩句を思い出したので、引いておく。それはろうそくではなく、ランプについて述べられたものなのだが——

われわれは誰にも従属しないが、ただ一つの例外は、われわれにには未知の、われわれには近づけない、あのランプの光の点だ、それは勇気と沈黙を目覚めたままにしてくれる。

（『眠りの神《イプノス》のノート』より、安藤元雄訳）

そして本来の詩集では、なんといっても岬多可子の『静かに、毀れている庭』（書肆山田）が、同じように静かに濃密にポエジーの在処を示してくれている。岬は寡作なうえに、書法自体も省略的でつつましいが、それだけにいっそう、ポエジーというものが、むきだしに近いかたちで投げ出されているような気がする。それを辿ることのおののきと悦びを、どう伝えればよいのだろう。た

とえば、

にじみでていく夜というものが
兎というものの全体なので
生死を数えることはできない

（「兎」部分）

だが、

やがて雨が　降り続き　降り止み
粘る泥が　定まってからのことだ
わたしが
発覚するのは

（「その庭へ向かう径」部分）

こうして、この詩集とともに私たちは考えるのだ、ポエジーとは、つまるところ四大（水、火、土、大気）へと存在を立ち帰らせ、あるいは四大からふたたび存在があらわれ立つための、光にも似た言葉の通路ではないのか。

9月

ポップな心身の共生空間
――福間健二、町田康

五百ページにも及ぼうかという大冊である。詩集というよりは全詩集のボリュームだが、すこしも圧迫感を覚えさせず、むしろ翼を得てどこかに飛び去っていきそうな軽やかさがある。福間健二の新詩集『青い家』（思潮社）を繙いたときの印象を述べてみたが、じっさい、個々の詩もひとつのテーマやイメージにこだわらない詩人の発話の自在さと感性のフットワークが際立っている。現代英米詩の影響であろう。そうして、現実との生き生きとした接点が接点のままに語られ、生が生のままにうたわれるのである。

思えば、日本近現代詩の流れは、生をなにかしらの別次元へと超越させる象徴主義的な詩観を基調としてきた。エリオットなどに学んだ戦後の「荒地」の詩人たちの場合でも、そうした詩のありかたは根本的には変わらなかったようだ。ところが、私たちはこの『青い家』に至って、ようやく、なにかべつの詩の空間が達成されたことを感じる。主体には中心がなく、ルーズといえばルーズでいあり、しかしその分、言葉はむしろその周縁に不思議な置かれ方をして、そこから、思いもよらないような生がひろがっていくのだ。「きみ」はもとより、匿名の「彼」や「彼女」をも含む、なんといったらいいのか、すぐれてポップな心身の共生空間。本書を読む喜びはその発見に尽きる。

闇のなかを歩いてきた。
ひとつの火が
内へ内へと進むものとすれちがって
（かすかな香りだけを残して）
消えた
そのあとの動く雲
そのあとの音楽
そのあとの
「存在しえないもの」を閉じこめている瓶を割って
さまざまな影の上を歩いた日々。
そして今日、私は
烈しく泣く見知らぬ人々のなかにいる。

（「闇のなかを歩いてきた」全篇）

「ひとつの火」が象徴主義の時代の名残りのようだ。福間は一九四九年の生まれ。旺盛な詩作のほかに、映画監督としても数本の作品をもつ。ポップな心身の共生空間は詩をもはみ出てゆき、しかしまたそこへ詩作の時間が追いついて、より広い詩へとその空間を包摂する。心憎いフットワークといえよう。

『残響　中原中也の詩によせる言葉』（ＮＨＫ出版）という本をここにクロスさせてみよう。中也の詩を上段に、それに寄せた町田康の文章を下段にかかげた、風変わりなコラボレーションである。中也といえば、いま述べた象徴主義のラインに立ちながらも、吐く息すべてをうたにしてしまうような融通無碍な詩的発話によって、そのラインを大きく越えていった詩人であった。そこに現代の語りの魔術師、町田康が絡むとあっては見逃せない。もとよりその文章は解説でも解釈でもない。たとえば、「空吹く風にサイレンは、響き響きて消えてゆくかな」と結句する中也の名高い「正午」には、

けれどもなくなっていく。そのことが悲しいのは、私がいつもその、そもそものあることを起こす、響かせる側にいるからなんだけどね。けど、すぐ死ぬからね。起きるあることの側は自分がなぜ起きたかなんて絶対知らないしね。つまり、なにもかもがどうでもいい、っていうことになってしまうんだよね。死ぬよね。っていうか、もう俺、大分前から残響だけどね。

とつける。かくして、中也の詩に触発され、あるいはそれを咀嚼した町田の言葉の身体が、思いのさま屈伸し、跳ねまわっているのである。

10月

詩は翻訳されたがっている

――鈴村和成訳『ランボー全集 個人新訳』、鴻鴻、陳育虹

詩は翻訳されたがっている。まさか。それぞれの国語に固有の響きと律動にもとづく詩は、むしろ翻訳不可能というべきではないか。それはその通りだが、固有であることは限界を設けられるということでもあり、それゆえに詩は、さらなる自由をもとめて、国語から国語へと旅することを宿命づけられてもいるのである。そのいわば翻訳空間を、かつて、批評家ベンヤミンは、いみじくも「純粋言語」と名づけたのだった――

と、そんな思いをあらたにしたのは、待望の鈴村和成訳『ランボー全集 個人新訳』(みすず書房)が出たからだ。詩人にして名だたるランボー研究家でもあるという理想的な訳者を得て、二十一世紀の日本にランボーが生き生きと甦ったかの感がある。しかもはじめての個人訳全集である。小林秀雄訳『地獄の季節』と中原中也訳『ランボオ詩集』を皮切りに、じつにさまざまな詩人やフランス文学者たちがランボーを日本語に移してきたが、作品から書簡までひとりで訳しおおせたのは、鈴村和成以外にいないのである。そのポップで清新な訳文を読者はどうかじっくりと味わってほしい。たとえば小林秀雄が「酩酊船」と訳したかの名高い二十五連百行から成る韻文詩作品 Le Bateau ivre は、なんと「酔いどれボート」とタイトルを一新され、

クールな《大河》を下っていったとき、
引き船人夫の先導のことなんて、もう考えもしなかったな。
騒ぎたてる《インディアン》どもが、連中をターゲットに
彩色した柱に裸のまま、釘で打ちつけちまったんだ。

と始まるのである。「われ、非情の河より河を下りしが」云々と訳した小林秀雄訳と比べてみれば、時代の違いということもあるけれど、鈴村訳がいかにポップであるかがおわかりいただけよう。

しかしそのことをおいても、本書には画期的な意義がある。それは、その書簡の扱い方においてである。もともと詩と手紙というのは極限においてそのありかたが似ており、たとえばパウル・ツェランは、詩を書く行為を、誰に届くあてもないまま手紙を壜につめて海に投げ入れる投壜通信にたとえたほどだが、ランボーの場合はそれがとくにきわだっている。

というのも彼は、しばしば手紙に詩を同封し、いわば手紙を詩の発表場所にしていたのみならず、詩が手紙の文面と区別がつかない場合もあり、さらに『イリュミナシオン』にいたっては、まるで誤配につぐ誤配のように、その原稿が人から人へと渡っていったという経緯がある。本書は、そういうランボーの特異性そのままに、詩作品から詩作放棄後にアフリカで書かれた書簡へと、これまでにない連続性をもって読むことができるように編集されている。そうしてそこから、詩をも手紙をも貫く、ランボーにおける書く行為の持続という新しい光景が浮かび上がってくるのである。

紙数が尽きてしまったが、台湾からも、翻訳されたがっている詩の欲望が届いている。思潮社の

「台湾現代詩人シリーズ」の一環として刊行された鴻鴻詩集『新しい世界』（三木直大編訳）と陳育虹詩集『あなたに告げた』（佐藤普美子編訳）の二冊がそれだ。とくに後者には、思索性と官能性との奇跡のような融合がみられ、すっかり魅了された。表題作から引くと、

あなたに告げた私のひたい私の髪はあなたが恋しい
なぜなら雲は天上で毛繕いするから私のうなじ私の耳たぶはあなたが恋しい
なぜなら懸橋街や草橋通りはうら寂しげでなぜなら無伴奏のバッハが静かに町外れの河に滑り
　込むから
私の目さすらう目はあなたが恋しいなぜなら梧桐のスズメがみな舞い落ちるからなぜなら凪は
　ガラスの破片だから

ね、すてきでしょ、と思わず同意を求めたくなるような詩行である。

11月

「セカイ」をめぐる差異
——高橋睦郎、渡辺玄英

ベテランと中堅と、ふたりの詩人の仕事が示した興味深い差異について語ろう。詩集『何処へ』（書肆山田）を上梓した高橋睦郎は、そのあとがきで、「ここに纏めた三十三年間の作品たちが自らは知らずひたすら、のちに三・一一と名付けられる未知の終末的予徴への不安におののき向かっていたとだけは、言えそうだ」と述べている。たしかにそのようなことはあるだろう。私自身、過去の自作を振り返って、今度のカタストロフィーを予感していたような作品があることに驚いたりしている。それはなにも詩人に予言者めいた権能があるからではなく、言葉と言葉の関係を更新する行為が詩である以上、その一行一行は、いわば未来の言語からもたらされる何ごとかの、詩人による書き取りなのである。

ただ、「終末的予徴」と言い切っているところがいかにも高橋らしい。彼がキリスト者であるかどうか知らないが、終末論それ自体はユダヤ＝キリスト教に特有の思想的文脈に位置づけられるであろう。それは、いうなれば方向づけられた絶望であり、そのかぎりで、言語と現実はゆるぎなく対応している。力作「市場からの報告」においても、

市場の諸霊よ、護りたまえ。

市場はわれらがわれらを買う場所……いや、むしろ言い換えよう、われらでないものを買う場所、と。われらでないものと絶えず交換し更新しなければ、われらは衰弱し、ついには消滅してしまう。それなら、市場はわれらじしん。われらは市場そのもの。

というふうに、「市場」が素朴な「イチバ」とも経済システムとしての「シジョウ」とも読める曖昧さを逆手にとって、詩人はまさに「世界」としての市場を見事なまでに捕捉しているが、言語そのものが「不安におののき」ふるえるというような事態には到っていない。個性とともに、世代ということもあるだろうか。

というのも、たとえば高橋より四半世紀ぐらい遅れて生まれてきた渡辺玄英の『破れた世界と啼くカナリア』（思潮社）には、もはやそのような安定は望むべくもないからである。この詩集も3・11以前に書かれ、にもかかわらず「破れた世界」というからには、やはり何らかの「予徴」が記されているのであろうが、しかしそこに終末論的な展望はない。だいいち、「世界」は本文中では多く「セカイ」と表記され、軽量化されてしまっている。というか、「世界」は「ぼく」や「きみ」のそれぞれの「セカイ」に砕け散って、乱反射しているというふうなのだ。

4Hのエンピツでセカイを描いて
消しては描くことを繰り返している
（セカイはキズのようだ

こんなにもうすく鋭く
空気はひりひりと流れ
（洪水の（跡のように
リンカクが微かに（残っている
キズの上にキズが重なり
風景は震えがとまらない

（「破れた世界と啼くカナリア」部分）

だがそれでも「啼くカナリア」だけは存在する。しかも、本文中には存在しないという仕方で存在するという手の込み入りようだ。ともあれそれは、現実との一意的な対応を失って自走し始めた言語を、つまりもはやうたとも呼べないようなうたをうたう趣だが、しかしどこか奇妙に明るいのである。さしずめ、方向のない希望というべきか。

詩の遺伝子
——八柳李花、暁方ミセイ、藤井貞和

12月

世田谷文学館に萩原朔太郎展を観に行く。この近代最大の詩の変革者は、実は写真や映画といった当時最先端のメディアとも深くかかわっていた。それを証す豊富な資料から、これまでとはちがう朔太郎像が浮かび上がってくる仕組みだ。数年前、朔太郎研究の最前線に立つ研究者安智史が『朔太郎というメディア』という労作を著したが、時代はまさにそのような方向で詩の近代性を捉え直そうとしている。

現代詩の最前線に目を転じると、新鋭八柳李花の『サンクチュアリ』（思潮社）。やや晦渋な詩集だが、言葉で何かを語ることが、言葉それ自体をして語らしめることに繰り返し反転しながら、お果てしなくうねりつづけるプロセス、といえばいいのだろうか。加えてさらに、実存の底にうごめく不気味なるものへの感性、たとえば、

北国の緯度に殺されるなかに
わたしには喜んでさしだす心臓がある
なましろい腕を寝台からたらして
鬱血は青く浮かび

（「*sanctuary 01*」部分）

というような詩行は、朔太郎展を観た直後のせいか、『月に吠える』や『青猫』に息づいていた詩の細胞のはるかな転生をさえ思わせる。

詩にも遺伝子があるのかもしれない。八柳よりもさらに若い暁方ミセイの第一詩集『ウイルスちゃん』（思潮社）を読んでその思いをあらたにした。暁方が受け継いでいるのは、驚くなかれ、宮

沢賢治の遺伝子だ。宇宙とのエロス的な交感のうちに自己の滅却を願い、またそこから自己を超えた生命全体の意味を問うていくという賢治の想像力の運動は、あまりにも特異なため誰もそれをわがものにしようとは思わなかったほどだが、ここに、この若い詩人のみずみずしい詩作に、隔世遺伝のように息づいているのである。

すなわち、冒頭いきなり、

緑色地帯から
発光している
しがつの霊感の、希薄な呼気だけを肺胞いっぱいに詰めて
そのまま一生沈黙したい

（「呼応が丘」部分）

というような詩句が読まれるし、ときどき登場する「列車」のイメージも、あの「銀河鉄道」が現代詩の世界に引き入れられたかのようである。乗客のひとりである「わたし」の「鞄の中身」は、カムパネルラさながら、「死んでしまった少女のまなざし」だ。いうなれば、暁方ミセイというひとりの詩的「修羅」が生まれ出たのである。彼女はどこに行こうとしているのか。それはまだはっきりとはみえてこないが、「ウイルス」というイメージに込められた両義性への感応が、あるいは分身としての妹の死を「春の衝動」に重ねる再生への意志が、暗示的にその方向を指し示しているような気もする。彼女の想像力のスケールの大きさに期待したい。

何にせよ、詩は回帰しつつ未来へと渡されていく。あるいは、過去の記憶が未来の言語となって現在に到来する。このような時間を、方法においてもテーマにおいても長らくみずからの詩的実践に組み込んできた第一人者が、藤井貞和である。その新詩集『春楡の木』（思潮社）においても、さまざまな事象を詩人はほとんど民俗を扱う手つきで紡ぎながら、循環的もしくは神話的な時間を生きる可能性が飽くことなく追求されている。そのなかでは

うずらの卵も、
黄玉《おうぎょく》も、
構造的な夢の円。

（「美とは何か」部分）

であり、また「神田駅」という場所でさえも、

穂明かりして、
しばらくすると、わたしは、
一本の稲でした。

（「神田駅で」部分）

ということになる。

クロニクル2012

1月

日本語詩歌の通時軸
——高橋睦郎、トーマス・トランストロンメル

今回は新年にふさわしく、歴史と地理、時間と空間とがスケール大きく交差するところに詩の営みを置いてみよう。さいわい、二冊の書物がそうした場を用意してくれている。

まず、高橋睦郎の評論『詩心二千年』（岩波書店）。「日本語詩歌、はじめての通史」と帯文にはある。たしかに、日本の詩歌においては詩（自由詩）と短歌と俳句とが並び立ち、それぞれ別個の歴史を有しているので、その全体を批評的に通観することはきわめてむずかしい。高橋睦郎という詩歌の万能選手の登場をまってはじめて可能になった仕事といえよう。あるいはむしろ、そういうひとりの希有な詩的身体の幅が、『詩心二千年』によって、そのまま日本語詩歌の歴史という通時軸のほうに投影されたかのごとくなのである。

それだけでも驚くべきことなのに、さらに高橋は、日本語詩歌の特質を「からうた（外来の詩）

とやまとうたの恋着と離反」であるとして、その淵源を、なんとはるか地質時代の、日本列島がユーラシア大陸から切り離された地殻変動に求めている。こんな気宇を詩人が提示するのは、本気で地軸の移動を夢見た吉田一穂の『古代緑地』以来ではないだろうか。痛快でさえある。

それと関連して、詩歌もまた、いや詩歌だからこそいっそう言語の政治に貫かれていることを、これほど徹底して追究した書物もめずらしいのではあるまいか。高橋によれば、詩の行為とは、「来い」(「恋」に音通)と他者を呼び寄せ、あるいは「しずまれ」と死者の霊に呼びかけることにほかならない。『詩心二千年』にはこうして、通史にあるまじき(?)人間くさいドラマが縦横に織りなされて、独特の興趣を添えている。

もう一冊は、昨年のノーベル文学賞受賞詩人トーマス・トランストロンメルの詩集『悲しみのゴンドラ 増補版』(エイコ・デューク訳、思潮社)。というのも、このスウェーデンの「メタファーの巨匠」は、俳句の凝縮した表現法にいたく関心を寄せ、短詩の試みにおいてもめざましい成果を上げているからだ。

人のかたちの鳥たち。
林檎の樹々は花をつけていた。
この大きな謎。

(「鷲の崖」部分)

つまり今度は俳句の伝統という日本詩歌の通時軸が、遠く北欧の地まで投影されたのである。

もちろん、それだけではない。本書冒頭に置かれた「四月と沈黙」を読むだけでも、「目もくらむようなメタファーで異なった要素を結ぶ」トランストロンメル詩法の一端を窺うことができる。後半二連を引くと——

みずからの影に運ばれるわたしは
黒いケースにおさまった
ヴァイオリンそのもの。

わたしのいいたいことが　ただひとつ
手の届かぬ距離で微光を放つ
質屋に置き残された
あの　銀器さながら。

「わたしのいいたいこと」、それはふつうなら「わたし」の内部にあり、発話行為として外在化されるわけだが、ここでは驚くべきことに、「手の届かぬ距離で微光を放」っているというのだ。そこには、脳卒中の後遺症で言語障害を負ったという詩人の苦悩が読み取れるが、それだけではない。「わたしのいいたいこと」は、「微光」というメタファーによって、つねにすでに「わたし」に先立って、むしろ世界の深みから——謎あるいは沈黙そのものとして——浮かび上がってきたかのようにあることが明かされるのである。詩人はそれを、より具体的に、かつ、ややアイロニーをこめて、質屋に置かれた「銀器」のイメージへとさらに移し変えてゆく。

深さとひろがりと謎と、すべてがあるトランストロンメルの詩的世界。『悲しみのゴンドラ』（訳文がまたすばらしい）を皮切りに、より広範な翻訳紹介が切望される。

「わたしの死者」が棲まう海

――辺見庸、佐々木幹郎

2月

青は不思議な色だ。私事になるが、以前、天空の青が地上に降りてきたらという仮定で詩を書いたことがある。じっさい青は、地上ではあまりみられない分、神秘で超越的な雰囲気を湛えているのかもしれない。青い花、青い鳥。西洋絵画ではさらに、聖母マリアのスカートの色が青だし、かのフェルメールは、貴重な青色の顔料を入手するため借金までしたと伝えられている。呼び名もコバルトブルーからセルリアンブルーまでとさまざまで、「たんぱ色」というのもあるそうだ。

とこんなふうに書き出すのも、『生首』にひきつづき『眼の海』（毎日新聞社）を刊行して私たちを驚かせた辺見庸が、別のあるエッセイ集のなかでほかならぬこの色についてふれ、「ああ、これは涙の色だな（…）血の赤はたんば色の下地を得ると格別の凄みをおびる」と述べているからである。この「格別の凄み」はそのまま『眼の海』に通じる。
知られているように、辺見は東日本大震災の被災地石巻の出身である。生まれ故郷の集落の壊滅をまのあたりにした彼は、身体の奥底から慟哭し、唸るように言葉を発しつづける。それは「つながろう」や「がんばろう」からはあたうかぎり遠い、むしろ死者たちのための言葉であるが、それだけではない。「たんば色の下地」が海と死と宇宙とを貫くような、およそ代替不可能な詩的リアリティを帯びてもいるのだ。

わたしはずっと暮れていくだろう
繫辞のない
切れた数珠のような
きたるべきことばを
ぽろぽろともちい
わたしの死者たちが棲まう
あなた　眼のおくの海にむかって
とぎれなく
終わっていくだろう

（「眼のおくの海――きたるべきことば」部分）

「繫辞のない／切れた数珠のような／きたるべきことば」――もうそこまでは批評の言葉も届かず、

沈黙あるのみ。この詩集によって辺見は高見順賞を与えられたが、当然の評価といえよう。
佐々木幹郎の『明日』（思潮社）も巻末に震災に取材した鎮魂の詩を収めるが、やや通り一遍という印象を否めない。佐々木の「血の赤」は、やはりというべきか、近親の受難や偏愛の土地をごく自然に語る前半の諸篇に滲み出ており、そこでこそ言葉は私たちの心を打つ。たとえば冒頭の「珊瑚の岩の神」に呼びかける数行――

弟はこの洞窟で　昨日　あなたに出会いました
素晴らしかった　と弟はまわらぬ舌でわたしに伝えました
しかし　白色に輝く感動の聖痕だけを残して
その右脳の一部を　あなたは血で満たしたのです
まちがっていませんか
それはわたしにくださるべき罰でした

（「珊瑚の岩の神の」部分）

また「半世紀後の夏」という詩篇にも、

いまは　右半身で泳ぐおまえの両手をつかんで
後ろに進み　過去の時間の果てまで　たどりつきたかった
（…）

ふるさとの川に
揺り籠のように孤独な高気圧がやってくる

とあって、原郷を見事に形象化したポエジーがもたらされている。詩とはむずかしいものだ。リルケもいうように、経験という土壌を得てようやく咲く一輪の薔薇のごときものかもしれないのである。

3月

「学」としての批評
――谷川俊太郎、四元康祐、水田宗子

詩とその批評について語ろうと思う。詩は市場が小さいので、多くは詩人が批評家をも兼ねることになるが、それはたんに間に合わせ的な副業ということではない。詩に近代性が刻印されて以来、詩と批評は不可分に結ばれてきた。ボードレールしかり、萩原朔太郎しかり。なぜなら、いうまでもなく詩は言語でつくられるが、詩の近代性とは、その言語そのものを問うことでもあるからだ。それまで夢中になって踊っていた人が、やがてその踊りを可能にしている自分の身体そのものを意識し始める、という感じだろうか。いうところのメタレベル、もしくは自己言及性の介入である。

それゆえ、批評は詩人によってこそ書かれるべきなのかもしれない。ふつうの意味での批評を書かない詩人でも、その詩に批評性を内在させてきたのである。たとえば谷川俊太郎がそうだ。

何ひとつ書く事はない
私の肉体は陽にさらされている
私の妻は美しい
私の子供たちは健康だ

本当の事を云おうか
詩人のふりはしてるが
私は詩人ではない

（「鳥羽 1」部分）

あるいは、

詩の稲光りに照らされた世界ではすべてがその所を得ているから
ぼくはすっかりくつろいでしまう（おそらく千分の一秒ほどの間）
自分がもの言わぬ一輪の野花にでもなったかのよう……

だがこう書いた時
もちろんぼくは詩とははるかに距たった所にいる

詩人なんて呼ばれて

（「理想的な詩の初歩的な説明」部分）

というように。そしてこのたび、その谷川俊太郎について論じた四元康祐の『谷川俊太郎学』（思潮社）は、詩人によって書かれるべき批評の、近年まれにみるめざましい成果のひとつであろう。

なによりも「論」ではなく「学」であることに注意したい。実は詩の世界で書かれている批評の大半は状況論であり、作品そのものは置き去りにされてしまうことが多い。おそらく四元は、そうした傾向への批判の意味もこめて「学」としたのだ。じっさい、井筒俊彦の言語哲学を援用しつつ、谷川俊太郎の詩の行為の核心を、「本来分節化が不可能なはずの絶対無分節——それは同時に言語の母胎でもあるのだが——を言語化する」試みと捉えるあたりは、この国民詩人をはじめて世界文学的視野へと解き放つ意味深いページであるといえよう。

しかしそれだけではない。「学」の「学」たるゆえんは、四元みずから「私にとっての「詩」とは、谷川作品の総体に他ならなかった」というように、対象への全的な没入である。批評とは偏愛を語ってこそ生彩を帯びるのであり、そうしてそれは、詩人四元康祐の詩作にも必ずやフィードバックされてゆくであろう。

もう一冊、水田宗子の『モダニズムと〈戦後女性詩〉の展開』（思潮社）も挙げておこう。ともすれば個別詩人論に終始してしまいがちな「女性詩」の諸相を、ひろく文化表象のなかに置き直そうとする、これもはじめての本格的な批評の試みである。

4月

3・11以後に詩を書くこと

――和合亮一、須藤洋平、吉本隆明

「アウシュヴィッツ以後に詩を書くことは野蛮である」と断じたアドルノの言葉になぞらえていうなら、3・11以後に詩を書くことも多少とも野蛮であろう。だが、それに耐えて析出されてくる証言と抒情の言語があるならば、それをこそ詩と呼びたい思いにも駆られる。震災後一年を経た詩の世界を観測してみよう。

たとえば和合亮一だ。『詩の礫』その他で即時的な証言性をなによりも前面に打ち出した和合は、一躍「時の人」となってメディアを賑わしたが、それだけではない。「廃炉詩篇」（「現代詩手帖」三月号）のような、詩人の本質的な孤独に沈潜した本格的な詩も発表するようになっている。また、ノンフィクション作家佐野眞一との対話『言葉に何ができるのか』（徳間書店）では、表現者として福島にとどまりつづけることの意味が語られ、詩は行動と別物ではないとするパッションまで伝わってくるようだ。

一方、津波で破壊し尽くされた南三陸町在住の須藤洋平の場合はどうか。彼はたまたま仙台で被災し、難を逃れたが、親しい人たちを失ったとてつもない悲しみと、自分だけ生きながらえたのでないかというわれのない自責に襲われる。そのうえ、自身の障害にも長い間苦しんできたのだ。そうした一切をこめて書かれた『あなたが最期の最期まで生きようと、むき出しで立ち向かったから』（河出書房新社）は、和合の発信に比べればかなりの時間差があるが、その遅れの分だけ、彼の魂と身体をくぐらなければ絶対に出てこなかった言葉のリアリティが生じて、読む者を圧倒する。

最後に、吉本隆明の死について。諸紙誌の追悼特集において量的には圧倒的に思想家ないしは批評家吉本隆明が語られるであろうが、ここでは詩人吉本隆明を銘記しておきたい。というのも、時代の変遷につれて思想は相対化されたり、乗り越えられたり、場合によっては廃棄されたりするのに対して、詩はむしろそれ固有の輝きを放ちつづけ、場合によっては絶対化されることにもなるからである。ベンヤミンのいわゆる「死後の名声」を望みうるのだ。その日のためにも、詩人吉本隆明をいま強調しておこうと思うのである。

吉本隆明は、四季派や宮沢賢治の影響のもとに詩人として出発し、やがて鮎川信夫らの「荒地」の同人となった。その詩の仕事は、なんといっても、一九五〇年代前半に相次いで刊行されたふたつの詩集、『固有時との対話』（一九五二）と『転位のための十篇』（一九五三）によって記憶される。それらは、戦後現代詩のひとつの事件であった。

それだけではない。たとえば『転位のための十篇』の、

ぼくがたふれたらひとつの直接性がたふれる
もたれあふことをきらつた反抗がたふれる

（「ちいさな群への挨拶」部分）

というような詩句は、もともとは政治闘争のさなかに発せられたものであったが、3・11以後にはまた別様の意味合いをもって読まれうるかのようだ。すなわち、どんな状況であれ、単独者として生き、なおかつ、根底で人々と通じ合わなければならない詩人の苦悩をそれは伝え、和合や須藤といった今日の孤独な表現者へも、遠くからの熱い支援のうたのようにひびくのである。

5月

未知なる老いが始まる
――嵯峨信之、中江俊夫、嶋岡晨

「余白句会」なるものが存在する。清水哲男、八木忠栄、井川博年、八木幹夫ら、おおむね中堅以上の練達の詩人たちが集まって、なにやら俳句の技を競っているらしい。もちろん、専門の俳人もいる。先日、その百回突破を記念する拡大句会が開かれたので、誘われるままに出かけてみた。すると、案の定というべきか、句会の楽しさという洗礼をたちまちに受けて、これではミイラ取りがミイラになりかねない。

あるいはそういう楽しさを欲する年齢に、いつのまにか私もなってしまったということか。老いということをあらためて思う。青壮年期をすぎても、なお長い時間を生きるのがふつうになってしまったわれわれの生。歌人の小高賢もいうように、「無意識」と「未開」と「こども」――二十世紀になってはじめて人類が発見したとされるそれらに、いまや、もうひとつ「老い」という項目を加えなければならないだろう。ものは考えようだ。行く手に、まだ誰も経験したことのないような「老い」がひろがっているのだとしたら、もともと未知なるものには目のない詩のことだ、「無意識」を探検したときのように、もうほとんどわくわくしてもよいのではないだろうか。

そんな思いのところへ、『嵯峨信之全詩集』（思潮社）が出た。嵯峨は一九〇二年の生まれ。戦前は「文藝春秋」の編集者として鳴らし、戦後は長らく雑誌「詩学」の編集発行人をつとめた。第一詩集『愛と死の数え唄』を上梓したのが五十五歳のときというのだから、詩人としてはかなりの遅咲きで、わけても、九十歳代になって名詩集『小詩無辺』を刊行し、人々を驚嘆せしめた。生と死のゆらぐ境界のうえに立って、なお言葉を紡ごうとするその姿勢は、ときに不思議なみずみずしさを帯びて輝く。

生きることからも
死ぬことからも
ぼくは果てしなく遠ざかる

心の空に
軽気球がぼんやり浮かんでいる

人間に氏名をつけることは
そのようなことから始まつた
漂流物の上に小鳥をとまらせるように

（「生々流転」全篇）

中江俊夫の『かげろうの屋形』（書肆山田）と嶋岡晨の『終点オクシモロン』（洪水企画）も、いま述べたような文脈で読むことができる。かつて、中江は『語彙集』によって、嶋岡は『ネオロジスム詩集』によって、詩的言語としての日本語の拡張をはかる実験を試みたことがあるが、そういう果敢さが、老境を大いなる諧謔のほうへどんでん返ししてみせている。嶋岡の詩集から、「終止符」という詩の冒頭部分を引いておく。

無意味に長いわけじゃない
わたしという文章　人生の文章
わたしは口だけの豚じゃない　尻尾《しっぽ》だけの犬じゃない
人間の言葉だ　そっちの都合で

かってに活用形を変えたり　終止形をおしつけたりするな
　わたし自身が文法である

未知の「老い」への挑戦が、いま、始まっているのだ。

6月

注目すべき新鋭
――金子鉄夫、白鳥央堂

注目すべき新鋭の詩集二冊、今月はその読み解きに専心しよう。そのまえに、以下の評言に使うふたつのターム、隠喩と換喩について、私自身の『現代詩作マニュアル』（思潮社）から引いておく。「隠喩（メタファー）は、ある語を別の語のかわりとして、その語の本来の意味とは別の意味で用いる用法。「わたしの耳は貝の殻」といえば、貝殻は耳の隠喩である。この場合、類似性が主たる動機づけとなるが、詩においてはむしろ、異質なものの連辞的結合があたらしい類似を産み出すという方向をとる。言語が世界の関係をつくり出すのだから、いうなれば言語原理そのものである。一方換喩（メトニミー）は、語によって示される事物の隣接性（接触、包含、因果関係など）を利用する用法。「漱石を読む」といえば、「漱石」は漱石の作品の換喩である。ある事物に別のある事物がどうその存在の仕方を負っているかで決まる比喩だから、言語原理よりはむしろ世界原理によるといえる。」

さて、そこでまず、金子鉄夫の『ちちこわし』（思潮社）から。言語の暴力性を標榜した一九六〇年代詩人の再来を思わせながら、しかしもちろん、あたらしさに充ちてもいて、それは、明るい絶望という語義矛盾を詩の空間においてどこまでも生き抜こうとする意志、とでもいおうか。

タイトルの「ちちこわし」は、父壊しであろうか、父恐しであろうか。それとも、乳壊しであろうか、乳恐しであろうか。いや、たぶんそのすべてだ。そうしてそこから、「父」でも「乳」でもない別様の肉体性を獲得しようと苦闘しているひとりの青年の姿が浮かび上がってくる。「こうもんから煮えたテニスコートのにおい」「ひと喰うゆうぐれ」「びよーん、びよーん笑って笑って」「うねうねでうねうね」——これら、換喩的で猥雑なフレーズは、取り澄ました日常の言語を打ち「こわし」ながら、しかしどこかやるせなく、「トウキョウ」の路上をよじれつつダンスしていくかのようだ。

散る散る
本日のて、あしは
このにぎやかな背景に散らせ
ちぃさいひとちぃさいひと
（へらへらへらへらわらってんじゃねぇ）

こうもんから煮えたテニスコートのにおい
においがしようとも
うみなんていくな

（「うみなんていくな」部分）

もう一冊は白鳥央堂『晴れる空よりもうつくしいもの』（思潮社）。言葉の繰り出し方がじつに精妙かつ多彩で、つまりこちらは、七〇年代詩の微分的な抒情言語をいまに伝える雰囲気がある。あたらしさはここでは、そうした詩の空間を引き裂くメタレベルの介入が、意外にも荒々しく果たされる面に求められよう。

とりわけ印象的なのは、「妹」や「幼年」をめぐるなにかしら未生の物語の喚起だが、たとえば、

妹の喝采する速度が
ほとんど星を身籠る力と釣り合うとき
真芯のないさびしさだけが
夜をあらわせるただ一切れの青い頬となる

（「Lullaby」部分）

というような、その物語の破片を隠喩的に語る美しい言葉と、その連なりを断つアイロニーの、
いびきかいて走るバス落し物ガスマスク草笛

新小岩船戸沢渡六角牛馬簾ソラミミネリーザックス
（「春はふたりぼろバスの最前に飛び乗って盛大に燃やすゴミの詩」部分）

という言葉とが、詩集全体を対位法のように織り成してゆく。

ふたりの詩壇への登場を、何はともあれ祝したい。しかも、すでにみたように、一方では換喩的なひろがりにおいて人称を超えた身体が浮かび上がり、他方では隠喩的な奥行きにおいて濃密な「私」の物語の破片が反射しあう。この幅——いってみればそれは、ランボーとマラルメの幅である——がいい。そこに、まだまだ捨てたものではない現代詩の可能性そのものを測ることができるのである。

7月

怒りの情動
——広津里香、榎本櫻湖

人はなぜ詩なんか書くのか。それによって名声が得られるわけでもなく、まして、ほとんど一銭の足しにもならないというのに。多くの人がもつかもしれないこの疑問への、有力な答えがひとつある。それは怒りだ。かつて、わが敬愛してやまない入沢康夫も、「詩とは怒りだ」と述べたことがある。作者の心情の表出よりも自律的なテクストの創出にいそしんできた実験的前衛的な詩人の発言だけに、なおさらインパクトが感じられた。

広津里香詩集『Note de vivi』を開いてまっさきに想起したのも、このテーゼである。著者は実は、四十年以上もまえに夭折した詩人で、金沢で青春期を過ごした縁から、石川近代文学館がこのたび、オリジナル文庫を制作したというわけだ。

アジアの片隅で十七才になっても
何の意味もありはせぬ

重っ苦しい一日がまた増していくだけのこと

（「アジアの17才」部分）

世界へと生まれ出て、未分化な卵のように漲る自己の力と、しかしその力を受け止めてくれる場所がどこにも見出せないという、つまりは自己と世界とのあまりもの不均衡。それを知ったときの怒りの情動が、まるで原石そのままというふうに言語化されていて、読む者の心を打つのである。

それから半世紀。時代は変わろうとも、詩へと若い人を駆り立てるモチーフは発生しつづけている。たとえば、榎本櫻湖の『増殖する眼球にまたがって』（思潮社）だ。この新鋭は、広津とは好対照に、すでにして修辞を駆使した驚くべき言語態を繰り広げ、そのうえにまた博学で、源氏物語からロートレアモンまで作中に取り込み、さらにはなんとあの般若心経をもパロディー風に書き換えてしまう。しかし悪意は感じられず、隅々まで行き渡った諧謔の精神はむしろすがすがしいくらいである。
　榎本作品には通常の抒情詩におけるような「私」という主体が希薄である。あるいは、いわば無限遠点に設定されている。真摯で同一的な抒情主体によるウエットな主題の展開などはハナから問題になっていないのである。どころか、なにか書記機械のようなものがはたらいて、自動的にテクストを産出しているような印象がある。しかしそれは必ずしも冷たい機械ではない。どこか不穏でまがまがしく、それゆえ血も通っているような、すなわち、不思議に幻惑的な肉体性を帯びてもいるのだ。

（岸辺に）打ち上げられた轢死体を跨ぎ越し、開かれた頸部に流水を圧しあてては、返すがえすも惜しくなる臀部の臭気、縊死の殺虫成分に毒される糠、開かれた帆布にまき散らしてまき散らされて（…）「舌肥大」
（「あなたのハートに仏教建築」部分）

　それでも、底を流れているのは、やはり怒りの情動なのではあるまいか。榎本作品の表層にはグロテスクなもの、糞尿的なもの、病的なもの、異形的なものへの嗜好が横溢しているが、それはたんなる悪趣味というのではなく、アブジェクシオンの感覚や社会批判と結びついた怒りの言語化というべきである。ただし、広津の怒りにはジェンダーが交錯していたが、榎本の場合は、もはや男やら女やらの〈私〉には還元できないある特異な〈個体〉――真にオルタナティブな身体――の居場所が問題なのだ。世界はそれを許容しない。ならば、「世界の総体は悉く文字のみによってなりたっている」と思いなして、そこを縦横に動きまわる一個の文学機械ともいうべき存在に変化を遂げようというのである。

8月

死者の場所、記憶の場所
――辻井喬、加島祥造、御庄博実、石川逸子

八月は死者の場所、あるいは記憶の場所へと私たちを連れ出す特別な月である。お盆や帰省という年中行事に加えて、ふたつの原爆の日と終戦記念日とがあるからだ。それに時期を合わせたかのように、辻井喬の『死について』（思潮社）が出た。

辻井は、現在を生きる自己と記憶すなわち歴史に引き戻される自己との相克を一貫してテーマとしてきたが、今度の詩集ではさらに、遠くない自己の死をみつめる意識が加わり、様相はいちだんと複雑さを帯びている。

そう遠くないうちに僕も入るその空間には
雲が流れているだろうか

緑が滴って澄んだ水に映っているか
（「Ⅰ 別れの研究」部分）

いかに死ぬべきか。それは結局のところ「生を生たらしめる生きかた」に帰着する。平凡な結論だが、そこにいたるプロセスこそが重視されるべきだろう。病院のベッドに横たわる詩人の前を、あるいは友のいる病棟へとつづく暗い廊下を、繃帯を巻いた死者たちが通り過ぎていく。このあらかじめの地獄下りのような幻視を核に、いまの時代の空気から種々の文学的記憶まで巻き込んで展開する融通無碍な批判的詩行は、長らく分裂的な実存を生きてきた詩人ならではの底知れぬ衝迫力を伝えてくるかのようだ。

この病院で私はどこへ行こうとしているのか
過去の方へか黄泉の国へか
今までに何度か繰返された疑問が私を捉えた
（「Ⅳ 繃帯」部分）

このような堂々めぐりの果てに、詩人はひとまず許されて病院を出る。いわば「執行猶予」だが、それを、はじめに紹介した結論へと彼はつぎのように意味づけるのである。

それは一足先に出発した友の後を追うためであり
現代に生きている者には珍しく死と向き合うため

そう気付くと自分に残されているのはただひとつ
生を生たらしめる生きかたをすることだった
少し遅いのかもしれないけれども

（「Ⅷ　終章」部分）

この重さにくらべると、加島祥造の『受いれる』（小学館）はいかにも軽いが、老子の教えと著者自身のゆたかな老いとの相乗効果であろうか、その年季の入った言葉は多くの人に生きるヒントを与えるにちがいない。加えて、「はじめの自分――自然の自分」と「次の自分――社会の自分」に分けて人生の意味を考えようとするあたりは、辻井に相通じるところがある。

考えてみれば、日本語の表記システムそのものが二重である。たとえば広島とヒロシマ（いままた、これに福島とフクシマを加えるべきだろうか）。広島とはさながら忘却の別名であり、一方ヒロシマとは、記憶の別名、反復されるべきひとつの合い言葉のようにはたらく。日本語にとっての他者からの言葉をあらわすカタカナ表記のほうが、あの人類史上最悪の記憶を保存しやすいという皮肉は置くとして、この名の二重性、あるいはむしろ名と名とのこのずれ、この隙間のなかにこそ、私たちの現実の生があるのだ。そうした意味でも、御庄博実と石川逸子の共著になる『哀悼と怒り』（西田書店）を外すわけにはいかない。ヒロシマを発信しつづけてきた長い詩歴のふたりが、東日本大震災とフクシマに眼を向け、魂の声をふるわせている。

9月

ミトコンドリア系

――松尾真由美、川口晴美、中本道代、倉田比羽子

一九六〇年代末から思潮社が刊行している現代詩文庫は、今日の代表的詩人を網羅しつつすでに二百巻近くにまで達し、詩のアーカイブとして空前の規模を誇っているが、このたび、その一九五巻から一九八巻までが同時刊行された。松尾真由美、川口晴美、中本道代、倉田比羽子。すべて女性である。ふた昔ほど前ならばこの偶然を「女性詩」としてくくり、ジェンダーへの問いを突出させた時代の傾向をそこに読み取ることもできたはずだが（その代表が、「産む性」を大胆に表現した伊藤比呂美であったのはいうまでもない）、いまはもうそんなことをしてもあまり意味がないだろう。彼女たちはそういう時代をくぐり抜け、淘汰を免れてきた真の実力派である。あるいは、ジェンダーが喧伝されていた頃にはむしろ目立たなかった人たちだ。

とはいえ、彼女たちが女性であることの意味は依然として大きい。そこには、筋張ったマッチョな言語感覚や想像力ではとうてい及びがたいしなやかな詩的宇宙が息づいているのだ。たとえば松尾真由美の、隠喩を駆使した愛という名の関係性の精妙な表出――

そうして
交わりの後

儚い尾をひきずり
密室のような
淵をめぐり
かすかに
雨音を聴く
浮遊する半身の
半睡の夜の旋律
ほそい糸を結わえ
緩やかなぬかるみに転がり
変形の脚をかかえて
私はいっそう淫らな所与にたゆたう

（「雨期に溺れるかすかな胚芽」部分）

あるいは川口晴美の、逆に散文化をおそれない文体の冒険を通しての、他者や都市とのインターフェースの場の探求――

指は紙を離れ
秋のテーブルの葡萄をひと粒つまむ
塞がれて

あまく苦く深まった水を
夏のくちづけに似せて唇へ運ぶと
夜の光を連れて滴り
半島のような腕をたどって
冷えた地図に
わたしの熱を小さくまるく記していった
（「半島の地図」部分）

また、中本道代の、また川口とは対極的な簡潔きわまりない言葉で紡ぎ出される、ひそやかだけれどエロス的な生命幻想――

蟹が泡を吹く
私たちは票の踊りを踊る
砂の上に尿の痕跡
私たちは岩の上に腹ばう

大人を首を吊る

蛇が泳いでいく

私たちは決して溺死しない

私たちははだしだから

私たちは淫らな遊びを淫らと思わずにする

靴は遠い町のショウウインドウの中で眠る

さらに遠い町ではキノコ雲の幻がたちのぼる

私たちは結婚した

（「花の婚礼」部分）

これらの詩的発話はすべて、言葉の広い意味での女性性の発現であるといえる。四人のなかでは
もっとも思弁的に「世界」と「私」とのかかわりを主題化する倉田比羽子でさえ、そのゆらぎに満

ちた詩の行は、意味の一元化という男性的収束をどこまでも逃れていくのだ――

わたしは死んだか？　と問う声低く、わたしが通過することのできる敷居に蠢く影、死――母がささえてきた死の域をわたしは生き延びてゆくにちがいない。

（「Ⅰ　種まく人の譬えのある風景」部分）

ワンフレーズや標語ばかりが安易に人の心を動かしているかのようなこの時代にあって、それとはまるでちがう言葉の豊かさを示すためにも、詩的真実はいま、いつにもまして女性的でなければならないのである。

なお、彼女たちは、程度の差こそあれ「母」を、「母子関係」を、詩の空間のどこかにひそませている。小説でも鹿島田真希や赤坂真理の近作にその傾向は認められ、ひっくるめて、ミトコンドリア系とでも呼ぶべきか。入れ替わりに、あたかもエディプス的主題は昭和のごとく遠くなりつつあるのかもしれない。

10月

接合面へ出かける
——八木幹夫、辻征夫、柴田千晶、城戸朱理、管啓次郎

誰が言ったのか忘れてしまったが、詩人の没後には煉獄ともいうべき期間があって、それを経てようやく評価の機運が起こるのだという。八木幹夫の『余白の時間』(シマウマ書房)は、生前親交のあった辻征夫の思い出を語った小冊子だが、下町のサムライのようだったあのなつかしい詩人の姿を生き生きと甦らせている。没後十二年。そろそろ辻も煉獄を抜けつつあるか。
辻の残した仕事のうち、とりわけ忘れがたいのは、俳句との架橋を試みた『俳諧辻詩集』であろう。自作の句を詩の一行目として掲げ、二行目以下はその自作解説のよう書くという構成だが、そこからなんともいえないユーモアがにじみ出るのであった。

さざなみや目刺のはらの皺の数
(テーブルに肘をついて
海を見ていた
海には魚がいて
魚のなかにはさざなみがあり
さざなみははらわたもほろ苦くておいしい

司厨長
出港の前に
もう一皿さざなみをください）

（「漣」部分）

辻のこの試みを遺贈のように受け取ってあらわれたのが、柴田千晶の『生家へ』（思潮社）だ。柴田の場合、俳句作家としても活躍しているので、俳句の自立性は『俳諧辻詩集』よりも強い。一方で詩の部分は、物語への傾きを随所にひそませる。にじみ出るものも違っていて、ここではなんとも濃密なエロスが立ちこめ、それは定型性のなかで鎮まるべき俳句の表情にまで及ぶのである。全体として、猥褻にして聖なる歌物語の空間が立ち上がるかのようだ。

こうしてみてくると、詩はいかにも自由である。これといった形をもたない分、どんな形にもなれ、どこへでも出かけてゆく。詩とはなにか、などとその内実を思い悩む必要はない。他なるものとの様々な接合面の探求、それこそが詩なのだから。たとえば城戸朱理の『漂流物』（思潮社）は、エッセイのほうへと出かけていきながら、その「散文の裂け目に詩が覗く」瞬間を捉えようとする。集中、3・11の津波でできた「巨大な瓦礫の島」の「漂流」を記すパートが印象深いが、ポイントはやはり、城戸によって選び取られた波打ち際という境界的なトポスとそこに打ち上げられた「漂流物」とが、いま述べた意味でまさしく詩的であるということだろう。

漂流物。すでに何かであることを終え、その名を失ったもの。それでも、再び、誰かが彼らに名前を与えることはできる。そして、そのときまで、彼らは未生の状態でまどろんでいる。

（「Ⅰ　生命あるものの濡れるところ」部分）

管啓次郎の『海に降る雨』（左右社）は逆に、旅、つまり身体そのものを境界として使用していくというスタイルで、日本現代詩にとって何かしら決定的に未知な面をひろげている。

あらゆる陽の翳りと月の出を超えてわれわれは移住を試みる
まるでそれが人生の最初の一日の約束だったかのように

（「Ⅱ」部分）

11月

変容する「私」の姿
——望月遊馬、ブリングル

かつて、アンドレ・ブルトンは、シュルレアリスムの古典とされる『ナジャ』を、まるで人を誰何するように「私とは誰か」という問いから書き始め、一方宮沢賢治は、『春と修羅』の序において、

わたくしといふ現象は
仮定された有機交流電燈の
ひとつの青い照明です

と記した。まことに、近現代詩においては、「私とは一個の他者だ」というランボーの言葉が種子のように撒かれて、さまざまに変容する「私」の姿を出現させているというべきだ。その傾向は、今日なお、詩の空間を未知へとひらいている。

たとえば、望月遊馬の『焼け跡』（思潮社）。望月は一九八七年生まれ。二〇〇六年にまだ十代で現代詩手帖賞を受賞した。あれから六年、『焼け跡』はその第二詩集にあたる。冒頭、ポイントを小さくした活字で序奏のような断章がつづいたあと、「焼け跡」という長い表題作が来る。これが圧巻である。「雨」という言葉が頻出するが、それはたんにイメージなのではなく、全体を貫く基調的な主題でもあり、さらに驚くべきことには作品の主体でもある。ふつうなら「私」という抒情の主体がいて作品を統御していくのに、ここではそれが「雨」に乗り移られ、「雨」と「わたし」との区別さえ不分明になっているのである。すなわち、

（…）雨はやまない。雨がわたしより小さくなり歌をうたいはじめる。口の中ではもうひとりのわたしが、自分よりも大きな雨をからだに受けている。すでにそれはヒトではなく、雨の類

別のひとつとしてのわたしであって。

（「（焼け跡）２」部分）

こうして、主体も客体もないような、不気味さが不気味さそのものとして感光されている詩の行為の「焼け跡」が現出する。「家具の音楽」という詩に出てくる「牛」も十分に異様である。それらは、３・11のあのカタストロフィーとも無関係ではないだろう。

ただ、栞の解説で武田肇も指摘しているように、詩集の後半部にいたって少し作品の緊張度が緩んでしまっていることが惜しまれる。ともあれ、この大型新人が今後どのようにその天賦の資質を時代の表現として錬成していくのか、期待しつつ見守りたい。

またたとえば、ブリングルの『、そうして迷子になりました』（思潮社）。作者は三十代の女性で、子育てのさなかの主婦であろうと思われる。詩集タイトルははじめに読点を置くという、なんとも人を喰ったようなたたずまいだが、読点の前には主語の「私」が隠れているのであろうから、つまり主体の迷子状態だ。そうしてそこに、キッチンから、童話の語り聞かせから、ママ友たちとのおしゃべりから、寄り集い、ひしめきあううちに生成してきた性的身体のカオスがうごめく。統覚や全体性をもとめたりしたらゲームアウト、そのルールが徹底されているところの、それはまさしくジグソーパズルであって、

かき混ぜながら舌にまといつく
膠質な「わたし」

もっと書き損じてもいいんだよ
とくしゃくしゃになって右から零れた

（「自転しながらめざめるからだの」部分）

もするのである。

というわけで、望月とブリングルと、いずれ劣らぬ得体の知れない才能の登場を寿ぎたい。

12月

生を生たらしめる死
――北村太郎、浜田優、石田瑞穂

いわゆる戦後詩をリードした「荒地」派の理念をひとことでいうなら、戦争の死者のための「喪の作業」の遂行であった。そのメンバーのひとり、北村太郎は、戦後期が終わってからも旺盛な詩作をつづけ、「喪の作業」を超えてひろがる日常のなかの死をみつめつづけた。戦争を知らない世代の詩人たちにも彼がひろく支持されるにいたったのはそのためである。没後二十年。『北村太郎の全詩篇』（飛鳥新社）が刊行された。名高い「朝の鏡」から引こう。

朝の水が一滴、ほそい剃刀の

刃のうえに光って、落ちる——それが
一生というものか。不思議だ。
なぜ、ぼくは生きていられるのか。曇り日の
海を一日中、見つめているような
眼をして、人生の半ばを過ぎた。

私たちにとって死は出来事ではない。そうではなく、「ほそい剃刀の／刃」のように生を生たらしめる深い潜在的な力なのである。今年の掉尾を飾るのは、そのような認識に思索と抒情を収斂させて生まれた二冊の優れた詩集だ。
一九六三年生まれの浜田優『生きる秘密』（思潮社）。詩人は山歩きが趣味なのだろう、ここでもその経験が活かされているが、単なる登頂のよろこびや自然への畏怖が書かれているわけではない。彼にとって山は、まさに「ほそい剃刀の／刃」そのものであり、

あと、ほんの、数歩で、
ぼくらがたどりつく
あの頂きに
すでにたどりついたぼくらが
二本の黒い石柱になって

きらめく雲母をちりばめ、
揺れている
眠るように

（「不帰行」部分）

というような場所なのだ。死からの反照としての、主体のゆらぎ、多数化。そこからついには、

わたしは千沙、九歳、
またの名は「歴史」です

（「わたしは千沙」部分）

というような、生と死をつらぬく誰でもない者の視座がひらけたりもする。

浜田より世代が下の、一九七三年生まれの石田瑞穂『まどろみの島』（思潮社）。大切な近親者を亡くした詩人は、北辺の地スコットランドを旅しながら、死者に手紙を綴るようにして詩を書きはじめる。あるいは詩を書くようにして葉書を、「夢幻の園から舞い降りた小鳥の柔毛　季節にゆだねられた生からの　魂の郵便」として。一ページに六行ずつ配した、判型も小振りな詩集の体裁は、まるでそれらの葉書の束をそのまま綴じて本にしたかのよう。

夢のなかから責任は始まる
壜のなかへ見放された帆船のように

古硝子の青い嵐　光の牢として漂う翼から
生きている者とそうでない者の
息と言葉で手紙を織り上げること
封印された渦潮の手で

（「東京　冬　Isles of Tokyo, Winter.」より）

こうして私たちは、北村太郎の仕事をはるかに遡行するように、いままた、ひとりの詩人による固有の喪の作業に、ささやかながらもきわめて美しいその結実に、向き合うのである。

クロニクル2013

1月

「出来事は遅れてあらわれた」
——季村敏夫、齋藤恵美子

東日本大震災から早くも二年近くが経とうとしている。すでにかなりの、いやもしかしたら夥しい数の震災詩が書かれたことだろう。そうしたなかで、季村敏夫の『日々の、すみか』（書肆山田）の新版が刊行された。いうまでもなくこの詩集は、一九九五年の阪神・淡路大震災に際して書かれた詩のうち、そのもっともすぐれた成果のひとつに数えられる。それがいまになって再刊されることの意味とは何か。

もちろん批判の視座の提供である。すでに夥しい数の震災詩——しかしその大半は、私のみるかぎり、情緒的な反応や理性的な対応を書いたものにすぎない。それに対して『日々の、すみか』は、災厄に晒された一個の無力な身体という地点から、何も叫ばず、何も訴えず、ただただ書くという行為に賭けた言葉の真実が、そのまま他の何ものにも還元不可能な輝きを放っている。

さながら果樹園が光るようにゆれ、私達は失われた土地の、記憶そのもの。だれのものでもない、一塊の想い、途方もなく軽い、めまいをひきつれた、匂いそのもの。
（「のちのこころ」部分）

とりわけ、「出来事は遅れてあらわれた」と季村は書く。

（…）月夜に笑い声がまき起こり、その横で顔を覆っている人影が在った。おもいもよらぬ放心、悲嘆などが入り混じり、その後、私達のなかで出来事は生起した。
（「祝福」部分）

災厄それ自体が何かしら内的な「出来事」に変容するまでのこの遅れ、このずれこそ、証言と抒情がひとつに結ばれる契機なのだ。「日々の、すみか」と、名詞連辞のあいだに読点を置くタイトルが、すでにして意味深長であろう。詩とカタストロフィーをめぐって、即時性においてすぐれた和合亮一の『詩の礫』がひとつの極をなすとすれば、もう一方の極に季村敏夫の『日々の、すみか』があることを、私たちはおそらく忘れてはならないのである。

遅れといえば、齋藤恵美子の『集光点』（思潮社）にも意味深くそれはあらわれている。移民や死者をめぐる事物や固有名、無機的な臨港地帯の風景――丹念にそれらを辿り、またそれらの干渉を刻々と受けながら、詩人はやがて、まさに遅れた「集光点」のように詩的真実を浮かび上がらせる。それはときに予定調和的ラインを感じさせせないこともないが、読者に静かな感動のさざ波を送り込むこともたしかである。

私はどこか　よその土地へ移りそこねた者として　ここに居る
あるいはすでに
遠い過去にどこからか移り終え
母国語の音へ　密かに
耳をひらく者として

（「フェイジョアーダ」部分）

私がいま「ここに居る」のは、「よその土地へ移りそこねた」者としてであり、かつまた、「どこからか移り終え」た者としてである。いまここという場所、たとえそれが日本なら日本という国のどこかであっても、それはずっと私を自己同一的に保証してきた場所ではなく、何かからのそのつどの遅れとして、いわばゆらぎのようにあらわれつづける。そのときしかし、ようやく「母国語の音へ」と「耳をひらく」というのだ。さらに意味深い遅れというべきだろう。

2月

詩の日本語
――『現代詩花椿賞30回記念アンソロジー』、四元康祐、藤原安紀子

『現代詩花椿賞30回記念アンソロジー』(発行資生堂、発売元思潮社)が刊行された。久しくアンソロジーが編まれていなかったような気もするので、うれしいかぎりだ。日本の古典詩歌においてアンソロジーは、万葉集以来きわめて重要な役割を果たしていたわけだから、どこかでそのＤＮＡが騒いだのかもしれない。

しかも、構成がなかなかユニークだ。第二十一回から第三十回までの受賞詩集からの抄出作品に加えて(第二部)、歴代受賞者の書き下ろし作品を加える(第一部)という二段構えになっているのである。その結果、二十一世紀になってどのような詩が書かれてきたかという通時的展望と、いま現在どのような詩が書かれているかという共時的展望とが、ほぼ一挙に得られる。もちろん、十年というスパンだから通時といってもわずかな時間の流れでしかなく、また受賞者に限られているから、共時といっても同時代の詩人すべてをフォローしているわけではない。それでも、ふたつの軸の交錯するところにアンソロジーを成り立たせるというのは、これまであまり見られなかった斬新な試みではないだろうか。そこに、今日における多様な詩の日本語というものを見渡すことができる。

詩の日本語。なぜそのような言い方をするかといえば、もとより、言語システムとしての日本語

と詩の日本語とは決して同一のものではないからである。後者は、前者をいわばその内と外から解体し、別様の言語へと変容せしめようとする。
最近の詩集でいえば、外からは、四元康祐『日本語の虜囚』（思潮社）によって。四元は長い間の海外暮らしから、以下のような詩的オデュッセイアを描き出す。すなわち、「外国語との交渉を介して日本語とのわずかな亀裂を作り」、そこから「言語以前の世界」を潜りつつ、ふたたび日本語へ、ただしその深層、つまり詩の日本語へと帰還を果たすこと、あるいはその「虜囚」となること。

目も鼻も口もないのっぺらぼうの閉された系としての脳みそが
コギトの祈り唱えつつ満天の星を夢見るとき
我が指はいろはにほへとを弄び
ママ、見て、ねちゃねちゃしてきたよ、糸引いてるよ、変な匂いもするよ
そうよ坊や、日本語はね、膠着語といって粘着性が高いのよ
かき混ぜなさい、納豆のようにそしてまたアンドロメダ星雲のように
なにもかも一緒くたにしてしまいなさい
分節を消し　表層を切り開き　いざ行かん、我ら言語のエクソダス
めざすは意識のゼロ・ポイント
阿吽の彼方の空の空

（「日本語の虜囚」部分）

だが、まだ途上というべきか、圧巻の「新伊呂波歌」をはじめとする収録作品は機知にあふれすぎて、「虜囚」がこんなに楽しくてよいものだろうかと、いらぬ心配をしないでもない。

内からは、藤原安紀子『ア　ナザ　ミミクリ』(書肆山田) によって。「ロロロ　ロ　ア／ひと　光りの棒が　らせん描く視書へ射した」と、巻頭からなんとも摩訶不思議な言語空間が展開するが、その組成の雛形を探すとすれば、たとえば「き　こえて」という言葉だ。それは「聞こえて」を「きこえて」とひらがな表記にし、さらに一字空きのスペースを入れたものだが、するとそこに、システムの「重力」を解かれた音と意味のゆらぎ状態が現出するのである。その開かれはしかし、作中主体の「ぼく」と「きみ」のあいだにしか通じない、あまりにも内密な抒情の言語へと閉じられていくようにも思われ、読み手はやや置き去りにされる感がある。

越境について
――寺山修司、岡井隆

3月

越境について、あるいは横断について今回は考えてみよう。現代詩と短歌と俳句をひっくるめて、三詩型という。基本的棲み分けとしては、短歌俳句が伝統に就きながらなお表現の可能性を追うのに対して、現代詩は「蕩児の家系」（大岡信）として西洋由来の詩的言語の前衛性を担う。とはいえ、「蕩児」ゆえに家郷が恋しくなる例は後を絶たず、多くの詩人が俳句や短歌を試みたりする。逆に現代詩を書こうという歌人や俳人はほとんど皆無で、悲しい一方通行といえよう。

例外は、たとえば寺山修司か。早熟な短歌俳句の書き手として頭角をあらわし、やがて劇団「天井桟敷」を主宰するようになるマルチタレント。『長篇叙事詩　地獄篇』などの詩作も手がけた。ちょうどいまその回顧展が行なわれていて（世田谷文学館）、私も出かけて行ったが、

昭和十年十二月十日に
ぼくは不完全な死体として生まれ
何十年かかゝって
完全な死体となるのである
そのときが来たら
ぼくは思いあたるだろう
青森市浦町字橋本の
小さな陽あたりのいゝ家の庭で
外に向かって育ちすぎた桜の木が
内部から成長を始めるときが来たことを

（「懐かしのわが家」部分）

というような胸をうつ「白鳥の歌」もあるけれど、全体的印象としては、この多芸多才をもってしても、現代詩の実作はやはりインパクトが弱かったといわざるを得ない。

とすれば、もうひとりの例外、岡井隆の存在はほんとうに希有、もしくは驚異であるといえる。ただでさえ大歌人で、自身のジャンルにとどまってなんら問題はないのに、早い時期から現代詩に関心を寄せ、批評やコラボレーションにかかわってきた。それだけではない。近年は実作においても果敢に現代詩に挑戦し、詩人顔負けの成果を挙げているのだ。

それがこのたび、『現代詩文庫200・岡井隆詩集』として一望できるようになった。同時に『現代詩文庫502・岡井隆歌集』も刊行され、こちらは、詩の専門出版社である思潮社がひろく三詩型全体をカバーしようという新シリーズ「短歌俳句篇」の第二弾だ。

この二冊を通読して、岡井隆について語ることは言葉の自由について語ることだという思いをあらたにする。現代詩は「自由詩」とも呼ばれるが、そこには制約なき制約という奇妙な枷があって、そこでの真の自由の獲得は、短詩型におけるのと同じくらい困難であり、定型の方が逆説的にまた先鋭的に言葉の自由を体現しうるという場合もある。その例がまさしく歌人としての岡井隆であるわけで、岡井は、そうした経験を現代詩に持ち込み、マンネリ化した「行分け散文」に活を入れているのである。

バッファロオを狩つて暮らしてたインディオが
土地に囲い込まれて農を強いられたら忽ち亡んだやうに

詩は狩猟に散文は農耕に向いてるみたい
死の噂はここでも芳香を立ててゐる

（「胃底部の白雲について」部分）

4月

投壜通信とオンデマンド

――パウル・ツェラン、高塚謙太郎、広瀬大志

誰に宛てて書くか。それは手紙だけの問題ではない。詩の言葉をめぐる根本的な問題でもある。すぐさま想起されるのは、例の投壜通信の譬えだ。

投壜通信とは、船上から手紙を壜に入れて海中に投じ、それが陸に打ち上げられて読まれるのを待つという、絶望的なコミュニケーションの手段をいう。もともとは、ラーゲリでの死を余儀なくされたロシアのユダヤ系詩人マンデリシュタームが、詩の行為の譬えとして使ったのを、さらにパウル・ツェランが、ブレーメン文学賞受賞に際しての記念スピーチで援用して広く知られるようになった。ツェランは言う、

詩は言葉の一形態であり、その本質上対話的なものである以上、いつの日にかはどこかの岸辺に――おそらくは心の岸辺に――流れつくという（かならずしもいつも期待にみちてはいな

い）信念の下に投げこまれる投壜通信のようなものかもしれません。詩は、このような意味でも、途上にあるものです――何かをめざすものです。

何をめざすのでしょう？　何かひらかれているもの、獲得可能なもの、おそらくは語りかけることのできる「あなた」、語りかけることのできる現実をめざしているのです。

詩の読者はきわめてかぎられているが、それでもあきらめるべきではないのだろう。このことに関連して、オンデマンドという出版形態について考えてみるのもタイムリーかもしれない。オンライン書店Amazonで注文が入ると、その部数だけ印刷し配本するという方式がオンデマンド出版だ。取次を通さないので、版元にとってはコストがかからないし、在庫に頭を悩ますこともない。造本が簡易になるのはやむをえないが、少部数で専門的な思想書などを刊行する人文科学系の中小出版社にとっては、ありうる選択肢だろう。また、電子書籍からふつうの本まで、ひとつのコンテンツから複数のアウトプットを生み出すというような、出版の未来を占う意味でも、注目すべき方式ではないだろうか。

最近、詩集でもこのオンデマンド出版がみられるようになった。たとえば高塚謙太郎の『カメリアジャポニカ』（思潮社）や広瀬大志の『激しい黒』（思潮社）がそうだ。いずれもアメリカのペーパーバックのような軽快な装幀である。高塚詩集は、エロスと諧謔と反文法を武器に、たんなる主体の抒情の表出でもなければ物語の詩的な解体でもない地平をめざす、新鋭らしい意欲的な作品。バックボーンには日本古典文学の教養もあるという周到ぶりだ。冒頭の「抒情小曲集」と題された

組詩から引くと、

ドーターのひきたおしを待ちどおして
やってくるの緑色の水平を越え
あたりは水がゆたかな
ゆたかな水辺の
静かな球気を掌でまるく額にして
道しるべから水につかっていく

（「No.1」部分）

一方の広瀬詩集は、シュルレアリスム的な恐怖の研究においてすでに他の追随を許さない境地を築いている広瀬が、その健在ぶりを、エロティシズムへの傾きとともに示した作品。

赤い櫛の波を変形
死んじゃいそうな脳だったもんね
される夕暮れ
された夜
画鋲で行こう
目を

（「探索艇の孤児」部分）

なるほど両者とも、少数の選ばれた読者を指名しているような、すてきに不遜なところがあり、オンデマンドにこそふさわしいという気もする。なお、本欄で取り上げる予定の和合亮一の『廃炉詩篇』も、オンデマンドとふつうの本と、二通りの方向で展開している。

変様体としての言葉

――八木忠栄、新藤涼子、河津聖恵、三角みづ紀、坂本直充

5月

言葉とはひとつの変様体である。それがどこに置かれるかによって発する表情やエネルギーも変わっていく。そのさまを検証しながら、詩における言葉のありかたについて考えてみよう。

まず、「電子ブック詩集シリーズ」と銘打たれた『八木忠栄詩抄』（土曜美術社出版販売）。八木は、いわゆる路上派を代表する詩人として出発したが、やがて、俳句や落語への関心を背景に、諧謔や郷愁の色合いを濃くした独特の融通無碍な詩境を開いている。そうした老練の詩人が、電子媒体にも無理なく溶け込んでいるのはすばらしい。ましてやこのシリーズ、端末に表示された画面のページを指先で繰るだけの、ただの電子書籍ではない。詩人自身による朗読、音楽、そして動画画像などが一体となって画面から飛び出してくるのである。ネット時代の新しい詩の楽しみ方が提示され

たといってよいだろう。
しかしながら、視覚や聴覚といった多様な感覚が動員される環境では、相対的に言葉の強度は失われてしまう。言葉それ自体がもつ生々しさや無気味さ、それは八木の詩の大きな特徴でもあるのだが、そういったものを十全に味わうには、やはり、素っ気ない紙の上でじかに言葉と向き合うしかない。

また、きりん走る
さぶい!

（「冬のきりん」部分）

電子書籍の進化は、こうして、紙媒体のかけがえのなさをも教えてくれるかのようである。
つぎに、『悪母島の魔術師』（思潮社）。「悪母島」は「ぐぼとう」と読む。新藤涼子、河津聖恵、そして三角みづ紀という、世代の異なる三人のすぐれた詩人が紡いだ連詩である。言葉はここでは、三人の個性のあいだを微妙に揺れ動きながら、単独では得がたい「災厄を払いのける魔法」をさぐりあてようとする。けだし連詩とは、個のレベルでの表現の深化には多少目をつむりながら、共同で書くことによる言葉の別様のエネルギーの発現をもってそれに代えようとするのである。
ハイライトは掉尾を飾る数篇か。三人の共同制作が大団円に近づいた矢先、東日本大震災という災厄に見舞われる。津波の光景に戦争の記憶もよびさまされた新藤が、

もうインチキ魔術師は廃業するよ
たちどころに人を消したりはしない
千円札を一万円札に変えたりもしない
繭の中の友よ　繭の糸でほころびた人の心を
そっと　縫い付けてよ

と祈念すると、若い三角が、

繭の中の友は返事をせずに
息をひそめて生きているカーテン
地球みたいに

とクールに応じ、それを受けてさらに河津が、

そうだ、魔術だ！
世界に必要なのは
鮮やかな雨のように待ち望まれていたのは

と、おのれの隠れた力能を呼び覚ますように締めくくるのである。

最後に、坂本直充詩集『光り海』（藤原書店）。著者は水俣病資料館館長をつとめた人物。言葉はもはや、通常の詩の圏域を離れつつあるが、かといって伝達のためのニュートラルな媒質には落ちていない。「水俣という重い空間のなかで／ことばが存在と等しくなる時まで」待たれた圧倒的なリアリティの輝きがある。

6月

なお言葉だけは存続しうる
――和合亮一、山本博道

和合亮一の『廃炉詩篇』（思潮社）が出た。和合といえばすっかり震災詩人、とりわけ大衆に発信するツイッター詩人というイメージが強くなってしまったが、もともとは明るいシュルレアリスムともいうべき書法で奔放な言語空間を切り拓いてきた現代詩の重要な担い手の一人であった。『廃炉詩篇』においても、前半には3・11以前に書かれたその傾向の作品が収められ、そして「震災ノート」からはじまる後半には、表題作ほかの震災以降の作品が並んでいる。「時代は感受性に運命をもたらす」（堀川正美）とでもいうように、災厄の前と後で何が変容したのか、何が貫かれているのか、逃げ隠れせずに提示する構成で、そこに私は、この詩人の本質的な誠実さをみる。

まず何が変容したのか。たとえば詩集全体のキーワードでもある「無人」という言葉、それは前半では、

もしくは、そそり立ちつづける阿佐ヶ谷の電信柱のことは誰も知らない。

光が風と風の影とを無意味に照らし始めている、しかし、無人の俺は見つめるしかないのだ。

無人の俺は見つめるしかないのだ、無人の夜明けの横断歩道を。

（「俺の死後はいつも無人」部分）


というふうに、意味の重しを解かれて縦横に他の言葉と結合していた。ところが、後半になると、その文字通りの意味に近づく。

そうして
夜の
無人の
小学校に

ぼくが転校

してくる

（「僕が転校してくる」部分）

震災後の、ほんとうに人が消えてしまったそれ自体シュルレアリスム的な現実を前にしては、詩人はかえって「無人」という言葉の重みと向き合わざるをえないのである。

つぎに、何が貫かれているのか。あたりまえのようだが、それは言葉だ。破局に直面した表現者のスタンスというのは、おおむね、言葉を失うということであろう。それが礼儀であり慎みであるというように。しかし詩人はそうではない。「アウシュヴィッツ以後」を生きたあのユダヤ系のパウル・ツェランがそうであったように、すべてが潰え去ったあとでも、なお言葉だけは存続しうることを、身をもって証すのである。ツェランは、ハンザ自由都市ブレーメン文学賞を受賞した際の挨拶で述べている――

それ、言葉だけが、失われていないものとして残りました。そうです、すべての出来事にもかかわらず。しかしその言葉にしても、みずからのあてどなさの中を、おそるべき沈黙の中を、死をもたらす弁舌の千もの闇の中を来なければなりませんでした、（…）――しかし言葉はこれらの出来事の中を抜けて来たのです。抜けて来て、ふたたび明るい所に出ることができました――すべての出来事に「豊かにされて」。

ただし、このように破局をくぐり抜けた言葉は、それでも、あるいはそれだけに、なおいっそう単独者の孤独な声を伴うほかはなく、『廃炉詩篇』の場合、最後の数篇が万人受けするふつうの言葉に凭れてしまっているのは、その意味でやや惜しまれる。

山本博道の『雑草と時計と廃墟』（思潮社）もまた、こちらはアイロニーというかたちで、認知症の母の介護という苦境にあっても、饒舌なまでに発語してしまうそのあふれを、あふれのままに定着する。そのうえ散文形式なので引用はむずかしいが、読んでいて思わず落涙するほどであった。

7月

デトックスとしての詩
——谷川俊太郎、細田傳造

「詩が好きな人は日本語のグルメだ」という言葉が飛び込んできた。谷川俊太郎の新詩集『ミライノコドモ』（岩波書店）の「あとがき」にある言葉だ。つづけて谷川は、添加物のないとれたて新鮮の食材を食べる贅沢になぞらえて、詩人の心と身体を通って生まれてきたばかりの言葉を享受することが「日本語のグルメ」なのだと言う。齢八十を超えてなおそのように言える詩人の矜持に深い畏怖を覚えずにはいられないが、なおつづけて、これまで言葉の変化に対して比較的寛容であったこの国民詩人の口から、「メディアに氾濫する言葉からのデトックスとして役立つかと思う」という低姿勢の皮肉が漏れるとは、それだけ言葉をめぐる環境が絶望的なまでに劣化しているということだろう。かつて詩は、それぞれの言語文化の精華であった。だがいまや、そんな悠長で高踏的な言い方では誰も耳を傾けてはくれないのである。

詩集自体は未発表のものを中心に近作をあつめたもので、詩人の発話がいまだにみずみずしく躍動していることがわかる。たとえば「時」という詩では物語と詩が比較され、

物語には終わりがあるが詩に終わりはない
詩の中でフリーズした瞬間を
「仮面をかぶった永遠」と呼んで
あのひとはすり切れた一冊のノートを
遺失物のように私に遺した

また、表題作から引くと、詩人自身でもあるだろう「ミライノコドモ」は、ただの希望の担い手ではない両義的な存在であり、そのうえを

サヨナラトコンニチハガ
チョウチョミタイニヒラヒラトンデル

なお、ほぼ同時に、岩波文庫から『自選谷川俊太郎詩集』も出て、多様に広がる谷川ワールドが

ほかならぬ谷川自身の視点から一望できるようになっている。
六十代後半で中原中也賞受賞という遅れてきた新鋭、細田傳造の新詩集『ぴーたーらびっと』（書肆山田）も、低く小さく詩の領域をかぎることから出発する。たとえば孫と遊ぶ老人という構図。たとえば日本語と韓国語の隙間。そこに詩行を組み立てて、どれだけ日常の言語使用から言葉を「解毒」できるかが、主たる戦略となる。

じい　ぜったいいいうなよ
ぱんぱん
モバイル・銃声・モバイル
ゆうぐれの岸辺に少年の声がひびく
じい　えいいえんなんてぜったいいいうな
（「岸辺にて」部分）

孫が出てくる詩というと、金子光晴の『若葉のうた』を思い出すが、細田は子供の王国とより共犯的な関係を結んで、どこか楽しくも不穏な雰囲気まで醸し出す。まさに「少年や六十年後の春の如し」――永田耕衣のこの俳句を地でいくような新しい詩境の誕生だ。

9月

「私」の余白から主体なき世界まで
――文月悠光、建畠晢

ふたつの近刊の詩集を読み終えて、そのへだたりに、私はいま眩暈にも似た感覚をおぼえる。年代も性別もちがうのだから、当然といえば当然なのだろうが、それにしても、同じ時代にこの二冊が居合わせていることの不思議を思うのだ。一冊は文月悠光の『屋根よりも深々と』(思潮社)、もう一冊は建畠晢の『死語のレッスン』(思潮社)。

文月といえば、十代で中原中也賞に輝くなど、天才的な少女詩人として華々しくデビューしたことがまだ記憶に新しいが、そんな彼女の待望の第二詩集が『屋根よりも深々と』である。全体は四部に分かれる。ほぼ時系列に沿った配列なのだろう、少女期から大人へと、「私」の成長がゆるやかに跡づけられているような印象がある。

「十九年も一緒だったのに、自分の心臓が蝶とは気づかなかった」
蝶は羽ばたきの速度をゆるめ、私の鼻先で触角をかしげる。
血がみなぎっていたはずの左胸に手を当てると、
そこは冷たい空洞と化し、恐ろしいほどに寡黙だった。

(「黄色い翅」部分)

相変わらず焦点は「世界」と「私」との発生的な関係に絞られているが、それでもそのなかで「私」は、分裂を経験したり、多数化を幻想したりするうちに、やがて、たとえば「屋根よりも深々と愛をかぶりたい」と、他者の誕生が予感されるところまで連れ出されてゆく。そのドラマには、やはりこの詩人の並々ならぬ力量を感じさせるものがあり、みずみずしく感動的だ。

詩の力である。文月の言葉を借りるなら、「白紙を余白へあたためゆく」詩の力が、そのように「私」をも変容させるのだ。この動きに長い年月をかけて従いながら、ついにはその極北まで至りついた例、それが建畠の『死語のレッスン』ということになろうか(ついでながら、この詩人の第一詩集が『余白のランナー』であった)。そこでは、主体はきれいさっぱり後景に退き、言葉に主導権が譲り渡される。するとどうなるか。

私はとりとめのないレッスンにふける
セイタカアワダチソウに挟まれた細い径で
死語にあふれた時代になるだろう、きっと、これからは

老嬢満載のトラック、横転す
濡れた靴はブカブカと鳴り
老嬢連載のトラック、横転す

黄色いトラックも、やがては危ない
老嬢満載のトラック、横転す
老嬢満載のトラック、横転す

（「老嬢満載のトラック、横転す」部分）

なんだこれは？　という驚きと笑いの圧倒的あふれを抑えることなしにこの詩を読み通すことは、おそらくむずかしいだろう。ほかにたとえば「轟云々、下駄云々」とか、「さよなら三角、また来て刺客」とか、言葉はおおむねナンセンスな言表か「死語」と化して、糸の切れた凧さながら、主体なき世界を跳梁するが、「そうであるがゆえに死語には他のいかなる言葉にも期待できない夢が密かに宿っているはずなのだ」。こうして、ふだんは意味という波に覆われてみえていない世界の荒々しくも不気味な岩礁が、いっときあらわとなるのである。老練の域に達した詩人が私たちにもたらしてくれた、これもまたひとつの感動であろう。

10月

詩人はなぜ旅をするか
――三角みづ紀、吉田文憲

詩人はなぜ旅をするか。西行、宗祇、芭蕉はもとより、ランボーからリルケまで、オクタビオ・

パスから吉増剛造まで、旅に生きた詩人は枚挙にいとまがない。それぞれにそれぞれの理由があっての、あるいはただ「片雲の風にさそはれて、漂泊の思ひやまず」（『奥の細道』）というような、それ自体を目的にした漂泊であったのかもしれない。

詩人はなぜ旅をするか。いままた、スロヴェニアからドイツへとその途次を詩にした三角みづ紀の『隣人のいない部屋』（思潮社）が、ひとつのユニークな答えを差し出している。いわく、旅とは隣人のいない部屋を渡ってゆくことだと。「私」はいっそう「私」に向き合うことになる。このシンプルさ。しかしそこから、同時に新しい「私」が「剝離」してゆく機微もあるのだ。詩人はその瞬間を捉える。まるで写真を撮るように。いや、じっさいに詩人の撮った写真が詩につづいている。つまりこの詩集は、詩と写真とのいわばひとりコラボレーションなのだが、映像表現の心得もある三角という詩人が、詩と写真の双方から、ある濃密な「孤独」の雰囲気を醸し出しながら、未知の自分（という他者）への入口をさぐるのである。稀有な仕事というべきだろう。

二人で　とおくへ
なくなった場所へ
はかりしれない感情が
埋まったままへ
とおくへ

鳥にあふれ
声はなく
叫びもなく
なくなった場所

（「どこにでもいる」部分）

このような「場所」への旅は、はるかに複雑な道筋ながら、吉田文憲の『生誕』（思潮社）にも刻印されている。なにかしら決定的な、だが語り得ない出来事が生起した、あるいは生起している場所。だがそれは「なくなった場所」、非 - 場所でもある。言い換えれば、そこに到達してしまうことは不可能であり、詩人はただ、そのまわりをひたすらにめぐるほかない。「光は折れ曲が」り、遠近の感覚は失われ、いや、もはや「私」の輪郭さえも失われて、誰のともしれない声だけが渦巻く。だがなおもそこを「生誕」と名づけたい欲望のままに、詩人はどこまでもさまよわなければならないのだ。

目にも見えずものもいわず、風と流れる血のなかでいまひそかに起こりつつ
あること
わたしたちはまだなにものでもない、わたしたちはもうなにものでもない
沈黙のなかで崩れてゆくものの輪郭をたえず手探りで求めつづけるしかない

一点の光をともす、おのれを超えて伸び出してゆく
遠く、近く、離れたところで
出会う見知らぬもののように、
近く、遠く、
いまもその人の背後で鳴りつづけている沈黙

（「いつもだれかに」部分）

なんと不毛な、と人は言うかもしれない。だが私にはそれが、地獄でのオルフェウスが、振り返るなという禁を破ってまでなおエウリュディケーを見定めようとするあの注視のあとさきのように思えてならない。古来オルフェウスとは詩人の代名詞である。その惑乱を純度の高い今日的抒情のうちに書き留めたという意味で、これもまた稀有の詩集といわなければならないだろう。

11月

詩の生命の再創出あるいは翻訳
――岡井隆、吉本隆明、粕谷栄市

この秋、中欧スロヴェニアの詩人たちが来日し、われわれ日本側の詩人（私、福間健二、管啓次

郎、三角みづ紀）と相互翻訳のワークショップを行なった。といっても、お互いの国語をほとんど解さない者同士である。そんなことが可能なのか。詩の翻訳は、通常原詩の国語に通じた専門的な研究者が行なう。それで意味は正確に伝わるわけだが、同時に詩の生命のようなものは失われてしまう。われわれの場合、もちろんあいだに通訳者を介し、また英訳なども参考にしたが、基本的には詩人としての言語感覚や想像力に働きかけあい、それぞれの国語において詩の生命こそを再創出しようとした。

いたるところに翻訳がある。詩の生命の渡りがある。国語から国語へ、だけではない。一国語のなかにおいてさえ。たとえば岡井隆の『ヘイ　龍《ドラゴン》　カム・ヒアといふ声がする（まつ暗だぜつていふ声が添ふ）』（思潮社）というやたらと長大なタイトルの本。ここ数年の詩と短歌と評論・対話をひとつにした大冊だが、そこに、「吉本隆明詩への十数箇の註（並びにその現代語訳）」なる作品が収められている。吉本隆明の『固有時との対話』の一節、

わたしを時折苦しめたことはわたしの生存がどのやうな純度の感覚に支配されてゐるかと言ふことであつた　言ひかへるとわたしはわたし自らが感じてゐる風と光と影とを計量したかつたのだ　風の量が過剰にわたるときわたしの宿命はどうであるか　光の量に相反する影の量がわたしのアムールをどれだけ支配するだらうかと　言はばわたしにとつてわたしの生存を規定したい欲望が極度であつた

という一節がエピグラフとして引かれ、旧作の自作短歌とその口語訳からなる本文、たとえば

青年の肉体はまた器《うつは》かな春の卵を容れてしづまる
（青年の肉体《からだ》は器ともいへる春の卵を容れてしづまる）
〈風景はわたしを拒《こば》む〉さこそあれ楕円抱《いだ》きて死に孤立して
（〈風景がぼくを拒否する〉さうだらうなあ楕円を抱いて死から孤立して）

というような本文がそれにつづくのだが、タイトルからの反照で、その本文は註に、エピグラフは本文へとたちまち反転する。言い換えるなら、岡井の短歌は吉本の詩の翻訳として差し出されているのであり、あるいは、吉本の詩は岡井の短歌という翻訳を通して再生しているのである。粕谷栄市の『瑞兆』（思潮社）も、なにかを翻訳したという印象がある。それは、われわれのはるか祖先の夢のなかで起きていたような、詩的民俗ともいうべき出来事が、今日、ひとりの練達の詩人の翻訳によってわれわれにもたらされたというようだ。「つまり、この世のことは、一切が、やがて、何ものかの遠い夢になって終わるということなのである。」あるいは、

夏の月の照らす夜の海で、小さな灯を点した舟を操って、今夜も、おれは、蛸壺を沈める仕

事をする。明日、そのなかに入っている蛸を取るのだ。
（…）
つまり、何ものかの儚い夢のなかで、夜の海に、小さな灯を点したおれの一生の舟が、まだ、ぽつんと浮かんでいるというわけだ。
（「夏の月」部分）

このように、この詩集には夢という語が頻出する。粕谷は長年、独特の散文詩形で不条理な反世界を書いてきた詩人だが、ここにいたって、『聊斎志異』あるいはアントニオ・タブッキの雰囲気をやや帯びてきたか。

12月

「オジャランスキー問題」
――鮎川信夫、天沢退二郎、管啓次郎

いきなり原理的な話になるが、詩とは何か。かつて鮎川信夫は、その『現代詩作法』のなかで、つぎのように述べていた。

「詩とは何か」――この問いに対する答えは、詩の方法的、形式的側面からなされるのが普通です。しかし、形式的規律をもたない自由詩以後は、こうした側面からこれに答えることは、全く困難になってしまいました。私たちは、自分が詩を書いたり読んだりする「経験」からしか、この問いに応じられなくなったのです。

（「現代詩とは何か」部分）

そこで私の「経験」を持ち出すなら、「詩とは何か」というような問いにはあまり意味がない。なぜなら、詩は何か実体があるような代物ではなく、むしろいわば厚みのない線であり、たえず何かと何かの境界に生成しながら、つぎの瞬間にはもう別のどこかへと逃れ去っているものなのである。詩人とは、そうした詩の不在を徹底的に生きながら、なおも詩の到来を待つ者のことである。それはいわば、天沢退二郎が新詩集『南天お鶴の狩暮らし』（書肆山田）で、大いなる諧謔とともに語る「オジャランスキー問題」にも似ていようか。オジャランスキーなるものの正体について、それもまた

（…）幾通りにも答えられるし、
たとえ一語、一行で足りるか、一冊の書物を要するか
いずれにもせよ、それらの答えはすべて、
一つのこらず、間違っているからだ！

もしかしたら詩とはオジャランスキーそれ自体なのかもしれない。あまつさえ、この詩集全体が

歌へファンタジーへと炸裂している。その状態を待ってはじめて詩は生動しはじめるのである。それにしても、天沢退二郎とは誰か。齢も七十を過ぎればありきたりな生老病死のテーマに向き合うのがふつうだろうに、この詩人にはその気配すらない。「蜻蛉と女の子　完結稿」の冒頭から引いておこう。

一匹の蜻蛉があるいて行った
蜻蛉があるくかよ?
あるいて行ったんだから仕方がない
蜻蛉は傘をさしていた
蜻蛉が傘をさすかよ?
そんなこと言ったたって仕方がない
蜻蛉は傘をさして行ったんだから
天から雨は降っていなかったが
傘からは針が降った
それもキラキラと　しきりに降った

管啓次郎の瞠目すべき『時制論』（左右社）もまた、内実を線のように伸ばして、外へと晒している詩集だ。一行一行がほぼ独立している歌集のような構成だが、短歌とは似て非なる「私性」の希薄さがかえって読者を呼び込み、哲学的認識から旅の記憶まで、詩人によって記されたすべての事象が、あたかも読者の現在において回帰するかのようである。

大自然の「大」をすべて「犬」に換えて独特のfake感を出す
写真を撮るなら撮ることに徹したいので被写体はむしろ邪魔だった
（「LIII」部分）

さてこの一年。終わってみると今年の詩界もそれなりの収穫に恵まれたようだ。ひと頃のように、時代との関わりで全体としての詩の存立が問われるようなことはなくなったが、その分、詩は個々の詩の行為へと解き放たれたのかもしれない。全体との関係を断たれたそれぞれの深い闇をさぐりながら、詩人はしかし、蠟燭の炎のような固有の小さな光を点し始めるのである。

クロニクル２０１４

１月

詩的トロピズム
——新川和江、近藤洋太

トロピズムという言葉がある。生物学用語で、向日性と訳すらしいが、新川和江の詩を読むたびに思い起こす言葉だ。まさしく新川作品は、おおらかな大地的女性性に根ざしつつ、光の方へ太陽の方へと伸びてゆく詩的トロピズムそのままであって、それはまた詩の言葉を、現代詩という狭いジャンルから解き放つことにも寄与してきたようだ。一方はまぎれもなくポエジーへと通じていながら、他方は誰でもアクセスできる場所へと開かれている——と書くと、なんと理想的な、と言われそうだが、じっさいそれが新川作品のありようなのである。

今度刊行された『ブック・エンド』(思潮社)も、齢八十を超えての詩集であり、いきおい人生のたそがれ時に寄り添うテーマを集めて書かれているが、それでも陰鬱なところ、悲痛なところは少しもなく、私たち読者を、なんともいえずあたたかな「いのち」の場所へと連れて行ってくれる。

いや、生とも死ともつかぬ、ただ深々としたまどろみのような場所、といったほうが正確か。

青空の深いところに
ちかちか　ぴらぴら　光るものがある
ぶぅぶぅ紙のような
苦い粉ぐすりを包んで飲んだ
オブラートのような…

若しかして
あれがまだ残っているわたしのいのち
叔父の分も含めての　いのちであるなら
ぶぅぶぅ紙を
ぶぅぶぅ鳴らして
いましょうか　今しばらく

（「ぶぅぶぅ紙を…」部分）

なお新川は、べつに『千度呼べば』（新潮社）というアンソロジーも刊行した。こちらはその膨大な自作から、「せつなくもあまやかな」恋愛詩を集めたものである。

水蜜桃が熟して落ちる　愛のように
河岸の倉庫の火事が消える　愛のように
七月の朝が萎《な》える　愛のように
貧しい小作人の家の豚が痩せる　愛のように

おお
比喩でなく
わたしは　愛を
愛そのものを探していたのだが

（「比喩でなく」部分）

近藤洋太の『果無』（思潮社）は、逆にポエジーへの通路を断ち、その分、鎮魂というテーマを散文化ぎりぎりのところまで広げる。あるいは、身近な死者を語るには、そのような方法しかなかったのかもしれない。結果はなんともストレートな感動を読者にもたらすことになった。

メジロ、ヒヨドリ、イワツバメ
小さきものの姿で君はこの世に帰ってくる　そう信じている
そのときには親しかったものに分かるように
君のやりかたでサインを送ってくれないか

（…）
おい岩間
おい！　岩間
（「おい岩間」部分）

こうした言葉のまえでは、詩を詩たらしめる要素は何か、などという問いもかすんでしまうかのようだ。

生活の抒情化
――手塚敦史、中村和恵

2月

抒情という、昔は詩のスタンダードな様態をさして使い古されていた言葉が、このところまた特別な意味合いを帯びて浮上するようになった。中尾太一、岸田将幸ら、二〇〇〇年代以降に登場した一群の若い詩人たちが、一篇の詩の自立性や芸術性よりも、書く行為を通していかに主体の――おもにきわめてプライベートな次元での――情動が言語化されているかを前面に打ち出すようになって以来のことである。彼らはそうしたスタイルを抒情と呼び、しばしばそれに淫するような姿勢で詩のありかを追求してきた。手塚敦史もその有力なひとりで、『詩日記』というタイトルの詩集もかつて書いたほどだが、今度の『おやすみ前の、詩篇』（ふらんす堂）からも、その魅力がふんだんにあふれる。いうなれば、生活の抒情化。この詩人ならではの感覚と形象の精妙なあわいに、あるいはその混淆のうちに、自己も他者も、都市の日々も、柔らかく優しく包摂されてゆくというような。

さなぎ、さなぎ、噴き出す白糸、
くたくたになったニーハイ、トランプの札、
あらわれ出たウスタビ蛾の回想しているモノクローム
（「（おやすみ前の、詩篇）88」部分）

だがやはり、あまりにもプライベートというべきか。読み通すのは大変だ。中村和恵の『天気予報』（紫陽社）は全くべつの詩の表情をひらく。中村は手塚よりひとまわり以上世代が上だが、そのつどの個体的な視点に、世界からの、あるいは世界への、俯瞰的なまなざしが加わるのである。合わせて移動的な視点といったほうがいいかもしれない。そこからの詩情が読ませどころだ。作品にばらつきがあるような気もするが、

ことばが通じるものだと思って
話し始めたわけじゃない
たまたまそこに転がっていた

粘土を拾って
ねじって
ちぎって
くっつけて
ねとねとにして
あなをあけて
ぶびぶば
ちょうちょ
あおむし
せいぞん
してたら
驚いたことにそつーしたり
もちろんむろんしなかったり
したのだ
いし　いしねえ
石ほどの堅牢さなんて
あるはずもない

（「無風地帯」部分）

というような言葉の運びには唸らされる。中村は比較文化の専門家でもあり、そのあたりの知見も無理なく織り込まれているようだ。

3月

底なき底にふれる言葉
――加納由将、四方田犬彦

孤独とは何か。それは人間を人間たらしめる本源的な条件である。なるほどインターネット、とりわけいわゆるSNSの発達で、人はいつどこでも瞬時のうちに他人と通信できるようになった。その利用を称して、とくに若い人は「つながる」といい、まるで喉の渇きを癒す一杯の水を求めるように、のべつ「つながろう」としているようだ。もちろんそんなことで解消されるほど孤独はヤワではない。逆説を弄するようだが、言葉を発することがかえって孤独を深める場合もあり、いや、人はその本源においては、孤独を深めるためにこそ言葉を発するのであり、その果てに、人間という存在の底なき底にふれることにもなるのである。それが詩的発話の根拠となる。

たとえば加納由将の『夢見の丘へ』（思潮社）には、ぎりぎりのところで発せられた言葉のみがもつ重みと美しさがある。作者はおそらく重い障害を背負っているのであろう、胸を塞がれるほど絶望的な状況に置かれているが、その絶望を隠そうともしない。そうしてただ絶望の総和だけがひとすじの希望の光に変容しうるその秘蹟を、そっけないほどに簡潔な言葉の運びのうちに書き取る。詩的想像力という面からすれば、「夢見の丘」にもうすこし具体的なイメージがほしい気もするが、今後に期待しよう。

そして四方田犬彦の『わが煉獄』（港の人）。評論家として赫々たる業績をもつ四方田が、またどうして詩などを、と訝る向きもあるかもしれない。じっさい、『夢見の丘』とはまったく対照的な、幅広い教養をいわば隠そうともしない書き方だが、なかなかどうして、存在の底なき底にふれているというリアリティも十分に感じられ、読み応えのある詩集となっている。映画史から文学全般を経て比較文化論まで、驚くべき批評のフットワークをもつ四方田——すでにして膨大なその著作群に加わる本書は、彼の批評的営為の核心にはまぎれもなくひとりの詩人が住んでいることを明かす貴重な一冊となるだろう。

「煉獄」とは、カトリックで、天国と地獄の中間にあり、死者の霊が罪の償いを果たすまで火によって苦しめられるという場所である。そんな言葉を所有形容詞つきで詩集のタイトルにするのだから、なにかそこにはのっぴきならぬ実存的要請があるのではないか。と思いつつ詩集を繙くと、じっさい、死への想念も随所に記されている。しかし、それだけではない。「煉獄」とは、言い方を変えれば、中間的な未決定の場所であり、未決定ゆえの豊かさにもみちていて、それは多層な声を響かせる詩的言語の生成にも通じてゆくだろう。四方田はいま、そこに賭けているようにもみえる。

破滅をなんとか鋳直して

同じく破滅を知る人たちのため
いまだ破滅を知らない人たちのため
声低く告げることを　認めてほしい
けっして破滅することのない韻律のもとに

（「認可」部分）

あるいは、

アハハ………　ナンダ、こんなことだったのか
わたしは夢野久作のように笑った
氷の涯てに天使が踊ってやがらあ………

（「キャベツ」部分）

ここに登場する「わたし」は作者そのものではない。おそらく作者は、彼が親しんだ具体的な死者を選び取って「わが煉獄」に住まわせ、ひとりひとりその者らに成り代わって発話するという方法をとっている。いわば、霊媒師だ。その方法が作者の生のリアリティとも深く結ばれて、多数の「わたし」からなる、めくるめくような回帰と融合が果たされてゆくのである。

4月

生と死をつなぐ神秘の「青」
——稲葉真弓、杉本徹

偶然にも、ともに青い表紙をもつ二冊の詩集を取り上げよう。ひとつは稲葉真弓の『連作・志摩　ひかりへの旅』（港の人）。稲葉は、志摩半島に別荘を建て、年に何回かそこで日々を過ごすようだが、その体験をもとに、生の半ばを過ぎた女性が濃密な自然との交流のうちにひそやかな生の更新（それはまた死への準備でもある）を果たしていく模様を、「海松」ほかの作品で小説化してきた。今度はその同じテーマを、もうすこし言葉のエッジを立てて、詩の空間に変容せしめようとする。その間の事情を、彼女は「後記」で、「小説を書く合間合間に、詩の言葉が水滴のように私のなかに溜まり、それが滴る水のように言葉となって降りそそぐ瞬間を、至福の時として味わった」と述べている。言葉は、小説においてはおおむね透明な媒体としてはたらくのに対して、詩は言葉をしばしばリアルな物質あるいは生命体のように扱い、その躍動するにまかせる。まことに、詩とはよろこびである。稲葉の詩句は全体に平明ではあるが、光を希求する強度があり、それが読者をもよろこびの共有へと誘うのだ。

人っ子ひとりいない半島の乾いた道
バス停の文字も溶け出し　くにゃりと曲がる

見え隠れする浜沿いの
黒い屋根が蛇のうろこのようだ
どこに行くのか
止まらないバスの野蛮
防波堤の影だけが伸びていく
帰りたいのに帰れないまっすぐの道

しんとした真昼
半島のへりを転がっていくわたしとバス
行き過ぎる白い崖の稜線だけが
虚無　キョムとへんに明るく光っていた

（「虚無の岸辺はどこまでも」部分）

もう一冊は、杉本徹の『ルウ、ルウ』（思潮社）。これはもう現代詩の中の現代詩というべき詩集で、ほとんど全ページが詩的な言葉のふるまいに満ち満ちている。

わたしは走らない、ただ光を跳ぼうとした。非常階段の錆は展翅されたまま、雑居ビル群の谷の虚ろでしきりとざらついて、搔き消える、……鎖された暗い窓が翻りたくて、鳴く、ルウ、ルウ、と。

（…）
未来の夕映え、に。
わたし薄青い、ほそい歌を吊る。

表題作「ルウ、ルウ」から、冒頭と結尾の部分を引いたが、こうして、稲葉作品とは違った意味で、詩のよろこびが伝わってくるのだ。そしてまた光への希求も。そのためにしかし、杉本は特別な土地を必要としていない。目の前のありふれた舗石へ一歩を踏み出すだけで十分なのだ。そこでまなざしは事物と出会い、詩的な瞬間をスパークさせる。稲葉作品が志摩という土地へ積分されたよろこびであるとするなら、杉本のそれは、都市をさまよう生の微分的なめくるめき、とでもいおうか。

二冊を読み終えて、あらためて表紙の青に思いを馳せてみる。青とは、なるほど光への希求と切り離せない多分に超越的な色だが、同時に、われわれという存在の底深くに湛えられた、生死をつなぐ神秘の色でもあるのだろう。

5月

希望の原理をもとめて
――辻井喬、高階杞一、四元康祐

昨年秋、戦後の現代詩に重きをなした辻井喬が逝った。いうまでもなく辻井は、一方で消費文化を主導した実業家でもあった。ヤヌスにもたとえられるその双貌性は、詩作にも色濃く反映している。苛烈な経済活動に身を置く自身の魂の孤独そのもののように、『異邦人』などの彼の初期の詩の世界には、共生しうる他者も見出されないまま、物象だけが不気味にうごめく気配がある。辻井がその後の長い詩業のなかで追いもとめたのは、したがって、何よりも希望の原理である。ただし、否定の精神とアイロニーの徹底を通じて。絶望を深めるだけ深めてゆくと、それがそのまま、希望の闇になるかもしれない。この逆説こそ、辻井喬の詩を特異たらしめ、戦後の現代詩にほとんど類をみない詩のドラマを現出せしめたのだ。

それはやがて詩による壮大な戦後史の試みへと拡張される。この詩人の真の独自性があらわれるのもまさにその時点においてであろう。『群青、わが黙示』(一九九二)ほかの「わたつみ」三部作において、パロディや引用といった手法を駆使しながら、現代社会そのものへの批判の書たらんとするエクリチュールが展開する。またそこから、第二次大戦の死者たちを鎮魂しつつ、おのれの死をみつめるという晩年の境地も引き出されていったのである。

逝去から半年ほど経った先月、「辻井喬さんを偲ぶ会」が、歴程同人および高見順文学振興会の共催で行なわれた。司会進行役はこの私がつとめ、さまざまな人に詩人辻井喬の思い出を語ってもらったが、ひっきょう辻井さんは——小説家としても名を成したけれど——詩人として生涯を終えたかったのだと推断したのは誰であったか、私にもその思いは分かるような気がする。上に述べたように、辻井の詩はつねに暗く絶望をうたうものであったが、絶望の総和こそが希望にほかならないという逆説的な真実を生きるには、やはり、詩人であることに立ち戻るほかなかったのではあるまいか。詩は無力ゆえに、いや「無用の用」ゆえに、何ものにも代え難いのだ。代表詩集『わたつみ・しあわせな日日』から引いておく——

名前のない鳥が　せめて高く啼いて飛び立つ日
わたつみの空は晴れているだろうか

（「わたつみ」部分）

まさしくこの「名前のない鳥」のように、夜の闇のなかでひっそりと詩は息づくべきなのかもしれない。誰のためでもなく、何のためでもなく、ただそれ自身の微光のような輝きのために。

高階杞一×四元康祐のフォトポエムと銘打たれた『千鶴さんの脚』（澪標）から伝わってくるのも、そのような詩の光である。ミュンヘン在住の四元は本欄でも何回か取り上げたことのある第一線の詩人だが、今回は写真家に変身して、世界各地で撮影した写真群を高階に差し出している。どれも奇妙な味わいのある作品で、ひとことでいうなら、写真という表象に特有な死の気配が醸し出されている。それに練達の高階が応じて、いわば言葉による再生の儀式を果たしていくのである。

その往還、その息のめぐらしがすばらしい。

女ばかりの星に着く
（…）

ことがすむと
大きな果樹の根もとへ行って
産卵する
そうしてまた
女がふえる

わたしは永遠に死なないという
次の男がまた
あやまって
ここへ
不時着するまでは

（「果樹」部分）

つつましい体裁ながら、本書はまちがいなく、あらまほしきコラボレーションのかたちを示した近年まれにみる収穫といえるだろう。二人の会心の笑みがみえるようだ。

6月

「ボーイズラブ」の視点
――川口晴美、立原道造、萩原朔太郎、田中宏輔

とびきりユニークな詩華集が出た。川口晴美編・解説『萌詩アンソロジー　詩の向こうで、僕らはそっと手をつなぐ。』（ふらんす堂）。何だこれは、と思いつつページを開くと、島崎藤村から寺山修司まで、女性詩人が選んだ男性詩アンソロジーという趣。愛や友情をうたった優しげな表情の詩ばかりだが、さらによくみると、ヘテロな恋愛詩としてしか読まれないものは慎重に除外されていて、そうかそういうことだったのか、これはいわゆる「ボーイズラブ」の視点を導入しているのであって、さすがはサブカルチャーにも詳しい川口、粋な計らいをしてくれたということなのである。第一章「秘めた気持ちが疼いて」以下、テーマ別の章立てからは、若い人向きに、かすかな物語性まで醸し出されている。第三章「傷跡は見えないところに刻まれる」に収められた立原道造のソネット「虹とひとと」から、その後半二連を引いてみよう。

また風が吹いてゐる　また雲がながれてゐる

明るい青い暑い空に　何のかはりもなかつたやうに
小鳥のうたがひびいてゐる　花のいろがにほつてゐる

おまへの睫毛《まつげ》にも　ちひさな虹が憩《やす》んでゐることだらう
（しかしおまへはもう僕を愛してゐない
僕はもうおまへを愛してゐない）

話者が「僕」であることから（背景にある作者立原道造をめぐる淡い女性群像は置くとしても）、私たちはふつう、これらの詩行を男女間の恋愛をうたったものとして読んでしまうが、じつをいえば、字面だけでは「おまへ」の性別は不明である。ということはつまり、「おまへ」を男性ととり、「ボーイズラブ」の顚末をうたった詩と読んでもなんら問題はないということになる。さながらコロンブスの卵だ。たしかにいまどき、時系列にそって男性中心の近現代詩アンソロジーを編んでも、逆にジェンダー論丸出しの女性詩アンソロジーを差し出しても、さして話題にはならないだろう。しかし、本書の特徴が現代風俗に通じたそういう編集の面白さだけかというと、なかなかどうして、さすがは（と繰り返してしまうが）現代詩の第一線で活躍する川口、ポエジーの勘所はしっかり押えられている。「読むことは素敵な共犯者になること」を実践した解説も楽しい。

こうして、たとえば萩原朔太郎の「およぐひと」という詩――

およぐひとのからだはななめにのびる、
二本の手はながくそろへてひきのばされる、
およぐひとの心臓《こころ》はくらげのやうにすきとほる、
およぐひとの瞳《め》はつりがねのひびきをききつつ、
およぐひとのたましひは水のうへの月をみる。

この五行は、「のびやかな青年の裸体は透きとおった水に包まれ隔てられているから、それをみつめる語り手の静かな視線に狂おしく宿ってしまう憧れと哀しみ。その熱情と絶望」と斬新に読み替えられていくのである。

アンソロジーといえば、田中宏輔が、みずからの選詩集『ゲイ・ポエムズ』（思潮社）と、海外のゲイの詩人たちの詩を集めた『ＬＧＢＴＩＱの詩人たちの英詩翻訳』（思潮社）を、オンデマンドで同時刊行した。田中はそのカミングアウト的言辞と多様な言語実験を通じて、制度やシステムや社会通念からの言葉の根源的自由を追求してきた。そういう意味で、いわば破れかぶれの求道者のようなところがあり、それが作品に独特の熱とユーモアを与えている。一読をおすすめしたい。

7月

生の困難、終わりなき「路上」

――中尾太一、八木忠栄

二〇〇〇年代を代表する詩人のひとり、中尾太一のデビューは衝撃的であった。彼が受賞した現代詩新人賞の選考委員を私はつとめていたのだが、中尾作品は、ふつうの詩の形式性を無視したようなページに切実かつ過激な抒情があふれ、まさに他の候補作を圧倒していた。あれから八年、『a note of faith　ア・ノート・オブ・フェイス』（思潮社）は彼の三冊目の詩集だが、その才能は健在である。

中尾的抒情のベースにあるのは、哲学的レベルでのいわゆる実存的不安というより、今日の社会における青年の、よりリアルな生の困難というべきか。そこからの脱出を、中尾はしかし、きわめて率直に、詩を書くという行為に重ね合わせる。詩とは希望なのだ。その結果、まるでロードムーヴィーをみるような移動感が、他者への友愛にみちた呼びかけが、そしてドライヴがかかったような言語の奔放な使用が生まれるのである。

鳴り続ける始まりの爆音、母音は逆に静かだ
アイウエオ、その隠語の「哀」を聞きながら岩陰で踊る俺は
両棲の high-era を吹き抜ける風の劫音《ゴウオン》にいっときだけ愛される言葉

元は青みを帯びていただけのアトモスフェア、その谺《コダマ》（「破浪、二〇一三年九月三日」部分）

ただ、その心情はわかるとしても、「リリック」という「小さな動物」を詩人はすこし神格化しすぎてはいまいか。

ともあれ、もちろん脱出は不可能であり、ただ脱出に向けての闘いこそが、またそれをどこまでもつづけることによってのみ保証される生のリアリティこそがすべてである。終わりなき青春と言い換えてもよい。あるいは、言葉のもっとも広い意味での「路上」。

僕はまだ、帰れない街の、囀りのない路上につっ立っている詩人の魂と一緒に
徹底した錯誤の中で歌を歌っている
比喩の炎上、龍の天井に見える透明なビジョン
僕が見たのはそんなものだけだ

（「gardenia」全篇）

おいおい、「路上」ならこっちが元祖だぜ。ベテラン八木忠栄の『雪、おんおん』（思潮社）からそんな声が聞こえてきそうだ。八木はかつて、アメリカのビートニクの影響を受けた「路上派」を代表したこともある。いまは齢を重ねて、故郷の雪国に思いを馳せることが多くなったが、それはたんなる懐旧ではない。

ごらんよ
田んぼはあのようにゆがんでゆく
青ぞらから
時ならぬさくらの花びらが性器のように
夥しく踊っている
あっぱれ！

（「あっぱれ！　青ぞら」部分）

とこんなふうに、死者も生者も不分明に融け合って作り出される、明るい土俗ともいうべき時空が展開し、終わりなき青春に勝るとも劣らない不思議なエネルギーを放っているのだ。

8月

通奏する危機の意識
――石牟礼道子、季村敏夫、高橋順子

八月は死者を想う月。それに合わせるように、石牟礼道子の『祖さまの草の邑』（思潮社）と季村敏夫の『膝で歩く』（書肆山田）が相次いで刊行された。高橋順子の『海へ』（書肆山田）をこれに加えてもよいかもしれない。

「危機はわたしの属性である」とかつて田村隆一は書いたが、そのいわば、たぶんに意志された主体の危機に対して、主体とはかかわりなく生起しながら、やがて主体の運命を変え、書く行為そのものの根拠になってゆく危機もある。いうところのカタストロフィー。石牟礼における水俣、季村における阪神・淡路大震災は、まさにそのような意味をもっていた。ふたりの今度の詩集は直接それらを題材にするものではないが、危機の意識は通奏されているといえよう。

石牟礼の場合はさらに、伝来の大地や海の記憶とつながり、語りの文化の伝統ともつながって、「九州の胎内」そのものから発せられたような鎮魂と祈りの言葉を紡いでゆく。

崖の下に　野ざらしになっていた
これはなつかしい
わたくしさまの
しゃれこうべ
ふたつのまなこの　穴ぼこと
口のしるしの　穴ぼこと

（「わたくしさまの　しゃれこうべ」部分）

逆に季村の場合は、病妻という私的なテーマに縮約されて、言葉はつぶやくように、余白を控え目に裂くというような趣であらわれる。それだけにかえって、その重みはきわだっており、作中で言及される石原吉郎の、シベリア抑留体験にもとづくあの極限的な生の様相を書いた詩にも通じてゆく。詩集タイトルはそこから採られた。あたかも言語活動の通常の運行を「二足歩行」とするなら、危機のなかの詩の言葉は「膝で歩く」ほかないのである。

二足歩行をいまだに信じている精神よ
膝を組みかえてみよ
それだけで一変する思考がある
シベリア強制収容所から生還した詩人は
足のうらと地面との
わずかなすき間に
悔悟の杭をうちこみながら語った
（「膝で歩く」部分）

高橋はもともと海の近くで育まれた詩人ではあったが、その「古里」が3・11の大津波の被害を受けたことにより、あらためて、複雑な両面感情をもって海と向き合うようになった。それがこの詩集をもたらしたのだが、ことさらに深刻ぶるようなスタンスはとられていない。どんな危機にあっても、ポエジーの生まれる瞬間を忍耐強く待つのが詩人の権利であり義務であることを、高橋はよく心得ているのである。

海という窓は閉められぬ

わたしがここから閉めだされたとき　はじめて
海という窓が閉まる

というように。

（「3・11　あれから」部分）

9月

誰に宛てて書くか

——最果タヒ、一方井亜希、紺野とも

以前の本欄にも記したことがあるが、誰に宛てて書くか。言葉とは本質的に対話的である以上、詩もこの問いのうちにある。谷川俊太郎のように、詩集によって一般読者からコアな現代詩読者までひとりでカバーしてしまう例外もあるが、おおむね、この問いはそれぞれの詩人の作風に直結している。

たとえば最果タヒの『死んでしまう系のぼくらに』（リトルモア）は、タイトルからして、生きがたさを感じている同世代と発話の場を共有しようとする姿勢があきらかだ。つまり開かれている。人称の自在な交換を介しての生活世界へのコミットは、危うさをも秘めてみずみずしく、詩のあたらしい可能性を感じさせる。

私たちが今度ひとをころしに、外にでたとき、たくさんの沈丁花がさいて、月のふりをしている。それでも、走って風になって、ひとを否定してしまえる、そんな私たちが鋭くて好きだよ。

（「大丈夫、好き。」部分）

しかし同時に、この方向をおしすすめると、詩としての強度が霧散してしまう懼れなきにしもあらずであろう。最果の今後の展開が注目される。

これとは対照的に、一方井亜希の『白日窓』（思潮社）は、現代詩の正統ともいうべき、言語をして語らしめるような書き方で、閉塞した状況をその閉塞のままに差し出す。

開示を待つ指先の傍らに
死は静かに寝そべっている
部屋
肉感のないソファから眺める
眺めることの出来る窓には朝焼けが広がり
待たれているのは雨と錯覚したい
カーテンが
ただひたすらに揺れ

揺れる
（「雨を待つ」部分）

作者が東北在住ということもあって、あの尾形亀之助の世界がよりスケール大きく現代に甦ったかの感もあるが、反面、多くの読者には、取りつく島がないという印象を与えるかもしれない。中間に立つのが紺野ともの『かわいくて』（思潮社）だ。女性の生活現場に密着したテーマや素材は一般の若い読者にも開かれ、同時にそこに先鋭的な詩意識のあらわれが交錯する。

恋愛運を上げるピンク色でカラーリングされたゆるふわな繭、それがわたしの住処です。
（…）見上げる空は朝から六〇％グレーのくすみ、愛からはほど遠くてぬくい、
（「マキア」部分）

ただ、商品名などの夥しい固有名詞の使用は、詩的効果という域を越えてしまっているように思える。

というわけで、それぞれの問題点も抱えつつ、まさに三者三様。いずれも女性の、しかも世代的にそれほど違わない書き手の作品だけに、誰に宛てて書くかによって様相を変える現代の詩のレンジそのものが、いっそうくっきりと浮かび上がるかのようだ。

10月

詩らしい詩を読みたい
——福田拓也、野村龍、杉本秀太郎

本欄も加担しているが、詩の現在について状況論的にあまりにも多くのことが言われすぎてきた。その結果、たまにはそのものずばりの詩らしい詩を読んでみたい。そう思うのははたして私だけだろうか。

福田拓也の『まだ言葉のない朝』（思潮社）は、一見およそ詩らしくない規格はずれの姿をみせる。全ページびっしりと文字で埋め尽くされ、ときどき読点があらわれるだけという驚くべき言語態。部分的な引用は無理なので、冒頭の数行だけ書き写してみると、

頭蓋の天空に赤く星の光る夕べ、血管叢の絡まりを素早く出入りする動物たちの矢印状の動きまで歩を歩ますることもなく、亡き川の夜明けを夢見る視線はその都度廃滅された砂地に熱くなった砂と灰の中で眠る鳥たちの白い翼の幻は消え去る刹那に浮かび上がらせる朝の岸辺、霧の白く立ちこめるその中に突き立つ枯木群、焼けた木々の跡地まで空横切る燕の飛翔の線条の絡まる崩れ落ちる錫箔状の天空まで、（「I」部分）

とこんな感じでつづくのだが、それなのに「まだ言葉のない朝」とは、なんと人を喰ったタイト

ルであろうか。いや、それは浅読みというものである。この光景はやはり「まだ言葉のない朝」なのだ。

まず第一に、生起する語やイメージは、通常の文として成就するまえに、たちまち別の語やイメージに蚕食され、帯文にもあるように、言葉以前の、「砂絵のごとく、果てなく流動しつづける」テクストが現出する。第二に、読みすすむにつれて読者は、身体とくに血管のイメージが外部の風景と不可分に絡み合って、なにやらただならぬ雰囲気を呈していることに気づく。生死の境をさまよった体験がもとになっているのだろう、そこからの生還を告げる最初の言葉が、古代語も飛び交う「めくれた皮膚の内からの肉の夜明け」の混沌のなかに求められてゆくのである。この「地獄下り」ともいうべき極限的な実存のありようを、福田は、それ自体極限的な言語のパフォーマンスで示そうとする。つまりは内容と表現の一致ということだが、それをあきれるほど徹底させたという意味で、この作品はじつに詩らしい詩なのである。

私自身が跋文を寄せているので取り上げにくいが、野村龍の『Stock Book』(思潮社)は、うってかわってシンプルな、しかしこれこそが詩だという見本のような詩集である。野村もまた彼なりの「地獄下り」を体験しているのだが、実存からの訴えは、蝶が翅を広げたような詩の形姿に昇華して、あとには何の痕跡もとどめない。これを美しいといわずして何といおうか。

無言で輝く瞳に　数え切れない香りが射込まれ
泉は　ねっとりと渦巻く

煌めく数式に包まれて
美しかった文字は溶けていく
母の彼方では　もう
彗星が乾き始めていると言う
（「地図」部分）

偶然にも、二人ともフランス文学の専攻。さらに偶然を導き入れよう。高名なフランス文学者である杉本秀太郎が、みずから詩集『駝鳥の卵』（編集工房ノア）を刊行し、ユーモアから幻視まで、年季の入った風狂の領土を開陳している。

11月

言語の固着から言葉の生動へ
――岩田宏、榎本櫻湖

『岩田宏詩集成』（書肆山田）が刊行された。『独裁』以下、既刊六冊の詩集からの著者自選の集成である。若い読者のために紹介しておけば、一九五〇年代から六〇年代にかけて、リズム感あふれる言葉の運用から独特の抒情と毒のあるユーモアを繰り出し、新世代としていちはやく時代の空気を撃つことができた詩人がいた。やがて彼は詩から離れ、小説やエッセイの執筆、また小笠原豊樹の筆名でのロシア文学その他の翻訳の仕事に移行していったが、詩人としてのあのあまりにも鮮やかな武勲は、不朽のものとして語り継がれている。それが岩田宏だ。

今日、その詩業が一望できる視野を得られたことは、詩に関わる者すべてにとって大いなる喜びである。私もあらためて驚嘆しつつ読み終えた。代表作のひとつ、「感情的な唄」から引いておこう。

学生がきらいだ
糊やポリエチレンや酒やバックル
かれらの為替や現金封筒がきらいだ
備えつけのペンや
大理石に埋ったインクは好きだ
ポスターが好きだ好きだ
(…)
午前十一時にぼくの詩集をぱらぱらめくり
買わずに本屋を出て
与太を書きとばす新聞社の主筆がきらいだ

やきめしは好きだ泣き虫も好きだ建増しはきらいだ
猿や豚は好きだ
指も。

この最終行「指も」に、あらゆる批判を重ねた果てになお世界を愛おしむ詩人の優しさが、ぎゅっと収斂されているようではないか。

なお、この七月から刊行が開始された小笠原豊樹訳「マヤコフスキー叢書」（土曜社）も、『ズボンをはいた雲』をはじめ、革命の詩人の挑発的な躍動感を伝えてすばらしい。こちらも一読をおすすめする。

詩の現在を担う若手からは、榎本櫻湖の『空腹時にアスピリンを飲んではいけない』（七月堂）を紹介しよう。榎本は数年前に現代詩手帖賞を受賞してデビューしたが、これが第二詩集。マニエリスム的に錬成された書法は読者をやや遠ざけもするだろうが、岩田とはまた違う諧謔の精神が横溢している。

ペン尖から洩れる
盲目の牡牛とゼラチン
（…）
弓を構えた

ケンタウロスの塊が
駈けていった
すると点滅する蛹は朽ちて
無数の紙幣が海からの凪に舞うのだ

（「Carl Nielsen への吃りのあるつたない舞台照明」部分）

社会の約束事として固着している「言語」を、意味の手前もしくは背後で生動する「言葉」のレベルへと解放すること、それが詩の役割であるとすれば、榎本作品の存在意義もそこに浮かび上がってくるだろう。

ありうべき架橋の試み
――杉本真維子、暁方ミセイ

12月

本欄の担当もこれが最後となる。若くて有力な二人の詩人の詩集を紹介しつつ、詩の現在から未来へ、ありうべき架橋の試みをして締めくくろう。

まず、杉本真維子の『裾花』（思潮社）。真に戦慄的な詩集だ。方法的には隠喩よりも換喩に、意味の接続よりも切断に力点が置かれている感じだろうか。言い換えるなら、何が書かれているのか、その全体は語られずに、あるいは語り得ないままに、ただ部分が部分としての異様な強度で剝き出しにされている。

一枚のひと、ひとりの肉、と、
硬貨のように数えている
ひたいの奥の整列が
炭火を燻らせ
闇のうらがわを舐めていく

（「川原」部分）

この事態は事後のようでもあり、予感のようでもあり、まさに明日の私たちの実存の欠片そのものであるのかもしれない。しかし、その欠片を生き抜くことにこそかろうじて光明があり、無限への思いも開かれるのである。

わたしではない口が
不満気に、でも、きっぱりと、言い放った
まばらな拍手はぐねぐねと体内をめぐり
私語をやめ
硬い岩となって野原でめざめる

（「拍手」部分）

この「野原」から暁方ミセイの世界が始まるといってもよい。暁方はもともと宮沢賢治から出発したようなところがあるが、第二詩集となる『ブルーサンダー』（思潮社）は、なおいっそう賢治的な想像力の飛翔に身を任せたような作品世界になっている。「丘からは魂が噴き出している」とか、

わたしの悩みが、
真夜中、
近くの貯水池に集まり、溜まっていくのがわかる。

（「K駅の幽霊」部分）

とか、あらゆるレベルにおいて主体は宇宙とのエロス的な交流のなかに置かれているのである。その分、人間社会の関係性を生きる局面は希薄となっているようだ。そこからふたたび、宇宙における切ないほどの孤独感が、しみわたるように読者へともたらされる。

わたしは細胞が苛立った、肌が苛立った、
放電のように、欲求が疾駆する。
草の剣先を駈巡り、
風景のなかに、

きみを感知しようとしている。

（「雨宿」部分）

詩人の感性としては申し分のない資質をもつ暁方だが、ポエジーを通しての他者の発見、ということが今後の課題になるかもしれない。いや、それは私たち詩の書き手や読み手のすべてにとっても切に願われることであろう。

クロニクル2015

1月

自己の誕生をどう捉えるか
——北爪満喜『奇妙な祝福』

北爪満喜は一九九〇年代、詩のニューウェーブの一端を担って登場した女性詩人である。そんな彼女が、次第に少女というテーマや自己の幼少期の記憶にこだわるようになって、私にはその傾向がやや閉じこもりのようにみえたこともあった。

だが、新詩集『奇妙な祝福』（思潮社）を読むにいたって、北爪を自己の幼少期のほうに向かわせていたのは、あるやむにやまれぬ実存的な要請であったことに気づかされた。文学とは、つきつめれば自己の誕生をどう捉えるかという問題であるが、北爪もそこにつきあたって、幼少期を真に書くべき主題として掘り下げていたのである。

長い歳月を経て、詩人は実家を訪れる。両親はすでに亡く、住む者もいない。だが、捨て置かれたさまざまな事物があざやかに過去を甦らせ、詩人はしばし、幼い頃の自分と向き合う。この詩集の内容を散文的にいえばそうなるが、しかしそれはたんなる追想ではない。忘却の覆いから過去を記憶に呼び戻し、宥め、もう一度生きられうるイメージの空間とすること、そのようにして自己の宿命を現在の自由な実存の可能性へと解き放つこと。それが主体にいかに切実に願われていたかが、一篇一篇を通してしみわたるように伝わってくる。

開けられなくともいつかは開く、包み隠さず開かれる。そんな気配がするのです。明るく気分が開くその時、開いた紙にペンを立て、引っ掻くようにしてみたい。（「小さな包み」部分）

そう、そこから新しい生が始まるだろう。

2月

幻想をめぐる機微
――鈴木有美子『ホッパー大佐対真夜中の滝』

幻想とは何だろうか。もちろん、現実離れしたたんなる絵空事のことではない。むしろ現実のただなかに幻想はひそんであり、ふだんわれわれはそれに気づかないが、まなざしや想念を深くするとき、不意にそれが剝きあらわれる。要するに幻想とは、われわれの想像力を介して、存在の基底がイメージとしてあらわれたものなのだ。

というようなことを、鈴木有美子の『ホッパー大佐対真夜中の滝』(思潮社)を読みながら考えた。これほど幻想をめぐる機微にみちみちた詩集というのも、少ないのではないか。自在といおうか、奔放といおうか、詩人は想像力を駆使し、さまざまな語り手を通して、現実のあらゆる局面を幻想としてとらえようとする。

たとえば「だらだら坂」という詩では、話者自身が「胴体だけになって歩いている」。「無告」では、二人称の他者を登場させ、

まるで辻斬りにでも遭ったかのように真っ二つに切り捨てられて
あなたは突然わたしの前に現れた

こうしてやがて、世界そのものが夢見る装置になって、主体はその夢のなかで生かされているモナドにすぎない、とでもいうかのようだ。この倒錯は詩集後半、「ホッパー大佐」なる人物が出現するにあたっていっそう顕著になる。彼がもたらすのは悪夢である。それに対して主体は「真夜中の滝」なるものを希求するのだが、この対立は、黙示録的に生きることを宿命づけられた今日の私たちをこそ寓意するものであるかもしれない。

3月

未生の状態のポエジー

――岸田将幸『亀裂のオントロギー』

岸田将幸は、中尾太一らとともに、二〇〇〇年代になって登場した一群の若い詩人たちを代表するひとりである。彼らの特徴は、一篇の詩のちまちまとした自立性や芸術性よりは、書く行為を通していかに主体の情動が言語化されているかを前面に打ち出すというもので、しかし岸田の場合、より衝迫力があるようだ。

本年度鮎川信夫賞を受賞した『亀裂のオントロギー』(思潮社)も、一見読者を寄せつけないような体裁(小さな活字、破格な詩行構成など)をとりながら、実は不可避的に読まれるべく差し出されている稀有な詩集ではないかと思えてくる。なぜならそこには、詩人の本分ともいうべき、語り得ぬ出来事をなおも語ろうとする姿勢がひしひしと感じられるからである。「危機は私の属性である」とかつて田村隆一は書いたが、それを地で行きながら、岸田は、決定的に失われたらしいかけがえのない他者と、もう一度「書記」行為のうちに共生しようとする情動的かつ批評的な言語の表出に、全身全霊を傾けるのだ。

ただ、本欄のスペースでは引用は困難。せめてタイトルについて読み解いておくなら、「亀裂」とは、生きることのいわば永続的な二人称性を求めて引き裂かれる主体の場所そのもののことであり、「オントロギー(存在論)」とは、そのような場所を突き放しつつ、なお熱く抱きとめるような問いかけをやめないことであろう。そこには、来るべき詩が、詩以前に引き戻された未生の状態のまま剝き出しにされているのである。

5月

世界の身体化、身体の世界化
――岡本啓『グラフィティ』

中原中也賞とH氏賞はともに詩壇への登竜門として知られているが、今年その双方を受賞した詩集がこの『グラフィティ』（思潮社）である。作者の岡本啓は、そのまえに、優秀な新人投稿作品に与えられる現代詩手帖賞も受賞している。滅多にあることではないが、それにふさわしく、あたらしい抒情のあらわれがここにある。ひとことでいうなら、それは世界の身体化であり、かつ、または、身体の世界化であって、狭い意味での〈私〉はそのあわいに溶融している。そして、もしかしたら日本語も。

たとえば表題作は、倉庫にスプレーで吹付けられた落書きをモチーフにしているが、誰が書いたのかは問題ではない。そのグラフィティを出会いの場のようにして、複数の身体が交差し交流し、真のハイブリッドな生に変容したことが重要なのである。この詩集を作者はアメリカ滞在中に書いたということだが、そのことの意味はけっして小さくないだろう。ここに語られるアメリカという場所は、さりげない日常でしかない全体が、それでも市民や国家の〈外〉へと晒され、〈外〉において〈私〉も〈きみ〉も、いわば〈肉〉として連続していることにある。連帯している、といってもいいくらいだ。

それはひりひりとした感覚だが、自律的に血がめぐってもいる。こうして、詩集冒頭に置かれた詩句が、確かなリアリティをもってひびきわたるのだ。

ほんとうに宇宙は
なにもない
一人の女から産まれて
ここにいる　それじたいが　暴動だ

（「コンフュージョン・イズ・ネクスト」部分）

6月

人間に寄せる深い信頼
――『長田弘全詩集』

戦後の現代詩を担ったすぐれた詩人の死が相次いでいる。昨年秋の岩田宏につづいて、五月には長田弘が亡くなった。この『長田弘全詩集』（みすず書房）はその直前の刊行。なにか運命のようなものを感じる。おそらく詩人は、迫り来る死の予感のなかで自分の全作品を振り返り、全詩集として編纂したのではないか。巻末には、文学的遺書ともいうべき「場所と記憶」という長文の自伝的エッセイが付されている。

長田弘は、一九六〇年代に、鮎川信夫の後を継ぐような詩と批評の担い手として登場した。第一詩集『われら新鮮な旅人』には、もはや革命を夢見ることも叶わぬ世代の苦い抒情が、しかし比類のないみずみずしさでうたい上げられている。

首都はまばゆいばかりにふるびてゆく。
西日に照らされた
うつろな大きい金盥《かなだらい》のように。
おびただしい空き壜がイメージの端に突っ立つ。
それは今日という時代。

（「われら新鮮な旅人」部分）

その後、世界各地への旅や病気などを経て、一九七〇年代後半以降の長田は、平易ながら人生への深い省察にみちた詩集を数多く刊行し、現代詩の外部にも広範な読者を得た。ある時期を境に、これほど劇的な詩風の変化を示した詩人もめずらしいといえるが、しかし長田の場合、底を流れるポエジーの本質は変わらなかった。それは人間に寄せる深い信頼であり、それに基づいた他者への真摯な呼びかけの声である。

ことばって、何だと思う?
けっしてことばにできない思いが、
ここにあると指さすのが、ことばだ。

合掌。

(「花を持って、会いにゆく」部分)

7月

柔軟で自在な日本語

――谷川俊太郎編/大岡信詩集『丘のうなじ』

大岡信と谷川俊太郎。ともに戦後の「感受性の祝祭」の世代を代表する詩人として出発したが、谷川は幅広く旺盛な詩の創作によって国民詩人となり、大岡は批評家としても大家を成した。ふたりは友人同士でもあり、共同で仕事をしたこともある。このたび、その谷川の編集によって、大岡の膨大な詩業から七十篇ほどが選ばれ、一冊の美しい詩集『丘のうなじ』(童話屋)が編まれた。大岡への谷川の友情の証といってもよいだろう。装幀は安野光雅。

大岡の詩の特徴は、なんといってもその柔軟で自在な日本語の使用にある。一方でフランスのシユルレアリスムにイメージの創出を学び、他方で日本の古典詩歌の富に分け入りながら、詩語としての日本語の可能性をこれほど究めた詩人はほかにいない。そこから結果したものは、みずみずしい抒情の表出から諧謔的な述志まで、それ自体が日本現代詩の比類のない富を成しているのである。

時系列的にいくつか名篇を辿れば、「ひようひようとふえをふかうよ」と自己の詩作の原点をうたった「水底吹笛」、「感受性の祝祭」の宣言ともなった「さわる」、地名の詩学ともいうべき展開が楽しい「地名論」などきりがないが、ここでは表題にもなった恋愛詩の傑作「丘のうなじ」から引いておこう。

丘のうなじがまるで光つたやうではないか
灌木の葉がいつせいにひるがへつたにすぎないのに
こひびとよ　きみの眼はかたつてゐた
あめつちのはじめ　非有だけがあつた日のふかいへこみを

8月

詩とは怒りである
——四元康祐『現代ニッポン詩日記《うたにっき》』

詩とは怒りである。もし自己と世界の現状に満足していたら、詩は生まれないし、生まれる必要もないだろう。だが、怒りのストレートな表出は、今度は詩のほうからオミットされてしまう。詩は何かメッセージを伝えるためにあるのではなく、言語芸術作品としてそれ自体がひとつのメッセージであらねばならないからである。真の詩人は、このふたつの命題のあいだに身を置いて、日夜苦闘している。

今月はそのひとり、四元康祐の新詩集『現代ニッポン詩日記《うたにっき》』(澪標)を紹介しよう。三部から成る。表題ともなっている第二部は「エッセイ＋詩」という構成で、ドイツ在住の四元の眼から見た「現代ニッポン」が、風刺的もしくは批判的に映し出されている。つまり怒りだ。同時に、それを挟む第一部「声の曲馬団」と第三部「家族の風景」では、詩としての自立へと言葉が錬成される。とくに第一部は、さまざまな語り口を駆使して、「詩人は好むままに自己みずからでありまた他人であるという、この比類のない特権を愉しむ」というボードレールの言葉そのままに、まさに「声の曲馬団」が繰り広げられるのだ。

集中、個人的にいちばん共感をおぼえたのは、第二部のなかの「尖閣諸島問題」。四元は、中国であれ日本であれ、国家というものの「品位と度量」のなさを嘆いたあと、

あの雲の領有権は
教室の窓際で頬杖つく
少年の素早い鼓動に託そう

と結ぶ。これぞ詩人の言説の領分であろう。

9月

散文から詩への相転移
——川口晴美『Tiger is here.』

あとがきによれば、この『Tiger is here.』（思潮社）は、部分的にアニメ作品『TIGER & BUNNY』をもとにしているという。それはある架空の街を舞台に、特殊能力に目覚めた者たちが市民と街を守るために活躍するアクションものらしいが、川口晴美はそこから虎のイメージを取り出し、自由な想像力の飛翔に乗せて、作中の「私」とも交流させつつ、心ゆさぶるポエジーの空間へと招き入れた。これからの現代詩にとってもこの詩集は、サブカル的富から詩を生成せしめた範例となるかもしれない。

もちろん虎は「私」そのものではない。だからといって全くの他者というわけでもない。虎はその中間にあって、

入っておいでわたしの虎
わたしもそこへ入っていくよ
（「トレスパッシング」部分）

といえるような存在であり、両義性、境界、閾、あるいは皮膚——それらをひっくるめて、詩人は虎と名づけたのだ。そして虎であるからには、ただの閾や皮膚である以上に不穏であり、獰猛であり、同時にどこか切なく、エロティックですらある。おそらくそのような名づけは詩の行為にしかできない。一見かぎりなく散文に近いような言葉の運びをみせる川口作品も、この名づけによって、ぎりぎりのところであざやかに詩に相転移するのである。
以上がこの詩集の横糸だとするなら、縦糸は自伝的要素の導入だ。若狭湾に面した町で生まれ育った「私」の家族の物語が想起され、近在する原発への言及がサブリミナルのように繰り返される。それもまた印象的である。

10月

本質的意味での共生の探求
——安藤元雄『樹下』

「樹」と「私」と、登場するのはそれだけ。一瞬、ベケットのあの『ゴドーを待ちながら』の簡素きわまる舞台を想起させるが、安藤元雄（じっさい氏は、ベケットの翻訳を手がけたこともある）の『樹下』（書肆山田）は、「私」と「樹」をめぐる、「樹下」の存在論ともいうべき深い詩的思考の結晶である。巻末の付記によれば、制作に二十年近くの歳月が費やされた。途方もない待機と忍耐の時間からもたらされた言葉の束は、井戸の底にきらめく光のようだ。

「私」は樹の下に住んでいる。といっても、リアリズムの話ではなく、あくまでも幻想的な、あるいは、ひとつの思考実験のような状況設定として。そこから、「私がいなくなれば樹も消えるのか」とか、「樹」と「私」をめぐるひそやかなドラマが始まる。とすれば、この詩人が以前に書いた戦後現代詩中の名篇「水の中の歳月」と比較してみたくなる。あの作品では、やはり水と私という包み包まれる関係が書かれつつも、「そしてやがて私が水の中にいることを私自身忘れる日が来たとき、水はその冷たい悪意を完成させるだろう」と詩は結ばれたのだが、「樹下」ではそうはならない。より宥和的に、樹との関係が掘り下げられてゆくのである。ひとことでいうなら、もっとも本質的な意味での共生の実現に向かって。

孤高という言葉は
おそらく樹にこそふさわしい

（「終《つい》の章・樹下の暮らし」部分）

そして、

その営みのそばでひとときを暮らしたことが
人の知らない私の誇りとなればいい　それだけでいい

（同）

12月

遊び心の精神にひそむ企み
——平田俊子『戯れ言の自由』

日本語には同音異義語が多い。また、漢字仮名まじりという独特の二重表記体系が、事情をさらに複雑にしている。いっそローマ字表記にしてしまったらという主張もあるほどだが、つまりそうした日本語の特性は、コミュニケーションの現場では、不便もしくは不自由に感じられることもあるということだ。

だが詩人はちがう。八年ぶりだというこの詩集『戯れ言の自由』（思潮社）において平田俊子は、かかる特性を逆手にとって、それを「戯れ言の自由」に転化せしめようというのである。詩人たるにふさわしいこの挑発と遊び心の精神には、いつもながら感心させられる。たとえば、ひとつの語にはべつの語が隠れている。

窓があるからマドレーヌは明るい
マーマレードにも窓はあるけど
よく探さないと見つからない

（「マドレーヌ発」部分）

というわけだ。圧巻は「か」をめぐる連作か。疑問を表わす終助詞から「いざ蚊枕」へと縦横無尽に「か」が飛び交ったはてに、あのガダルカナルまで「蛾と蚊」の島にされてしまう。

しかしそれだけではない。全体を貫くそうした諧謔の基調は、やがて、詩集後半において、生全体をまるごと愛おしむような大きな感情のうちに流れ込み、融合してゆくのである。そこに、八年という歳月――その間には3・11や母親の死があった――とともに円熟してきた平田の詩境の変化をみるのも、あながち間違いとはいえまい。コアな現代詩の読者以外でも面白く読める詩集なので、ぜひ多くの人に手に取ってもらいたいと思う。

クロニクル2016

1月

詩人の実存の基底から
――財部鳥子『氷菓とカンタータ』

記憶と現在。このふたつは別物ではない。記憶は現在へとはたらきつづけ、また現在は記憶へとたえずフィードバックされる。ひとはいわば二重の瞬間を生きることによって豊かにされ、また変容もしてゆくのである。

そのことをあらためて思い知らされるのが、財部鳥子のこの『氷菓とカンタータ』（書肆山田）だ。「私には大震災の詩は書けない」と財部はあとがきで言う。この詩人の現在は、その失われた故郷である旧満州へと向けられ、そこからの記憶の照射を浴びてようやく真の現在となる。

すなわち、ここに読まれるのは、たんなる望郷や懐旧の念の発動ではない。いまなお現在でもあるような、詩人の実存の基底をなす事物や出来事の出来であり、さらにいうなら、敗戦時のカタストロフィーの消しようのない傷痕である。詩人自身の言葉でいえば、「少年」のように「髪を切られた」かつての自分と、現在の「耄碌する女詩人」との往還を生きること。

沢山の水死体や凍死体
春に大江が生き返ると同じように生き返るかれら
みんなもともとそのような死体である
分解して大江になるばかりなのだから
「おーい」
少年はまだ江岸で叫んでいる

（「大江のゆくえ——フランクのソナタ・イ長調から」部分）

こうしてはじめて、詩人の実存は大震災以後とも結びつき、その時間を生きることができるようになるのである。そのプロセスを三十一篇の詩によって織り上げた、これは真に感銘深い詩集であり、詩を通して歴史的主体とは何かを問う好個の書物でもあるといえよう。

2月

奇想と逆説の迷宮的世界

——『高柳誠詩集成』

高柳誠は一九五〇年の生まれ。フィクショナルな散文詩をベースに独特のマニエリスム的作風を展開し、現代詩の一角に特異な地位を築いてきた。それがこのたび、『高柳誠詩集成』（書肆山田）としてまとめられることになり、そのⅠが刊行された。この詩人もそんな年齢になったのかとある種の感慨を禁じ得ないが、壮観は壮観である。処女詩集『アリスランド』から『卵宇宙／水晶宮／博物誌』『都市の肖像』を経て『塔』までの諸作品が収められている。

マニエリスムとは、美術史的にはルネッサンスからバロックに移行する時期の、精緻な技巧を凝らした様式のこと。現代文学でいえば、ボルヘスやカルヴィーノの作品がそれにあたるだろう。そこでは、全体が部分、部分が全体であるような、奇想と逆説にみちた迷宮的世界が広がる。それを現代詩というジャンルにおいて、空前にして絶後ともいうべき規模で果たしたのが高柳誠なのである。第五詩集『アダムズ兄弟商会カタログ第23集』には、「しかも氏は、言語自体の論理を重視するために、自己の内面世界よりも、言語によって構築された作品自体にこそ注意を払う」というようなメタ言説が読まれるが、この「氏」とは、まさしく高柳そのひとであろう。

難解なメタファーによる抒情の表出に心揺さぶられたい現代詩の読者には、あるいは虚をつかれるところがあるかもしれない。逆にいえば、詩にあってはめずらしく、より開かれた読書の快楽を与えてくれる大冊である。

3月

現代社会への批判的視座
――蜂飼耳『顔をあらう水』

本年度鮎川信夫賞受賞詩集。今日を代表する詩人群像のなかにあっても、蜂飼耳は、ひときわユニークだ。その詩はある意味で難解である。出来事を、その一部を切り取るようなかたちで、文脈としては換喩的もしくは提喩的に提示するために、何が書かれているのか、読者には不分明な場合も多い。

だが、それでも、不思議な世界がひろがる。たとえばこの『顔をあらう水』(思潮社)においても。私たちはふつう、人は人、現在は現在、と境界線をひいてそのなかで生活しているが、ここではそうではない。分類学的縛りや時間の不可逆性という掟をほどいて、人は動物と、現在は太古と、自在に混じり合い、民俗的で神話的で人類学的な時空が、かりそめ、しかしまぎれもなく現出する。あまつさえ、うすっぺらで一元的な現代社会への批判的視座ともその時空はリンクするだろう。それが蜂飼耳の世界だ。

荒地を、沃野と読み替える
読み替える荒地を、沃野と
（…）
その幅だけの時空に
そそいだすべてを今日と名づけて
連れ出す　おもてへ　鎖はつけずに
前方からせまり来るものと呼び交わす

（「荒地を」部分）

というように。こうした移ろいやすい瞬間を捕獲するために、いきおい、換喩的な書法がとられているともいえる。ぐずぐずしていたら、世界はまたいつもの固着した日常の姿にもどってしまう。それは詩人にとっておそらく耐えがたいことなのである。助詞の省略などによる独特の切迫したリズムが、そのことを証していよう。

5月

生命の跳梁的愉楽

――『現代詩文庫222・小笠原鳥類詩集』

二〇〇〇年代初頭、圧倒的なユニークさで登場した詩人小笠原鳥類の、待望久しい現代詩文庫化(思潮社)である。まず眼を引くのは、表紙のほぼ全面が、詩の言葉としてはみたこともないような奇怪な言連鎖――「暗い粘着調味料肉。冷たい、冷えた腐乱の貼り付いた肉色調味料粘着。骨はクリアにすきとおって、折れ曲がって楽しい壁が動いている」云々――にびっしりと埋め尽くされていることだ。これは「腐敗水族館」という収録テクストの一部なのだが、たとえば同じ現代詩文庫の、たった一行「私を底辺として。」を中央に配置した『三角みづ紀詩集』の表紙と好対照をなすその姿は、小笠原の詩の特徴を端的に表象しているといえる。

引用個所にもみられるように、小笠原作品にあっては、語同士の異様な結合、シンタックスの脱臼、語調の突然の変化などが、とめどもなく起こる。そしてそれらの結節のいたるところに動物の語彙やイメージが塡め込まれているのが、最大の特徴である。言語すなわち動物。そこから、生物が爆発的な多様化を遂げたあのカンブリア紀の海底さながら、驚くべき生成変化の風景が現出しているのである。

それはほかの誰の詩の世界にも似ていない。小笠原の登場とともにいわゆる二〇〇〇年代詩は始まったが、詩による他者への開かれを希求するほかの二〇〇〇年代詩人とはちがって、自他の区別もない「新鮮な生命の複合体」の跳梁的愉楽あるのみ、波がそれを洗っているのみなのだ。

6月

光への希求

——来住野恵子『ようこそ』

なんと光に満ちている詩集であろうか。それは詩の内容が明るいということではない。むしろ存在の暗い奥底にまで降り立っている趣がある。だが、そこからの上昇があるのだ。そのエネルギーがおのずから放つ光、とでもいえばいいだろうか。

来住野恵子は、西脇順三郎を読むことからその詩的歴程を始め、ロサンゼルス滞在中に、吉増剛造によって「ユリイカの新人」として見出された。この二人の大詩人の感化もあってか、彼女の想像力はごく自然に宇宙を感受しつつ、極微の自己をそこに在らしめることの眩暈を存分に生き、悲しむことができる。しかしそれだけではない。彼女独自の、何かしら宗教的な感性がその宇宙大的な空しさを貫くのである。つまり光だ。あるいは光への希求だ。ほとんど無私なまでの。

微塵なす符はゆるやかに回転し
あてどない沈黙を踊る

わたしの灰が吹き転がってゆくさき
どんな必然にもひらかれて落下するひかり一枚
（「Benedictus」部分）

この「ひかり一枚」とは、こうして得られた詩的言語の輝きのことでもあろう。それにつけても、カバーに使われている北川健次のコラージュ作品が意味深い。フォンタナの絵画を思わせる白紙の亀裂から天使がひとり抜け出ようとしているが、手に抱えた石板のようなものは、亀裂の深奥からかろうじて持ち帰ったというようだ。そこに何か書かれているとしたら、それこそがこの詩集『ようこそ』（思潮社）という「みずみずしい神秘の傷痕」なのである。

7月

表記の三角関数
——永方佑樹『$\sqrt{3}$』

いうまでもなく日本語は、ひらがな、カタカナ、漢字という三重の表記体系をもち、それぞれの配分によって多彩な文章の表情をつくりだすことができる。たとえば和語に適したひらがな主体なら、やわらかく感覚的（あるいは女性的）、漢語を組織する漢字主体なら硬質で抽象的（あるいは男性的）、というように。これに主として外来語表記を担うカタカナを加えれば、文章はさらに複雑な様相を呈することになろう。

言葉のセンスにたけた新鋭永方佑樹の『$\sqrt{3}$』（思潮社、オンデマンド出版）は、この三重の表記体系による言葉のありようそのものを主題に据えた実験的試みであるといえる。すなわち、漢字を $\tan\theta$、ひらがなを $\cos\theta$、カタカナを $\sin\theta$ に見立てて、そのいわば表記の三角関数を際立たせつつ作品を織り成そうというのである。さらには、それらを『和漢朗詠集』の部立（春、夏、秋、冬、雑）にならって配列するという手の込みようだ。

たとえば $\cos\theta$ は、

うすくひらいたくちびるで　なごりのゆめ《夢》あかりを吸いこむと
むねにふかく　やわらぎがさざないだ。ひかりはしぶきとなって　散り。（「はるけぶり」部分）

$\tan\theta$ なら、「漏れ、気息に滲む高揚昂動、不断に連鎖し四方へ浸透、爆《は》ぜ」、また $\tan\theta + \sin\theta$ なら、

ユーカラの口遊《クチズサ》みを始める夏のヨル
カンナモシリの人々は
ポクナモシリの夢を見る
（「ユーカラの夜」部分）

となる。もちろん実験は実験に過ぎない。このような果敢な試みが、つぎにはどのように詩的な実存に接続されてゆくのか。それがこのユニークな詩人の課題となろう。

8月

宇宙の源泉を地上に届ける

――覚和歌子『はじまりはひとつのことば』

『はじまりはひとつのことば』(港の人)という詩集タイトルからは、ただちに、「はじめに言葉ありき」という新約聖書のフレーズが想起されるが、とくに関係はないようだ。というか、いたって人間的レベルでも、すべてのはじまりは言葉であり、とりわけ、一篇の詩や物語は、どこからか「ひとつのことば」という種子がやってきて、誰かに慈しみ育てられ、花を咲かせ、やがてそこからまた種子が落ちるのを待つ場のようなものである。そういう創作行為への深い信頼がこの詩集を成り立たせている。

ただし、その誰かはあくまでも誰かであって、あまりしゃしゃり出てはならない。現代詩の多くが、モナド的な私性を強調しすぎて、みずから張りめぐらした罠に身動きできなくなっている蜘蛛さながらにも思えるとき、覚は、注意深くその私性を後退させ、かわりに、誰でもそこに入って発語できるような、透明な詩人主体になろうとする。

その結果、すてきに開かれた詩空間が誕生した。

やがてからだは祈るために必要な
一筆描きの線になる

（「瀬戸際が踊っている」部分）

というようなすばらしいフレーズも見出せる。覚自身の言葉を借りれば、彼女は「宇宙のどこかにある源泉なるものからのエネルギーを地上に届ける」ことに成功しているのだ。ということは、「はじめに言葉ありき」の超越的世界ともどこかで通じ合っているのかもしれない。なお覚は、私が捌き手をつとめる「しずおか連詩」の参加詩人でもあり、詩集中には「ひとり連詩」の試みなどもあって、うれしいかぎりだ。

10月

ミニマルな天地創造に立ち会う
――大木潤子『石の花』

ミニマルな天地創造に立ち会っているような思いだ。大木潤子といえば、かつては制度化された言説を逆手にとるような、どちらかといえば饒舌な語りの魅力を放つ詩人であったと記憶する。それがうってかわって、この『石の花』（思潮社）では、左側のページにだけ、数行（場合によってはたった一行）の短い言葉が印字されているだけ。なんとも驚くべき変容である。詩人の実存に何があったのか。おそらくは危難のさなかで執り行われた再生の儀式の、きわめて物質的かつ象徴的なプロセスの開示がこの詩集であろうと推察される。

はじめに光と闇の原初的な交錯があり、それを縫うように石という形象が次第に浮かび上がってくる。まさに「石を結ぶ」だが、すぐに「わたしは結ばれた石」とあって、主体と石とが重なり合う。ここがポイントであり、再生の儀式といま呼んだゆえんである。ただ、主体はひとまず不感無覚の無機物になるというのだから、むしろ死の擬装というべきか、さらに、

石の蕾
花開くとき、

と、一転また花との隠喩的な結びつきが予示されるにいたって、儀式はいっそう重層した様相を呈するかのようだ。

このあたり、私はふと現代フランスの大詩人ボンヌフォワの詩作を思い出す。

深い光があらわれるためには
痛めつけられてきしむ夜の大地が必要だ

（「真の名前」部分）

と彼は書いたが、ここでも、「石の花」とは、死を介してますます物質性大地性と結ばれた現存の、暗い輝きを放つ光のことであろう。

11月

遠い生誕の秘儀
――萩野なつみ『遠葬』

待望の詩集である。数年前、「現代詩手帖」新人作品欄の選者を私がつとめていたときに、抜きん出て美しい詩を投稿してくる人がいた。それが萩野なつみであったが、このたび、ようやく第一詩集『遠葬』（思潮社）を上梓するにいたったのである。

詩集は四つのパートに分かれ、それぞれに、夏からふたたびの夏への季節のめぐりがうっすらと対応している。それらを貫いて、「遠葬」「雪葬」「春葬」「夏葬」と、「葬」のつくタイトルの詩が配されているのが目につく。かと思うと、

気管をすりぬけるように
蜩が鳴いている

からだの奥で
（「朝に」部分）

とか、あえかでみずみずしい生命のイメージがちりばめられる。遠い生誕の秘儀はいまここに繰り返され、またひるがえって、あらかじめの死の記憶へとつづいてゆくかのようである。

同様に、覚醒も眠りも、「骨壺」も「産道」も、はたまた「はらわた」も「彗星」も、ここに紡がれる詩の言葉の時空においては、存在の生起という本質的な出来事の、容易に反転しあう表と裏にほかならないのだ。

水門のむこうに
乱反射するまひる
遮るもののない青
もし
言葉を持たない遺書があるなら
この景をあなたにおくる
（「渚」部分）

時評的にいえば、ここには、詩の散文化や大衆化という今日的な波をしなやかに打ち返すように、謎の提示であるメタファーへの信頼と、改行や余白へのこまやかな配慮と、要するにまっとうな現代詩が息づいている。繰り返すが、萩野なつみの登場は長らく待ち望まれていたのである。

12月

原初的他者が発生する場へ

――伊藤浩子『未知への逸脱のために』

伊藤浩子の『未知への逸脱のために』（思潮社）を読む。詩集タイトルの「未知への逸脱」とはどういうことだろう。内容的には、おおむね家族の物語が書き込まれている。家族とは、すこし難しくいえば原初的他者が発生する場のことであり、そこで自己（＝主体）は自己からの差異を経験してゆくのだが、それが「未知への逸脱」ということではあるまいか。このとき他者は、自己の外にいるとはかぎらない。むしろ多形倒錯的な主体のうちにすでにかたちを得ている他者、あるいは欲望として主体という場を縦横に行き来している他者である。

そうした様相が、詩的密度の濃い行分け形式から、断章風な散文詩形式を経て、かぎりなく小説もしくはドキュメントに近い形式にいたるまで、自在に縦横に繰り広げられる。驚くべき書法の幅だが、これもまた「未知への逸脱」であろうか。中間部の断章形式から引くと、

種子を膨らませるように時間を逆行し、果実を実らせるように服を脱ぐ。

（…）

死に似たものを通り抜けた気がして見渡す、この、名もない部屋の真ん中では、わたしこそが、未生の胚珠を抱え込んだ、赤子だった。

立ち上がり、お前を探す旅の支度を始める。

（「In The Room」部分）

このようにして探求されるのが「女」だ。「女は深遠にみえる、なぜなら底がないから」とニーチェは語ったが、女の無限について、女という無限の意味を発生させる装置——まさに「MOTHER MACHINE」——について、私たちは伊藤浩子という稀な才能を得たのである。

クロニクル2017

1月

場所と記憶をめぐる秘儀
――齋藤恵美子『空閑風景』

本年度の高見順賞を与えられた齋藤恵美子『空閑風景』（思潮社）は、不思議に蠱惑的な詩集だ。読む行為を跳ね返してくるようなテクストの抵抗感と、にもかかわらず、何かしら引き込まれるただならぬ気配とがあり、「なんだこれは?」と、私はその厚みのある言語態のなかへ、もう一度読む行為を向かわせることになる。しかし、これこそが、理解や評価を云々する以前の、詩の権能というものではあるまいか。そして今日、このような詩の力が詩の舞台の前面から遠ざかりつつあるようにみえるだけに、私はある種の愛惜の念をもって、それを強調し、それをたたえ、それとともに生きようと思うのである。

さて、このように『空閑風景』へと、二度三度と読む行為を向かわせたさきにみえてくるものとは何か。ひとことでいうならそれは、場所と記憶をめぐっての、秘儀ともいうべき変容の詩学であ

る。巻頭の作品から引けば、

ひかりを弾く電波塔——生地が、新しい廃墟として
眠りの中へ戻ってくる

（「不眠と鉄塔」部分）

こうして詩的探求が始まる。ベースとなっているのは、「空閑」な、つまり荒涼とした臨港地帯の風景であるが、そこに詩人の記憶とまなざしを通すことによって、ある種かけがえのない、聖性をさえ帯びた光の集積地が立ち上がってくるのである。陸と海との、「父」の不在と「わたし」の現存とのあわいに、ついに宥められた「生地」が、詩の根源とひとつになってあらわれるかのようだ。書き手の生命をも賭した詩的エクリチュールの達成がここにある。

3月

二言語使用という名の冒険譚
——ジェフリー・アングルス『わたしの日付変更線』

ジェフリー・アングルスはアメリカ中西部オハイオ州に生まれたアメリカ人である。長じて、日本文学を専攻する研究者となり、さらには、なんと日本語で詩を書くようになった。本書『わたし

の日付変更線』(思潮社)はその第一詩集だが、いきなり読売文学賞の栄誉に輝いた。いかにインパクトのある、かつまた、感動的な詩集であるかがわかろうというものだ。

全体は「西へ」「東へ」「過去へ」「現在へ」「未来へ」という五つのパートに分かれ、前半の「西へ」「東へ」では、おもに地理的言語的な境界を行き来する人の、「翻訳」および「二言語使用」という名の冒険譚が語られる。後半では、詩人に固有の時間的な境界と、そこで生じたいわゆる「出生の秘密」とが、赦しのプロセスのうちに明かされ、静かな感動を呼ぶ。しかもこのふたつの境界は分ちがたく結ばれている。たとえば「産みの母」をめぐる詩は、「親知らず」という日本語の単語を触媒に生成した、というふうに。詩作は、著者自身の言葉を借りれば、「縦横に動く複数の境界線を検討する実験」なのである。これはおそらく彼でなければなしえなかった武勲だろう。

だが、私たちにとっては、ジェフリー・アングルスは「まれびと」でもある。私たちの外からこの地を訪れ、私たちのこの言語が同時に「どこの国でもない言葉」であることを教えてくれた、それこそ稀有な「まれびと」である。

その無国籍の言葉を聞き
追いかけてきた孤独の狼は
門外の闇に消えていく

(「無縁という場」部分)

芸術における詩の中核的役割
――塚原史・後藤美和子編訳『ダダ・シュルレアリスム新訳詩集』

待望のアンソロジーである（思潮社刊）。いや、思わぬ贈り物のような、というべきか。詩や芸術にかかわる者でダダ・シュルレアリスムに関心を寄せない向きは少ないだろうから、当然この種の訳詩集は日本でもいくつか出ているはずと思っていたら、さにあらず、訳者解説「なぜダダ・シュルレアリスム新訳詩集か？」によれば、六十年近くも類書の刊行はなかったのだという。

かくして、「二十世紀以降の文芸に世界規模で決定的なインパクトを与えたダダ・シュルレアリスムに直接あるいは間接にかかわったフランス（語）の詩人三十二人を選び」、本書が編まれた。ブルトン、ツァラ、エリュアール、シャール、セゼール……名前を追うだけでわくわくしてくる。特筆すべきは、六十年前のアンソロジーに比べて、ペンローズ、カーアンら、女性詩人が大幅に増えていることだ。

本書刊行のもうひとつの理由は、より現代的な問題に応じている。「文化の主要な媒体が旧来の印刷言語から無限に増殖するデータ＝イメージへと移行した」現代、ダダ・シュルレアリスムといえば、多くの者がダリやエルンストの絵を思い浮かべるだろう。しかし、この運動はもともと「文学と美術が一体となって展開した」のであり、美術を先取りするように詩がまず衝撃的なイメージを言語として提示した場合も多い。視聴覚文化に覆われた今日、芸術における詩の中核的役割を思

4月

い起こすためにも、本書を手に取る意義があるといえよう。

5月

詩の触手を野方図に伸ばせ

――四元康祐『単調にぼたぼたと、がさつで粗暴に』

今年は、口語自由詩を確立した萩原朔太郎の記念碑的な詩集『月に吠える』が刊行されて、ちょうど百年目にあたる。それに合わせるように、四元康祐の『単調にぼたぼたと、がさつで粗暴に』（思潮社）が刊行された。このタイトルは、実は朔太郎が昭和初年代の詩一般を評して嘆いた言葉である。四元はそれを逆手にとって、いいじゃないか、俺たちの現代詩（＝口語自由詩）とは、どうせそういうものなんだから、と開き直る。現実の諸相に、もっと奔放に野方図に詩の触手を伸ばすべきではないのか。

その結果現出したのは、巨大な風刺の言語空間である。長い詩が多いので引用は困難だが、四元には、世界の静謐な奥行きを測るような抒情の触手もあるのに、あえてこのような社会批判の詩を全面展開した原動力とはいったい何なのだろう。おそらくは怒りである。時代に対するどうにもならない怒りが、このような傾きを、この本質的にはおおらかに生を肯定する詩人にもたらしたのだ。

その意味で私は、朔太郎のほかに、もうひとりの近代詩の大先達金子光晴を思い浮かべる。光晴はかつて、詩的抵抗の記念碑『鮫』のあとがきに、よほどの怒りが湧かないかぎり自分はもう詩を書かないだろうと宣言している。ときあたかも戦前の雰囲気がただよういま、四元は本気で光晴の衣鉢を継ごうとしているのかもしれない。なお彼は、これもまた人を喰ったような『小説』（思潮社）というタイトルの批評的な詩集を同時刊行している。

6月

おのずから光を放つ言葉

――若松英輔『見えない涙』

著者は『叡智の詩学　小林秀雄と井筒俊彦』などの著作をもつ気鋭の評論家である。そんな人が詩集を出したのだから、それだけでも驚きだ。『見えない涙』（亜紀書房）。あとがきによると、詩を書くようになったのは東日本大震災のあとで、そこに個人的な事象が重なったという。それ以上は明かしていないが、宮沢賢治の「無声慟哭」への言及があることなどから、何か測り知れない喪の体験をしたのだろう。本書はそれをくぐって生まれ出た言葉が詩のかたちに結晶したものである。

私はとっさに、「それ、言葉だけが、失われていないものとして残りました。そうです、すべての出来事にもかかわらず」というパウル・ツェランの名高いスピーチの一節を思い出した。そういう言葉はおのずから光を放つという美しい逆説を、本書もまた体現している。

ただ、難解なツェランとちがって、若松の繰り出す言葉はあくまでも平易でシンプルだ。ときに人生訓に流れてしまう甘さもないわけではないが、ストレートに詩と真実を結び合わせようとする発話の姿勢は、それを補ってあまりあるものがあり、現代詩の書法からは久しく失われてしまった何かを反照しているかのようだ。ひとことでいえば「魂」である。死者との対話の場でもある「魂」の在処を、何の衒いもなく指さすことができる若松の精神は、ふつうの詩人以上に詩人的であるといえよう。「コトバ」を定義して若松は書く、

肉眼ではとらえきれないが
どこからか迫りきたって
魂にふれるもの

（「コトバ」部分）

7月

他者の魂と触れあい共振する
——河津聖恵『夏の花』

河津聖恵の『夏の花』（思潮社）は、文字通り花をモチーフにした詩集である。だが、尋常一様の「花を愛でる」的な主体の姿勢はかけらもない。「なおも咲くのか／なぜ咲くか」という冒頭の

ページの問いが示すように、花を黙示録的なひろがりや存在論的な深みにおいて捉えようとする重厚かつ稀有な試みである。

表題作の「夏の花」は、福島第一原発のライブカメラが写した、まさに事故現場から咲き出た花に触発されて書き出され、そこに原民喜の『夏の花』からの引用が織り込まれてゆく。こうしてヒロシマとフクシマと、ふたつの破局が重ねられ、そこに咲く花の意味が問われるのである。それは

世界の苦い泥についに生まれた
反世界の小さな裸形の花だけ
（「夏の花」部分）

であり、しかし同時に、

あるいは花という極小の
世界の追憶、追悼の祈りのすがた
（同）

へと反転する。「祈り」が河津の詩の鍵語のひとつであることを思えば、河津にとって花は、メタレベル的に、詩の言葉そのものをも暗にさしているといえよう。

「夏の花」につづく諸篇では、沖縄や朝鮮半島といった歴史の捩じれの地への旅が詩作の起点となり、そこに咲く花＝詩のはたらきを通して、他者の魂と触れあい共振する場の現出が希求されてい

る。そう、この詩集は、河津のふたつの詩論集『パルレシア』『ルリアンス』の副題を借りていえば、「震災以後、詩とは何か」への真摯な回答であり、「他者と共にある詩」の身を挺した実践であって、それゆえ、読者に深い共感的感動を呼び起こさずにはおかない。

8月

現代日本語によるディキンスン
——内藤里永子編訳『わたしは名前がない。あなたはだれ？　エミリー・ディキンスン詩集』

十九世紀アメリカの詩人エミリー・ディキンスン。生前は世に知られることもなくひっそりと暮らし、ある時期からは屋敷の外に出ることさえなかったという。ところが、遺された一七〇〇篇あまりの詩稿が発見されるに及んで注目を浴びはじめ、いまやアメリカが生んだもっともすぐれた詩人のひとりに数えられる。文学史上の奇跡といわれるゆえんである。

その訳詩集が、あらたな訳者を得て刊行された。内藤里永子編訳『わたしは名前がない。あなたはだれ？　エミリー・ディキンスン詩集』（KADOKAWA）。翻訳によって詩人は何度でも生まれ変わる。内藤里永子による新訳は清新で読みやすく、構成にも工夫が凝らされ、まるでディキンスンが、いまここに甦って、現代日本語による詩の束を届けてくれたかのようだ。それだけ彼女の詩は、時代を越え文化を越えてひろがる普遍性をもつということでもあるだろう。

その普遍性とは、こまやかな自然との交感であり、またその交感を通しての魂の探求であり、とりわけ、死を介した神秘的な生の変容の感覚である。生のなかには死が、死のなかには生が隠れていて、両者はひそかに交流し、私たちに、逆説的にある種のエクスタシーをもたらしうるということ。常人にはなかなか感得できないことだが、彼女の詩を通すと、ごく自然に、ひとつの真実としての輝きと強さを帯びるのである。代表的傑作から引こう。

「死」のために　立ち止まらなかったわたしに
「死」がわたしのところに立ち寄った
迎えの馬車に「死」とわたしは乗った
そして　不滅のいのちも乗った

（「七一二番」部分）

10月

「葉裏のキーボード」の悦ばしい作動
――藤井貞和『美しい小弓を持って』

「葉裏のキーボード」という不思議な言葉の組合せが、藤井貞和の詩集『美しい小弓を持って』（思潮社）のキーワードだ。葉裏をキーボードに見立てたメタファーだが、葉裏は「言の葉」の裏側でもあり、ふだんはみえない言葉の詩的側面が暗示されている。それを「かぜがさわります」。すなわち「かぜ」こそが詩作の主体であって、それは詩人の「私」をも含むみえない誰か、時代の空気への抗いの「声」、あるいはそれこそ巫女的な霊の風、などなどだ。

返信したそうに、
しばらく鳴って、
動かなくなる、あなたはだれ。

（「葉裏のキーボード」部分）

あとがきにもほのめかされているように、３・11のカタストロフィーは藤井に重大な失語状態をもたらしたようだ。それを耐え抜くように、詩人はひとまず、一見不謹慎な言語遊戯、たとえば「回文詩」（まえから読んでも後ろから読んでも同文であるような詩）に身を任す。

震源は
震源は
のたうつ白馬
（…）
爆発　うたの
反原子

半減し

（「のたうつ白馬――回文詩３」部分）

この苦渋にみちたプロセスをへて、詩の恢復期が、「葉裏のキーボード」の悦ばしい作動が始まる。古代へ、現代へ、文学史へ、民俗へ、はたまた状況へ、言葉のフィールドワークが詩の富をもとめて動きまわるあの比類なき藤井的世界が戻ってきたのだ。

のんのさま、かんのんさま、鬼道のかわらけ、大軌のあやめ池、たらいにかげを映し、まーす
どこへゆけばよいのだろう　繰り返す転轍に、ゆくえを知らない終電は
あぜの消失点を走りつづけているみたいですね

（「転轍――希望の終電」部分）

11月

「ライブ対詩」の現場から
――谷川俊太郎・覚和歌子『対詩　２馬力』

私事になるが、先週の数日間、谷川俊太郎、四元康祐、大岡亜紀、覚和歌子という手だれの詩人たちとともに毎年恒例の「しずおか連詩」を巻いてきた。その谷川と覚が、このイベントに先駆けて、もっと実験的でハードそうな共同詩の試みを上梓していたのである。それが本書『対詩　２馬

力』（ナナロク社）だ。

連詩とは、数人の詩人によってつぎつぎと詩を繫いでゆく言葉のリレーだが、それを二人の詩人のあいだのいわば言葉のキャッチボールに特化させたのが、対話ならぬ対詩である。驚くべきことに谷川と覚は、実験をさらに進化させて、ステージ上で推敲の過程までも公開しながら詩をつくる「ライブ対詩」までやってのけた。そのスリリングなやりとりは、ここでは引用不可能なので本書にあたってもらうほかないが、覚は「あとがき」に、「ほとんど即興創作に近いこの企ては、表現者の自意識の束縛への挑戦でもあり、相方、現場（で起こること）さらには自分と世界に対する深い信頼を問いかける機会」であったと記している。

べつの視点から谷川は、連詩や対詩の魅力のひとつは、個人の創作行為では実現できない変幻自在な「場面」の連続が、小説とはちがう「物語」の生成をもたらすことだと言う。また、「相手の言葉に触発されて自分でも思いがけない言葉が出てくる、それがまた相手の言葉を誘う、何か言葉の連鎖反応のようなものが働く」とも。それが対詩の「馬力」あるいは醍醐味ということになろうか。

クロニクル2018

1月

「詩はメタファーだ」
――広瀬大志『魔笛』

おおむね散文的な書法に覆われた昨今の現代詩のなかで、「詩はメタファーだ」といわんばかりに、本来、詩を詩たらしめる要素であるはずのメタファーの使用にひとり気を吐いている詩人――広瀬大志の新詩集『魔笛』（思潮社）を読んで、そんな印象をもった。広瀬の作風は詩のモダンホラーなどと呼ばれることもあるが、それは怖い話が語られるからではない。メタファーをベースに繰り出されるイメージが恐怖を引き起こすのであり、さらにいえば、そうした恐怖のイメージを組成する言葉の関係そのものがぞっとするほど衝迫的なのである。美しいとさえいえるかもしれない。そう、「言葉は想像より美しい」。

詩集は二部に分かれ、前半には、比較的短めの、これまでの広瀬にない抒情性をも打ち出した佳篇が並び、地震に見舞われた生地熊本に、おのれを貫く生の連続性を求めにゆく「約束の場所」という詩篇もある。後半は本領発揮の言語的ホラー全開で、読む者を圧倒する。

犬の舌の上の夏
囲ってくれる冷えた太陽が見つからないなら
ずっと抱いているだけで幸せな背中から
影は厳しい日没の色に変わっていくのだろうけれど

「何が見つかると思う?」
「永遠ではないよね」

（「犬の舌の上の夏」部分）

もうひとつ、メタファーとともに広瀬がこだわるのが、リフレインなどを駆使した言葉の音楽性だ。ふたつながら、とめどなく散文化してゆく詩の現況を撃つ批評性をも帯びて、すぐれて反時代的に現在的であるといえる。

日本語で書く詩人の究極の夢
――福田拓也『倭人伝断片』

2月

ボードレール以来、詩と批評の両立および協働は、すぐれた現代詩人の不可欠な条件であるとされてきたが、福田拓也はその条件をみたす今日まれにみる詩人のひとりである。

というのも、福田は昨年、『「日本」の起源』という破天荒な論考において、訓読や万葉仮名をめぐる日本語論を展開し、「漢語と倭語の二重の消滅」（たとえば「光」を「ひかり」と訓読した瞬間に、漢語本来の音も文字なき倭語の原初の声も同時に失われてしまうこと）に「原-日本語」をみて、その「起源的な暴力」を、真の生産的な暴力に脱構築することにこそ、日本語で書く詩人の究極の夢があるのではないかという示唆をわれわれに与えた。その興奮もさめやらぬうちに、今度は詩集『倭人伝断片』（思潮社）を刊行して、理論を実践に移すべく奮闘しているのである。

福田はまず、「魏志倭人伝」をふまえた「前を歩く者の見えないくらい丈高い草の生えた道とも言えぬ道」のイメージを繰り返し提示する。その道行きが文字列の生成と重ねられ、さらにはさまざまな土地での詩人自身のスパイラル的な歩行の記憶や死の淵を覗きみた大病の体験などをも巻き込みながら、ある高みがめざされる。すなわち、「わたし」はいったん「息絶えた」あと、「声を与える配置そのものとして」再生し、「漢字を動かし組み合わせ、字画をゆるやかに辿る者たちを光らせる斜面ごと空に歌として上昇する白い肉を模造する國見という視点にまで」至ろうとするのだ。

3月

自然とのエロス的交感のうちに

——暁方ミセイ『魔法の丘』

本年度鮎川信夫賞受賞詩集。以前私は、「詩にも遺伝子がある。誰の遺伝子を受け継いでいるかということは、とりわけ新進の詩人の場合にはとても大切なことだ。それをどのように時代と個性において育て、詩の未来へと変容させていくかが試されているのである。第一詩集『ウイルスちゃん』において暁方ミセイが受け継いだのは、驚くなかれ、宮沢賢治の遺伝子だ」というようなことを書いた。

あれから七年。本詩集『魔法の丘』（思潮社）は暁方の第三詩集になるが、件の遺伝子はもはやこの詩人の血肉となり、独自の世界にまで深められて、言い換えれば、あたかも賢治が、ジェンダーと時代とをすっかり置き換えられて、いまや暁方ミセイとして生まれ変わったかのようなのである。

こんにち、自然や外界をこのように豊かにおのれの感性に呼び込み、詩的世界とした若い詩人は、彼女をおいてほかにいない。冒頭に置かれた序詩「風景の器官」が雛形のように語るだろう。

こんなに空気には
植物の発する模様がいっぱい

風景は何でもよく覚えていて
わたしをたのしく見つめ返す

風景が器官なのであり、「わたし」が風景なのである。以下、自然とのエロス的な交感のうちに、自己を超えた何者かと一体になって生きようとする想像力の運動が、そしてそれがもたらすよろこびのすべて、かなしみのすべてが、すばらしく繊細に展開するのだ。「耳煩光波」「空獣遊山」などの造語的なタイトルも、その特性を示すようで面白い。

稀代のエッセイストの詩
――須賀敦子『主よ　一羽の鳩のために』

4月

須賀敦子といえば、数多くのイタリア文学を翻訳紹介したイタリア文学者であり、『ミラノ　霧の風景』その他の著作で知られる稀代のエッセイストであった。ところがこのたび、没後二十年にしてあらたに発見された詩稿の束が刊行され、読書界の話題を呼んでいる。それが『主よ　一羽の鳩のために』（河出書房新社）だ。私もまた驚きをもって繙読したが、同時に、その珠玉のようなエッセイにはまぎれもないひとりの詩人の魂が感じられたので、やはり詩を書いていたかという思いもある。
ひらがな表記主体の、それも歴史的仮名遣いによる、一見きわめてシンプルな、場合によっては童謡ないしは童話的ともいえる作風。そして多くの場合、無題である。ただ、それぞれの作品には日付がついている。その、エッセイストとして活躍し始めるはるか以前の、一九五九年一月から同年十二月までのほぼ一年間、須賀は集中的に詩を書き、そしてたちまち詩から離れていったことになる。

しかも空よ
おまへは
とほい　うみなりのやうに
わたしを
よびつづけ
わたしも
おまへに溶けていってしまひたいと
日に何回かひどく誘惑されるのだけれど

空よ
わたしはおまへの

無限のひろがりが
なによりも　こはいのだ――

宮沢賢治を読んだ痕跡が濃密に感じられるこれらの詩句には、自然とのエロス的合一への希求と畏怖とが分ちがたく書きとめられている。このまま書きつづければ、同世代ではあまり類をみない「自然詩人」須賀敦子が誕生していたかもしれない。

5月

渦動する「胡桃の中の世界」
――マーサ・ナカムラ『狸の匣』

詩の散文化がすすんでいるように思う。このまま行けば詩を詩たらしめる特性は蒸発してしまうのではないか。そんな危惧を覚えるほどであり、マーサ・ナカムラの『狸の匣』（思潮社）も似たような印象とともに読み始めたのだが、あっという間に裏切られた。何だこれは？　といった驚きを与えないと真の新人の登場とはいえないが、マーサ・ナカムラの場合にはまさにそれがあるのだ。何かしら未知な、それでいてどこかなつかしいような、そして既成の枠にはとても収まりきらない作品世界に接した驚きである。

帯には「現代の民話」とあり、なるほど柳田国男まで登場してくるが、では語りの面白さだけかというと、説話論的な構造は随所で脱臼を起こし、あるいは亀裂を生じて、そこから詩的としかいいようのない事象が顔を覗かせる。テーマ論的にみれば、入れ子状になった世界、あるいは異界を織り込んだ世界の重層性ということになろうか。たとえば桐箱のなかの海、心のなかに移された井戸、そしてタイトルにもなっている、「口を閉ざすとふたがあく」喉の奥の「狸の匣」。

こうしてふと澁澤龍彥の名著『胡桃の中の世界』を参照してみたくもなるが、これらのイメージは決して静止したものではない。説話論的運びから、いわばわけのわからなさの詩学までを踏破する言葉の「速度」のなかで、たえず渦動している。それがマーサ・ナカムラの、詩の散文化とはあきらかに一線を画する世界だ。本年度の中原中也賞を与えられたのは当然である。

6月

詩のあらたな始原の模索

——ジャン＝ミシェル・モルポワ『イギリス風の朝《マチネ》』

ジャン＝ミシェル・モルポワの『イギリス風の朝《マチネ》』（有働薫訳、思潮社）が出た。原著は一九八二年の刊行だが、いまなお、なんとみずみずしい魅惑にみちた詩集であろうか。題名通り、読者にも豊かな詩的マチネの時間を約束してくれる、今日ではもうほとんど得がたい本のようにさえ思える。

著者モルポワは、フランス現代詩を代表するひとりで、ずっと「批評的抒情主義」を標榜してきた。本書はそのマニフェストとしての意味ももつが、モルポワの企図をひとことでいえば、詩の困難な時代にいかに詩をサバイバルさせるかということだった。言語による言語の破壊のごとき様相を呈していた当時の前衛的な詩の趨勢に対して、彼は抒情の復権を主張し、いわば詩の終わりの時代に詩のあらたな始原を模索しようとしたのである。冒頭で述べたみずみずしい魅惑も、そこに由来する。

しかも、理論と実践、詩と批評との分かちがたい協働あるいは融合によって。「リリシズムの言葉」という詩論的な断章から引こう。

わたしはものごとのふとした折にしか自分を認識することができない。ここから受動的な親和力につながるこれらのすばらしい魂の状態がやってくる。これが自我よりもはるかに広大な想像界を認める秘密の方法である。

私事になるが、あれは一九九八年二月であったか、パリのとあるカフェでモルポワと対談したことがあり、本書を通して、まるでなつかしく親密なひとに再会したような喜びを得た。自身すぐれた詩人でもある訳者有働氏の麗筆に感謝したい。

7月

ギリシア、その真空のような自由

——高橋睦郎『つい昨日のこと　私のギリシア』

高橋睦郎は、その著作目録に『詩人が読む古典ギリシア——和訓欧心』という浩瀚なエッセイがあるように、長年ギリシア的なるものに打ち込んできた。新詩集『つい昨日のこと　私のギリシア』（思潮社）は、それがついに本業の詩作にも溢れて出てきたかという印象を与える。

題名の「つい昨日のこと」とは、詩人の長い人生のなかで、少年の頃ギリシア古詩に出会って蠱惑されたことや、若き日に初めてギリシアの地を旅したことが、つい昨日のように思い出されるというだけではない。古代ギリシアとの気の遠くなるような時間的距離が、「なぜ」を発しつづけるギリシア的精神を引き継ぐ者にとっては、一瞬のうちに消失しうるという眩暈的体験をもさしている。そうした追想と永遠の二相を、一五一の多種多様な詩の断章によって織り上げたのが本書なのだ。断章から断章へはゆるやかな連続性もあり、読者は連歌の独吟を辿るように楽しむことができる。

集大成とか畢生の大作とか、つい使ってしまうオマージュの言葉があるが、本書こそは掛け値なしにそうした形容にふさわしい。高橋はそこに詩人としてのすべてを注いだ。彼の詩作の原点としてのギリシアや六十余年に及ぶその詩的履歴だけではない。「私たちひとりひとりの自由が脅かされようとしているかに思われる現在」への危機意識も動員されているのである。

私はギリシアを呼吸した　すなわち自由を
何処にも存在しない　真空のような自由を
（「94 ギリシアとは」部分）

詩を愛し、危機を自覚するすべての人々に本書は開かれている。

8月

底光りする存在の基底核
――中本道代『接吻』

中本道代の『接吻』（思潮社）は、著者にとって十年ぶりの詩集だという。数年前に『現代詩文庫197・中本道代詩集』が出たとき、この詩人の詩風を私は「簡潔きわまりない言葉で紡ぎ出される、秘めやかにしてエロス的な生命幻想」と評したが、彼女はさらに一歩をすすめたようだ。

詩集タイトルの「接吻」よりも、詩集が「帰郷者」という詩篇から始まっていることのほうが、ひとまずは切実な意味をもっているように思われる。記憶によるにせよ、じっさいの帰郷を通じてにせよ、詩人は自分が生まれ育った場所に戻り、かつてそこで生きられたさまざまな感覚や思念を呼び寄せる。中本もそういう年齢になったということか。

だがそれはただの郷愁、ただの過ぎ去った時間の追想ではない。それはそのまま、空間的にも、生の底知れぬ深みに言葉の錘鉛を下ろすという行為なのだ。いや、錘鉛というよりは触手だ。それ自体が生き物のようになまなましい言葉の触手。「何を言う　お前などが何を言うと罵っている／花は暗闇からさらに暗いところへと触手を伸ばして／存在の淵をのぞきこんでいる」（「雪の行方」）。この「花」に詩人は一体化しようとするのであって、テクストの見た目はいかにも繊細で美しいが、その表層を透かして、長い年月を経てさぐり得た存在の基底核のようなものが、文字通り底光りしているのである。

詩集タイトルの「接吻」とは、ひとであれ、ものであれ、そのような基底核との夢見られた口唇的接触のことであろう。詩人はそこへ一歩をすすめたのだ。

10月

3・11を挟んだ詩と真実
――『現代詩文庫240・和合亮一詩集』『241・続・和合亮一詩集』

『現代詩文庫240・和合亮一詩集』および『241・続・和合亮一詩集』（思潮社）が同時刊行された。待望の、というべきだろう。和合亮一といえば、東日本大震災の直後、ツイッターを使って福島からなまなましい詩的ドキュメントを発信し、一躍時の人となったが、もちろんそれ以前には、詩の若い世代を牽引するひとりとして精力的に詩作や朗読活動を展開していた。そのふたつの時期が、このたびの〈正続〉二冊の『現代詩文庫』の刊行によって、ようやく俯瞰的包括的に眺めることができるようになったのである。和合を支持するにしても批判するにしても、まずはこの二冊を読んでから、ということになろう。

〈正〉のほうには、3・11以前の和合の、処女詩集『AFTER』から『黄金少年　ゴールデン・ボーイ』までの作品が抄録されている。そこにみられるのは、どこかしら未来から到来して現在をその事後たらしめるような、みずみずしい詩的世界であった。だが、やがて詩人に到来したのは正真正銘のカタストロフィーであり、〈続〉には、それに即時的に反応した件のドキュメント（『詩の礫』ほか）と、やや遅れて再開された詩作（『廃炉詩篇』）とが収められている。

私見によれば、和合の登場によって詩の言葉は、意味の荷重を脱いである種の浮力を得、自由自在な運動性のうちに置かれるようになった。その分、大衆性などとも結びつきやすくなったのであり、3・11以降の和合の展開は、ある意味必然でもあった。とはいえ、詩と真実は、彼のまぎれもない才能と真摯な行動力にこそ宿っているとみるべきだ。

11月

「ヒト言語の粋」を求めて
――時里二郎『名井島』

すぐれた作品には、容易に読み解きや批評の言葉を寄せつけないような、それでいて抗し難い魅力を発している「なんだこれは?」があるものだが、時里二郎の新詩集『名井島』(思潮社)もそのうちのひとつだ。人間言語の秘密の解明という壮大にして不可能な主題を、フィクションに歴史的事実をまじえたこの詩人独特の伝承的スタイルによって複雑怪奇に織り上げようとするその構想に、まずは驚嘆である。

「ヒト文明消滅」後の、人工知能に不具合をきたしたアンドロイドが、時空のズレそのものというべき「名井島」で、かつての「ヒト言語」との接触によってそのリハビリを果たそうとする。このSF仕立ての全体は最後の「母型」にまで読みすすまないと判然としないが、むしろそこにいたる過程で、「歌窯」や「夏庭」といった不思議な詩篇群がからみ、作品を多層的にしているところに、この詩集の奥行きがあり、美しさがあるといえるだろう。散文詩に行分け詩も混じり、古語の欠片や折口信夫まで召喚されている。そしてつまるところ、そこから、「ヒト言語の粋」すなわち詩的なるものの絶対的な優位性のようなものが浮かび上がってくる――これがこの詩集の真の深い企みということになろうか。

見えない島の　鳴かない鳥の
ささ　ここ　きき　しし　け
みなほどかれてそこに　ある

（「鳥のかたこと　島のことかた」部分）

それにしても、還暦を越えてなおこのような意欲的な力作をものすことができる時里二郎という詩人に、深い敬意の念を抱かずにはいられない。

12月

新しい才能の出現
――岩倉文也『傾いた夜空の下で』

新しい才能の出現――岩倉文也の『傾いた夜空の下で』（青土社）を一読したときの率直な感想を言えば、そういうことになる。詩集はあたかも三つの「ジャンル」から成り立っていて、ひとつは行分けの自由詩スタイル、ひとつはツイッターの一四〇字に合わせたかのような散文詩形、そしてもうひとつは短歌だ。自由詩の書法はどちらかといえばクラシックでおとなしく、いっぽう短歌には、凡百のいわゆる口語短歌のうえを行くポエジーが感じられる。著者岩倉文也は、本質的には歌人なのだろう。

雨の降りはじめた音が耳をうつ末路といえばすべて末路だ

では、何が新しいのか。はじめはインターネットにおいて、やがて新聞歌壇や詩の雑誌をも巻き込んで、ジャンル横断的にぽつぽつと匿名的な言葉の粒子が先行的に共有され、どこか詩人の実在性を疑わせるようなところがあったという、その出現の仕方が新しい。

内容的には、喪失の意識と結びついた青年期特有の孤独、したがって誰のものでもありうる孤独というテーマが、天性の詩的センスと協働しつつうたわれている。谷川俊太郎の出現をふと思い出す向きもあろうが、私は同時に、いささか唐突ながら、吉本隆明のあの難解な『固有時との対話』との類比を思いつく。六十年後に、ひとりの若者のみずみずしい言葉と身体を得て、思いっきり具象化され世俗化された『固有時との対話』、それがこの詩集ではないか。言い換えれば、ひたすらに自己の孤独が掘り下げられて、それは他者の不在のまま、都市や宇宙という外部につながっているのである。

Poets

詩人吉本隆明

詩人吉本隆明を銘記しよう。それはたとえば各紙誌での追悼特集においても量的には圧倒的に思想家ないしは批評家吉本隆明が語られるであろうが、思想は相対化されたり、乗り越えられたり、場合によっては廃棄されたりするのに対して、詩はむしろそれ固有の輝きを放ちつづけ、場合によっては絶対化されることにもなるからである。ベンヤミンのいわゆる「死後の名声」を望みうるのだ。その日のためにも、詩人吉本隆明をここで強調しておこうではないか。

吉本隆明は、四季派や宮沢賢治の影響のもとに詩人として出発し、やがて鮎川信夫らの「荒地」の同人となった。その詩の仕事は、なんといっても、一九五〇年代前半に相次いで刊行されたふたつの詩集、『固有時との対話』（一九五二）と『転位のための十篇』（一九五三）によって記憶される。それらは、戦後現代詩のひとつの事件であった。以下にその理由を述べよう。

『固有時との対話』は、日本の詩がそれまで持ったこともないような、徹底して抽象的な詩の空間を提示した驚くべき詩集（と呼んでいいかどうか）であった。「固有時」とは、ひとことでいえば「孤独」ということであり、したがってそれとの「対話」は、世界から隔絶してしまった自己がいかにしてふたたび世界を見出すかという問題を語ることである。中心に据えられるイメージは無機的な建築であり、それが主体のメタファーにもなっているのだが、そこをときおり、生の証しのように風が通ってゆき、世界への帰還を促す。

一方、『転位のための十篇』は、一転きわめて抒情的な言語で書かれている。当時インク製造会社の組合活動に携わっていた詩人の実生活が背景にはある。それだけに、その反抗の言葉は説得力をもってひびき、六〇年安保闘争から全共闘運動へと展開してゆく政治の季節の若者たちにも大きな影響を与えた。じっさい、「ぼくがたふれたらひとつの直接性がたふれる／もたれあふことをきらつた反抗がたふれる」「ぼくが真実を口にすると ほとんど全世界を凍らせるだらう」といった詩句は、何を隠そう、一九七〇年に高校生だった私にも熱い闘争への呼びかけとなって伝わってきたのだった。

このふたつの記念碑的詩集を、ほかならぬ吉本隆明の思想との関係で語るなら、それはミシェル・フーコーとの対談（『世界認識の方法』、一九八〇）でも浮き彫りになったような、歴史と主体という根本問題にかかわることになろう。『固有時との対話』において「わたくしといふ現象」（宮沢賢治）を徹底して追求した詩人は、ついで『転位のための十篇』において、それを歴史的現在へと解き放つ。そのスリリングな劇は、歴史と主体をめぐって、基本的にはヘーゲル＝マルクス的な思考様式に拠った吉本氏の思想に、そこから溢れ出る生のリアリティを対置したといえる。

こののち、周知のように吉本氏は思想的著作のほうに仕事の重点を移してゆくが、全く詩作をやめてしまったわけではない。なかんずく、『記号の森の伝説歌』（一九八六）が、詩人としての吉本隆明の第三の、そして最後の頂点を築いている。ときあたかも八〇年代、大量消費型の資本主義が成熟し、思想的にはポストモダニズムが席巻するようになっていた。吉本氏自身、そうした変化に対して、半ばは積極的に評価しようとする立場へとゆるやかな「転向」を果たしつつある時期であった。しかし『記号の森の伝説歌』は、そうした時代に生きる詩人としての苦さをも醸し出しているように思われる。「記号の森」が端的にポストモダン的状況をあらわすとするなら、「伝説歌」には、その「森」を生きつつ、なおみずからの「うた」を「伝説」として差し出そうとする矜持とアイロニーが窺えるからである。

　　　　鳥が
鳥という記号にかわるまで
どれだけ恒河沙《ごうがしゃ》をかぞえたか
そのあいだに　みんなが魂《たましい》と呼《よ》んでるものが
　鳥から　鳥を捕《と》るひとの
　　手にわたる
鳥は甲骨《こうこつ》文字になって
ひらたい河原《かわら》の石に貼《は》りついた

（「比喩歌」部分）

さらに、この詩集から数年後の『言葉からの触手』（一九八九）も、純然たる詩作品とはいえないが、詩人吉本隆明の側に加えたい生彩あふれる濃密なエクリチュールである。

こうして吉本氏の詩作は、その思想に――それがどのように変容しようとも――ついに回収されることのないひとつの実存を、ひとつの魂と身体の真実を証すものといえるかもしれない。

なお、順序は逆になるが、若き日の吉本氏には「日時計篇」と称される膨大な初期詩篇群が存在していることにも注意を促しておこう。この思想の巨人が、一時期、いかに全的に詩に没入していたかをそれは物語るとともに、その後の思想家としての歩みにも、なにかしら決定的な詩的基底を与えたのではないかと思われるのである。

詩論のエートス、詩学のパトス

――五冊の谷川俊太郎論をめぐって

詩論と詩学と、詩をめぐる言説にはこのふたつの区域がややあるように思う。おおむね大した違いではなく、ほとんど重なっている場合もあるが、私は両者にそれなりの差異をつけておきたいとも考えている。そこで予備的考察として、詩論は詩とその外部をめぐり、詩学は詩の内部をめぐる、と規定しよう。詩論は状況論であり、現代詩をめぐる言説、たとえばこの「現代詩手帖」に発表されるような言説のほとんどは状況論であろうから、つまり詩論である。一方詩学は、詩とは何かを問う本質論であり、多少とも時代を超え、地域を超え、したがって多少ともアカデミックである、あるいは逆に、徹底して野にある。

〈論〉と〈学〉というふうにさらに一般化すれば、〈論〉は非個別的であり、エートスであり、対象との距離をとって、あるいは対象をone of themと捉えて、普遍的ないしは大所高所的な展望をめざすのに対して、〈学〉は個別的であり、パトスであり、対象への没入とそこでの自律的な知の構築がめざされる。対象が作家・詩人の場合、おおむね、言説はまず主に同業者や同時代人による〈論〉の群発から始まり、しだいに〈学〉のほうに移行してゆくという感じだろうか。日本におけるランボーの受容でいえば、小林秀雄の「ランボオ」は典型的な〈論〉であり、その後、「ふる雪や明治は遠くなりにけり」さながら、時代的にランボーが遠ざかるにつれて、アカデミックな研究、つまり〈学〉が主体となっていった。そうしたなかで、べつの〈学〉の提示もあり、たとえば鈴村和成の一連のランボーに関する著作は、まさに「鈴村ランボー学」としか呼びようのない独自の視点とパッションをみせている。鈴村のなかでランボーは遠ざかっていない、というかむしろ、偏愛の対象としてふたたび近接し、いやもっと言ってしまおう、端的に、ベンヤミンがいうところの死後の生を生きているのである。

＊

さて、編集部からの注文は、手元にある五冊の谷川俊太郎論——北川透の『谷川俊太郎の世界』（思潮社、二〇〇五）、山田兼士の『谷川俊太郎の詩学』（思潮社、二〇一〇）、田原の『谷川俊太郎論』（岩波書店、二〇一〇）、四元康祐の『谷川俊太郎学』（思潮社、二〇一一）、そして谷内修三の『谷川俊太郎の『こころ』を読む』（思潮社、二〇一四）——をまとめて論ぜよ。無茶というものであろう。それぞれにユニークなこの五冊をこんな小論でひとくくりにするなんて、失礼というか、残酷というか。そこで、上に述べた詩論と詩学の違いでもってこの五冊を振り分けるというところに主眼を置いてみることにする。一種の遊びだが、それをもっていくらかでも残酷さが和らいでいますように、と願う。

詩論の最右翼はいうまでもなく北川透の『谷川俊太郎の世界』である。まさに詩論の第一人者にふさわしい谷川論で、半世紀以上に及ぶ谷川俊太郎の作品史を辿りながら、いやちがう、ほぼリアルタイムに、それぞれの時期の代表作や問題作を、時代とのかかわりや現代詩全体の布置において論じていくというスタイルは、文句なしに詩論のオーソドックスぶりを示している。

なにより虚をつかれるのは、冒頭の章「危機のなかの創造」で、谷川俊太郎の世界が、「もうひとりの谷川」、あの谷川雁との対比において語り出されるということである。それはたんなる思いつきではないと北川は言う、「死者のようにストイックな沈黙を体現する詩人と、コマーシャリズムからオリムピックまでの資本制社会の経済の論理のなかを、詩的フォルムの悪戦の場と考える詩人が象徴させている問題を、袋小路におちいった戦後詩が現出させた創造の危機として、一つに貫く視座こそが現在（一九六五年時点――筆者注）もとめられているといえよう」。

以下、「宿命の幻と沈黙の世界」、「蓄音機と無学」と谷川作品のクロニクルはつづくが、もちろんそこには批判的言説もある。とくに七〇年代までは、詩はこうあるべきだという超越論的視座が基調をなしているので、対象が谷川作品といえども、ただのオマージュ、あるいはただの解説にはならないのである。たとえば、『定義』所収の一篇「すべってゆく視線の思い出」を論じて北川は、「この詩の最後の行「宇宙はおそらく極めて上質の天鵞絨製である」のもつ完結性は、この詩人の感覚の愉悦としてことばを創出するすぐれた資質を見せているだけでなく、それが更に非在への自由としての未完結の傷口をおしかくしてしまう限界性となっていると思わざるを得ない」と書く。

さらに特筆すべきは、谷川を論じつつ、北川の詩論もまた成長、いや変化していったことがみてとれるということである。谷川作品は北川の批評の変容を映す鏡にもなっているのである。これはおそらく、戦後の詩と詩論の関係の歴史のなかでも稀有なことではないだろうか。なかんずく、「零度の語り手――詩集『メランコリーの川下り』を読む」の章は、詩と批評が合わせ鏡のように向き合って、「メランコリー、つまり、鬱は、〈私〉から発していたのではない。〈私〉の不在から発しているのだ」という、ポストモダンを迎えた時代の空気が引き出され、それとともに、批評の超越論的視座そのものまでもが一種の「鬱」に染まってゆくのである。

ともあれ、モノグラフィーとしてのまとまりもある『谷川俊太郎の世界』は、今後とも谷川俊太郎について何か考えたいときには、数ある谷川論のうちでも基本中の基本文献として、まっさきに参照すべき一冊ということになるだろう。

＊

詩学と銘打たれた山田兼士の『谷川俊太郎の詩学』は、山田自身大学の先生だし、一見詩学の最右翼のようにみえるが、むしろ詩論と詩学とのバランスを取った中庸の地点から、つつましく丁寧に、谷川俊太郎の世界へ読者を案内するという姿勢が取られている。ということは、やはりどこかで教師としての経験が活かされているのであろう。もちろん専門のフランス文学の知見は随所にちりばめられ（フランシス・ポンジュへの参照など）、知的刺激にもみちている。作品の読み解きも、文学研究で培われたとおぼしい手順がふまれており、過不足ないレベルを示している。

ただ、せっかくのボードレール学者の書なのだから、たとえばボードレールと谷川俊太郎の比較にあてた奇想天外（？）な一章があってもよかったのではないか。というのも、あとがきにもあるように、山田自身、「ボードレールプログラム日本詩サイクル」という企図を追求しているからである。なるほど山田は、「天才とは自在に取り戻された幼年である」というボードレールの箴言を実現した詩人として谷川を位置づけており、それがこの本の基調音にもなっていること、そしてそこから「〈こども〉の詩学」というユニークな視点が導き出されていること、それはたしかなのだが、『悪の華』の詩人と『コカコーラ・レッスン』の詩人の、さらに意想外な出会いの場を夢見ていけないという法はあるまい。峻厳な貴族主義者としての鎧に革命への情熱を塗りこめながら、なお群集の湯浴みに出かけてゆくボードレールの屈折と、戦後民主主義の申し子として大衆性や匿名性にすすんで深く身を浸しながら、なお特権的な詩人としての自己実現を厭わない谷川の屈折とは、どこかで興味深くクロスし、あるいは刺し違えているはずである。

＊

詩学のほうに振れているのは、田原の『谷川俊太郎論』と四元康祐の『谷川俊太郎学』である。共通しているのは、ふたりとも谷川に私淑し、あるいは大きな影響を受けているということだ。日中両国語で詩を書く田原の労作『谷川俊太郎論』から行こう。欧米諸国でどんな谷川論が出ているのか不明だが、国際的視野からの初の本格的な谷川論といってもよいのではないか。いや、立命館大学に提出された博士論文をベースにしているらしいから、その実体は〈論〉というより〈学〉なのである。

知られているように田原には、谷川詩の中国語訳という功績もある。この本は、漢字の国の人が、ひらがなを駆使することもあるこの現代日本の国民詩人——私は日本語（ラング）よりひとまわり大きな日本語の化身（ランガージュ）と呼びたいが——にどう向き合ったのかというこちらの興味にも答えるかたちで、つまり比較文化論、あるいは翻訳の詩学としてもなかなかに意味深い事例と問題を提起している（第二章「詩歌の翻訳論的考察――谷川詩の検証を通して」など）。

そのうえで田原は、壮年期の実験的な散文詩集『定義』と、老境に入ってからの簡潔きわまる短詩集『minimal』とを相次いで分析することによって、谷川詩の多様性を見事にひとりの詩人の物語として語り直している。谷川俊太郎とは誰か。生きることが詩であり、詩がまた生きることであるという幸福な、しかし困難な一致を、生涯にわたって、あらゆる変化の相のもとに追求している世界でも希有な詩人。そのことが、手堅くも熱情にあふれた田原の筆致を通して、ありありと伝わってくるのだ。そのように谷川詩を普遍化ないしは世界化することによって、日本現代詩のなかに占めるその特異性がやや薄れてしまっているきらいもあるが、〈学〉、しかもまれびとの〈学〉なのだから仕方あるまい。

＊

四元康祐の『谷川俊太郎学』は、詩人によって書かれるべき批評の、近年まれにみるめざましい成果のひとつであろう。なによりもタイトルが「論」ではなく「学」になっていることに注意したい。この本こそ詩学の最右翼なのである。すでにふれたように、実は現代詩の世界で書かれている批評の大半が詩論＝状況論であり、作品そのものは置き去りにされてしまうことも多い。おそらく四元は、そうした傾向への批判の意味もこめて「学」としたのだ。じっさい、井筒俊彦の言語哲学を援用しつつ、谷川俊太郎の詩の行為の核心を、「本来分節化が不可能なはずの絶対無分節――それは同時に言語の母胎でもあるのだが――を言語化する」試みと捉えるあたりは、田原とともに、この国民詩人をはじめて世界文学的視野へと解き放つ意味深いページであるといえよう。

『谷川俊太郎学』は、北川の『谷川俊太郎の世界』といろんな意味で対比的である。後者と同様に、谷川詩という膨大なコーパスを臆せず包括しているが、北川のそれが通時的な連続性において包括するのに対して、四元においては、歴史家と測量士の論争という章を設けてバランスをとりながらも、どちらかといえば、コーパス全体の共時的な構造化がめざされている。あたかも井筒哲学の企図が、「東洋の主要な哲学的伝統を、時間軸からはずし、それらを範型論的に組み変えることによって、それらすべてを構造的に包み込む一つの思想連関的空間を、人為的に創り出そうとする」(『意識と本質』)ことにあったように、『谷川俊太郎学』は、図表まで駆使して、『二十億光年の孤独』から『世間知ラズ』まで、『定義』から『コカコーラ・レッスン』まで、「それらすべてを構造的に包み込む」ポエジーの多様体を描き出そうとしたのだ。

しかしそれだけではない。「学」の「学」たるゆえんは、四元みずから「私にとっての「詩」とは、谷川作品の総体に他ならなかった」というように、対象への全的な没入である。批評とは偏愛を語ってこそ生彩を帯びるのであり、そうしてそれは、詩人四元康祐の詩作にも必ずやフィードバックされてゆくであろう。詩人によって書かれるべき批評、とさきに述べたのはその意味である。少々不謹慎な言い方をすれば、すでにして谷川俊太郎は、四元詩学において死後の生を生き始めているのである。

＊

刊行順でいえばもっとも新しい谷内の『谷川俊太郎の『こころ』を読む』が残ってしまった。詩論と詩学という私の遊びの座標上では、なんとも位置づけが困難なのである。一見、詩論のエートスもなければ詩学のパトスもないようにみえる。なにしろ、「まえがき」として付けられた谷川俊太郎の谷内宛手紙によれば、「批評しない、意味を問わない「感想」」、「従来の批評と並ぶ新しい文藝の一ジャンル」が問題になっているのだから。

しかし、たとえば小林秀雄はおのれの長大なベルクソンについての文章を「感想」と題して発表したくらいだから、「感想」という語のカヴァーする範囲も広い。この本は、むしろ敷衍、パラフレーズに近い。あるいは訓詁だ。対象となっているのは、谷川俊太郎の近年の詩集『こころ』で、その全六十篇について、詳細といえば詳細、とりとめのないといえばとりとめのないパラフレーズが、もともとのブログ日記という体裁そのままに掲載されている。エクリチュールというよりは談話で、目次もなく、どこになにが書かれているのか皆目わからないので、読み通すのは、簡単なようでいて大変だ。奇書というべきか。

そして、思わぬ場所に、「「ほんとう」はいつもわからない。わからないもののなかに「ほんとう」があり、それに触れようとしてことばにする。ことばになった「ほんとう」は、でも「うそ」なんだ。「うそ」に掬い取れなかった何か、ことばになれなかった何かに「ほんとう」がある。矛盾の、どうどうめぐり。それが、詩。」というような超越論的視座が、やさしい言葉遣いでさりげなく書き込まれているところがミソか。この視座は、谷川詩の高峰である『定義』——論じられてはいないが——をも貫き、いわば普遍に達している。とすれば詩論である。膨大な谷川コーパスから、四元の分類によれば一般読者向けの「生活詩系」に入るであろう『こころ』を、ほぼそれだけを、おずおずと取り上げるというあからさまな低空飛行ぶりは、もしかしたら擬装かもしれない。あだやおろそかにできない一冊ではあろう。

＊

五冊をくくり終えて、谷川俊太郎を論じるうえでの宿題のようなものも浮かび上がってきたような気がする。四元の、井筒哲学を援用した言語と沈黙の往還についての説はめざましいけれど、それでも、言語論的アプローチがまだまだ欠けているのではないかと思われるのである。谷川詩にかくも頻繁にあらわれる詩や言葉についての自己言及的記述については、すでに多くの論者が注目しコメントしてきた。そうではなく、それを超えて、たとえば「意味よりも深い至福をもとめて／私は詩を書き継ぐしかない」（「書き継ぐ」）と詩人自身書くときの、「意味よりも深い至福」とは何かを、テクストそのもののうちに探し求めてゆくこと。あるいは「谷川俊太郎とメタファー」、「谷川俊太郎と父なる言語（ロゴス）」、といった問題の立て方もそろそろありではないかということを最後に書き添えて、本稿を擱きたい。

北川透さんから学んだこと

北川透さんとは、ささやかながらかつて論争をしたことがある。一九九七年、私は城戸朱理との共著で『討議戦後詩』という本を出したが、それに北川さんが論争を仕掛けたのである。戦後詩といえば、従来なら「荒地」派のとくに鮎川信夫から始まるというのが詩史的定説であろう。これに対して私たちは、あえて吉岡実を起点に持ち出したのである。おかしいのではないか、と北川さんは批判した、もっと「複雑に錯綜する関係性を捉え」、「様々な時代的な規定力」を踏まえなければならないのに、そんなふうに吉岡実を位置づけるのは、彼を特権化することになりはしまいか。むろん私たちには、少なくとも私には、そういうつもりはなかった。私はただ、戦後詩のオルタナティブとして、あるいはモダンとポストモダンと、その二重の収斂点としては、この『サフラン摘み』の詩人ほどふさわしい存在はないと考えたのである。鮎川信夫というウルトラモダンな知識人よりは、吉岡実というトランスモダンな職人。きまじめな歴史的現在の呈示よりは、非歴史的な時間錯誤の戯れ——

とまあ、それだけのことだったので、論争の争点としてはいかにも弱かった。じっさい、この論争はなんとなく尻切れトンボに終わってしまった感がある。せっかく北川さんに論争というかたちで『討議戦後詩』を話題にしてもらったのに、それに対してうまく応答できなかったことに、私はいまでもうしろめたさのようなものを感じる。論争に関して百戦錬磨の北川さんに対して、私のほうがすこしびびってしまった、それはたしかなのだけれど。

北川さんと私とのあいだで、わずかながら、詩学のちがいというのもあった。もっとも北川さんは、「普遍的な規範の様式」を連想させるという理由で、この「詩学」という言葉や領域に批判的なようだが、詩の原理的もしくは言語論的な側面という意味でこのタームを使わせていただくと、ふたりの詩学のちがい、それは主として世代の差によるもので、北川さんはある時期まで――という留保をつけなければならないであろうが――やはりなんといっても吉本隆明の影響が大きく、そのさらに背後には、ヘーゲル＝マルクス的な弁証法的思想という巨大なバックボーンがあったのではないかと思う。吉本さんから北川さんへのラインをひとことで言うなら、主体による否定性の詩学――表現を自己疎外と関連させてとらえ、また規範からの侵犯としてそれに歴史的意味を与えてゆくという発想である。それに対して私は、世代的にあまり吉本理論にはなじまず、詩学の根本をむしろ構造主義的およびポスト構造主義的な思想に汲んでいたところがある。言語はもともとが――つまり主体以前にということだが――差異の生成であり、詩の行為とはそのいわば原初的プラズマ状態をすこしでも奪還しようとすることだ。

ごく大雑把に言えば、ある時期からの北川さんの課題は、時代の要請もあって、歴史的主体の否定ともいえる構造という問題にどう対処するかにあったわけで、柔軟な北川さんはそれを「仮構」というような自前の理論で組み入れていったように思う。逆に私のような世代の者は、構造という主体の否定から出発したようなところがあり、したがってある時期からは、主体の否定のそのまた否定へと、それが単純な主体の復活になってはまずいのだが、ともかくもそのような方向で詩や詩論を考えていこうとしたのだった。

しかし、そんなことはどうでもいい。主体であれ構造であれ、なんぴとも時代のエピステーメーを逃れることはできない。むしろ、世代こそちがえ、いろんなレベルにおいて共通の事柄のほうが多かったのではないか。たとえば——笑わないでいただきたいが——詩への愛とか、言語表現における詩的言語の優位性への信とか、そしてそのことが、論争の存続を困難にしたのかもしれないと、いまにして思うのである。

＊

このたび刊行が開始された『北川透現代詩論集成』全八巻（思潮社）については、いまはまだ本格的な論評は控えたい。外観上のその最大の特徴は、編年体による集成ではなく、「一度それらをすべて解体して、いまの若い読者でも手に取りやすい形にする」ため、そして「戦後の現代詩の中心的課題が歴史的にも現在的にも明らかになるよう」にするため、テーマ別の分類になっていることであろうが、さらに、各巻に「書き下ろしに近い巻頭論文を置き、その巻に不足な論をできるだけ補うような編集」がなされるというのだから、すごい。その意欲たるや、北川さんのいまの年齢を考えると、頭が下がると言うもおろかであろう。こうして、予定されている全八巻のラインナップを書き写せば、第一巻『鮎川信夫と「荒地」の世界』、第二巻『戦後詩論——変容する多面体』、第三巻『六〇年代詩論――危機と転生』、第四巻『三島由紀夫と太宰治の戦場』、第五巻『詩的前線の論理と転換――他者生成論』、第六巻『仮構詩論の展開――〈詩の原理〉の解体と構築』、第七巻『吉本隆明論――思想詩人の生涯』、第八巻『谷川俊太郎の詩と時代』……

眼がくらみそうだ。そこから、やがて質量ともに空前にして絶後というべき北川詩論のあらたな全貌があらわれてくるだろうが、論評はそのときのためにとっておこう。ただ、刊行されたこの第一巻『鮎川信夫と「荒地」の世界』を通読しただけでも、圧倒される思いがすることはたしかである。それは月報で蜂飼耳も述べている通り、「他のだれが、詩作品とともにこれだけの詩論を執筆することで同時代の詩とともに歩もうとしただろうか」ということに尽きる。とくに、過半のページを占める『荒地論』(『集成』では第二章「「荒地」論――戦後詩の生成と変容」に収録)は、一九八〇年代という、詩作(たとえば『魔女的機械』)においても詩論においても北川さんがもっとも脂の乗り切っていた時期に書かれただけに、「荒地」派の生成と変容を見事な批評言語に描き出して、間然するところのない、充実しきった内容になっている。

それにしても、「荒地」の詩人たちが、戦後社会のなかで次第に立ち位置や表現の変容を余儀なくされてゆく過程は、まさに「時代は感受性に運命をもたらす」(堀川正美)を地で行くかのようだ。しかし北川さんはいたずらにそのことで感傷的になったりはしない。むしろその「運命」を、みずからの批評行為を媒介させることによって、もう一度各詩人に乗り越えさせようとしているかのようである。それが真の変容というものであろう。『荒地論』はただの詩論ではない。詩人の死後の生のためのものである。もちろん執筆当時、黒田三郎を除いて「荒地」の詩人たちはまだ生きていたが、それでもそう言えるのである。とくに鮎川信夫に関して、北川さん自身、批評という名の粘り強い再生の儀式を執り行う祭司に変容しているかの印象がある。じっさい、それがやがて、この『集成』第一巻巻頭の「戦後詩〈他界〉論――鮎川信夫の詩と思想を中心に」という、近年になって書かれた論考にもつながり、「戦後詩のなかに、時代を超えて生きている普遍的な光線とは何か」という視点をも生み出したのではないだろうか。無私にして高邁な批評のこれほどの持続を、私はほかにみたことがない。

学ぶべきことも多い。それはたとえば、蜂飼さんと同じく月報に寄せた文章で佐々木幹郎も指摘しているように、「自らの詩の方法や言語感覚と異質な他者の作品ほど、彼は無心にその世界を読み取ろうとする。わからなさを指し示し、それを批判するにしても、わからなさを大事にして、そのまま理解しようとする。（…）北川透詩論のフェアさ」ということである。

また、私は長い間、北川詩学――とあえて言わせていただく――の中核をなす「像」という概念にかすかな違和を覚えていたが、それというのも、この概念を、吉本理論にいう「意味的喩」と「像的な喩」という、私見によればあまり意味のない区別のうちの、その後者の拡大ぐらいにしか考えていなかったのであるが、このたび、『荒地論』を締めくくる「意味の偏向」という章のそのまた締めくくりに、つぎのようなくだりがあることに気づいて、私は認識をあらたにせざるを得ない。

ここまで書いてくれば明らかなように、わたしは吉本隆明の〈意味喩〉や〈像的な喩〉の概念が生みだされてくる論理過程を媒介しながら、それをもういちど直喩や隠喩の概念の復活へ向かわせたいのである。理由は二つほどある。アリストテレス以来の詩学が、この比喩概念を愛用してきた歴史性には、それなりの根拠と威力があるからではないかと思うのが一つである。もう一つは感覚的なことだが、意味喩と像的な喩の概念が、実際に詩を書いている時（詩の批評を書いている時を含めてよい）の意識になじまないからである。しかし、そのためには、意味の転移や変化など意味規範にそった「荒地」の比喩論は、越えられなければならない。シュルレアリスムの言語が、そのもっとも高い稜線で示しているものは、わが国の〈純粋詩〉の観念が体現したような単なる意味の絞殺ではなかった。それは抑圧された社会のなかで視えなくなっている、人間の存在（意味）の根源を像として表現するための、《故郷をもたない放浪者である》（吉本隆明）言語を使ってのあてどない探索である。

北川さんの言う「像」は、隠喩が隠喩のまま隠喩を超えてゆく言葉の関係において、あるいは、もはや何の隠喩であるかに答えることができず答える必要もない隠喩において出現する未知のイメージの謂いであると、いまにして私は理解する。そしてそれは、おのずから「人間の存在の根源」とも触れ合うものなのである。

＊

だが、私が北川さんから学んだ最大のものは、もっとべつの文章からもたらされた。いまはそのことをとくに書いておきたい。それは『荒地論』執筆に先立つこと十数年前、若き北川さんが自己の方法を模索しておそらくはゆらぎや迷いも残していた時期の論考で、『現代詩文庫11・天沢退二郎詩集』の作品論として書かれたものだ。記憶によれば、熱い批評のエクリチュールであって、同時代詩人としての天沢退二郎への共感と若干の違和とを語りながら、あるいはむしろ、天沢作品を通して、北川さん自身の夢が語られていたような気がする——と思って、今回、読み直してみた。記憶はほぼ正しかった。「ことばの自由の彼方へ」と題されたその論考（『集成』では第三巻「六〇年代詩論——危機と転生」に収録されるであろう）での北川さんの夢とは、ずばり、詩における言葉の自由ということである。当時もっとも過激な詩の書き方をしていた天沢退二郎をさえ、場合によってはゆるんでいる、秩序に回収されかかっていると批判し、どこまでも詩における言葉の自由を主張していたのである。

（…）今日、ぼくは詩のすべての問題点は、《詩の自由》ということにかかわっていると思うが、それはまた《ことばの自由》としてあらわされるのである。（…）それから現代の詩史が示すところのものは、詩の特質が、単に定型や韻律にあるのではなく、ことばそのものの自由な表出のうちにあるということであり、その無限の広がりと深化の様相のうちに現在の詩の危機をも位置づけうるのである。

私が北川さんから学んだ最大のものは、このことをおいてほかにない。私は北川さんよりもずっと年下で、件の『現代詩文庫11・天沢退二郎詩集』を読んだ一九七〇年代前半はまさに詩人になるための修業時代にあたっていたが、詩において実現すべきなのは、ひっきょう、言葉の自由ということであるという北川さんの熱い批評のアナーキーが、最良の天沢作品――たとえば「ソドム」や「死刑執行官」――に発現した詩のアナーキーとともに、いともたやすく私の肌身にしみ込んでしまったかのようだった。

北川さんの言う規範に対する侵犯にせよ、私の言う原初的なゆらぎの奪還にせよ、それは言葉の自由を実現するための方便もしくはプロセスにすぎない。めざすところ、欲望の赴くところは同じなのである。

では、その欲望はどこからくるか。ここからさきはおそらく誰も言わないと思うので、とくに強調しておきたいが、反骨、在野、そして土の香りがするアナーキズム――とそんな言葉を繰り出してみたい思いにも駆られる。北川さんは愛知県の農家の出身だということだが、ちなみに私の出自も埼玉県西部の農家である。道理で、なにか同臭のようなものを感じるわけだ。私と北川さんの最大の共通項といってもよいかもしれない。それを美辞麗句としていえば、おぞましくも甘美な大地の流動性は、私たちをつなぎ止め暗澹とアナーキーな養分を与えようとするし、またその拘束力は、私たちをしてなお自由への逃走線を躍動させもするということか。

さらにいうなら、北川さんの批評は何を対象にしようと自己の批評的態度を貫き、真摯であり、ときに妥協を許さない頑固さもあるが、それでも、犀利な批評にありがちな冷たいという感じはしない。どこか血の通った人間的な温かみがある。私の直感では、いや思い込みにすぎないかもしれないけれど、それもまた大地的土俗的なアナーキーの精神とも無関係ではないはずだし、詩人北川透の詩的実践にみられる、笑いと狂気とアイロニーにみちた本質的に健康な精神にも通じているはずである。同時に私は、たとえば「わがブーメラン十篇」という短詩群（詩集『わがブーメラン乱帰線』所収）のなかの、

十四歳、ぼくはぼくが死ぬほど嫌いだった。
ときどき、青い腫れ物にさわるように、
くろずんだ爪の伸びた指で
ぼくはぼくに触れた。

（「青い腫れ物」部分）

というような苦い抒情の詩句にも、いたく感動してしまうのであるが、それはちょうど、北川さんが前出の天沢論のなかで、その末尾、天沢さんの青春の痛みがみずみずしく生きている第一詩集『道道』に対する愛惜を、避けがたく表明するにいたる過程と似るか……
おや、この小文の対象である北川詩論からはだいぶ逸脱してしまったようだ。いまはひとまずこのあたりで筆を擱きたい。

「赤壁」私解

――吉増剛造という極限

赤壁といっても、三国志のあの赤壁の戦いとは何の関係もないらしい、データとしては、詩篇――といえるかどうか、もはや剛造テクストと呼ぶしかない、その始まりのような――「赤壁に入って行った」、詩集『オシリス、石ノ神』（一九八四）所収、

この詩集は、文字通りの現代詩のオデュッセイア、つまり彼我の既成の方法を捨て去り素手で世界にさまよい出た詩人が、他者や場所との不断の出会いのなかで詩作してゆくという地平を開く、まさにエポックメーキングな詩集であったが、わけても、

炎暑八月、私の眼に赤壁が映った、この赤壁が秘密の扉のようだ、そこを通って、くぐり抜けて、コクトーのオルフェのあの水の鏡のように、そこをくぐり抜けて、剛造オルフェウスは、地獄ならぬ極限へと向かって行った、赤壁の向こうは極限だったのだ、すなわち微分、距離を速度へ微分するように、言語の微分が行なわれる場所……

赤壁は川のむこうにある、赤壁に達するには、まず、川の精霊に呼びかけなければならない、多摩川高麗川しかり、石狩シーツしかり、剛造オルフェウスは川に沿って歩く、あるいは川の女神に沿って、じっさい川は女なのだ、大水があった直後のようで、大蛇のように怒って？　豊かに？（…）大水の背丈を測ると、貴女は一メートル七十五センチだ、彼女に呼びかけながら、剛造オルフェウスはつぎつぎと役割を代える、いわば変身する、私は測量士、私、交換手？　私は、河川の游泳監視員？

すると声があらわれるのだ、脇に、鮎供養塔が立っていて、その聲におどろく、でも誰の声？　私たちの聲でもあり、細かくきらめく小魚や魚の聲でもあり、いや、the other voiceかもしれない、他界からの声かもしれない、いずれにしても声が問題になる場所、声が主体を超える場所、そこが赤壁だ、赤壁の向こうだ、声は言語の最小単位である音素と音素以前とのあいだ、息、閾、極限、そこにはあやうく音素以前にまで解体された言語がそこにある、いや、言語といえるかどうか、それはインファンスに接している、動物に接している、そして諸言語のあいだに……

古座上流、一枚の大きな壁の立つ不思議なところ、

だが赤壁を通して、古座はko-saに解体される、こさかな、こさか、／そこさかな——そこは剛造オルフェウスだけが入って行ける空間であり、非‐場所であり、驚くべき言語の微分の結果、言

葉はいわば永劫に発生の状態に置かれ、あらゆる言語に先立つ「芯音の始源」(「恋しい哀号」)がそこで小さな爆発を繰り返している、

そんな非 - 場所であり、見送る私たちの姿もあきらかになる、

「赤壁に入って行った」のひとつさきの「唖の王」に、「数日前、友人の小説家に連れていってもらって見た(眼の底に聳え立った)熊野山中の赤壁に、私は入って行って、出て来ていた。封じ込められた、そして出て来たのは私だった(分身ではなく)」とあるが、そんなことはない、出て来たのはむしろ分身であり、あるいは私たち自身であり、剛造オルフェウスは赤壁を突き抜けて、向こう側に行ったのだ、

向こう側、つまり吉増剛造という極限に、

でも私たちはすこし戻る、ふりかえると、対岸の大赤壁は、一メートルか二メートル、こちらの岸に傾きかけ、石火、炎の貌――、その奥に宇宙も幾つか、彗星も、熊も、そして私の掌にいたバードストーンも、赤壁の空を跳んでいたというこのふりかえりの場所に、このもっとも美しい言連鎖、奔放なイメージの産生する場所、すなわち詩の場所に、

戻る私たちがいるのではないか、そう、たとえば萩原朔太郎の**地面**を思い出しながら、赤壁を横にしたら**地面**になるのではないだろうか、などと思いつきながら、じっさい、剛造オルフェウスも、のちに朔太郎の**地面**に異様なまでの関心を寄せ、「詩の地面」というような連辞を提示してはいなかったか、私たちに、ほら、と指さすように……

補遺として、先日、国立近代美術館で開催中の「声ノマ　全身詩人、吉増剛造展」を観に行ったが、ほの暗い会場のどこかから流れてきた――吉増風にいうなら、流れてきていた――「全身詩人」の自作詩朗読の声、それは、微分された言語の極限であるとともに、どこかなつかしい、そう、人形浄瑠璃のあの義太夫節かと聞きまがうような、日本語の響きやリズムの古層そのもののようにも思われ、私はいぶかしく耳をさまよわせた……

＊ゴシック体部分は、『オシリス、石ノ神』からの引用。

中心紋まで

——吉田文憲論のためのメモランダム

0

困難だ、非常に困難だ、私にとって吉田文憲について何か書くということは。それはなにも私にとって吉田氏が畏友であり先輩であり恩人であるという個人的な事情があるためばかりではない。もっと詩や詩人の本質にかかわるところで、吉田文憲という現象は心底語りにくいと思うのである。熱に浮かされたように、論筋のあとさきはあまり考えずに語るほかあるまい。

1

(私のような) ふつうの詩人なら、生きられた経験を詩にする。しかじかの個別的なモチーフやテーマがあり、それに添ったそのつどの機会的な詩作があり、エクリチュールがある。きょうは雲をみていろんなことを思った。通りすがりの女にたまらなく欲情してしまった。ではそれを詩にしよう。こんなイメージを使って、こんな書き方で。読み手もそれに応じて批評の作業を開始し、さまざまなことを考えざるをえなくなる。つまりそうして、帰納的に詩人の全体像をうちたてるという筋道あるいは愉しみがひらかれるのである。

2

吉田文憲の場合は、この「そのつどの機会的な詩作」がないのだ。媒介項なしでいきなり詩作という名のめまいが、そしてめまいゆえの彷徨がはじまる。「めまいの奥から浮遊する森／おまえ、わたしの姿を消している／この惑う空洞」。しかもその彷徨は、あらかじめ方向が決まっていて、ただいつまでもそこに辿り着けないままなので、ただその途上を示す無限のバリエーションだけがあり、しかしそれで十分すぎるほど十分なのである。

3

言い換えるなら、吉田氏は生きられた経験から出発するのではなく、詩作されたものから出発してあらためて経験を見出そうとする。はじめに事後ありき。だが、そこにおいて言語活動はより本源的なものとなるのである。それだけにまた困難と否定性を伴う。ジョルジョ・アガンベンは、その『言葉と死』において、プロヴァンスの詩人たちにおける愛としての言葉の生起について語りながら、「ここでは、詩語の到来する場所はなにか否定的なかたちでのみ指示しうるものとして提示されている」と述べ、さらに、「恋愛がプロヴァンス抒情詩においては絶望的な冒険として立ち現われており、対象は遠くにあってつかまえることができず、しかしまたこのような遠さのなかでのみ接近しうるのだとすれば、それは恋愛において賭けられているものがそれ自体としては必然的に否定性を刻印されているようにみえる言語活動の生起の経験であるからにほかならない」と述べているが、「恋愛」をたとえば「帰郷」という言葉に置き換えれば、そのまま吉田文憲の詩作にもあてはまるだろう。「帰郷」についてはあとでふれる。

4

しかもしかも、吉田氏は、詩人にしておくのがもったいないくらい明晰で批評的な人でもあるので、その彷徨＝方向を自分で——ということはつまりみずからの批評的テクストのなかで——きわめて簡潔かつ的確に規定し切ってしまっている。「〈うた〉と〈うたて〉——折口信夫論をはじめるために」における「うたと禁忌」というテーゼがそれだ。うたと禁忌。折口信夫論のみならず、ほかならぬ吉田文憲論を「はじめるために」も、これ以上なにを言う必要があろうか。ゆえに以下は蛇足である。詩人にしておくしかない私のたわごとである。

5

いきなり本質的なことから書き始め、どこまでも本質的なままに書いている詩人、それが吉田文憲であり、超がつくメタポエティック、それが吉田文憲の詩である。それだけに、そこにおいてポエジーが痩せてみえる瞬間もあろうが、つまりそのような犠牲をものともせずに、ということだ。ただし、『花輪線へ』『人の日』『遭難』の三部作以降、『移動する夜』や『原子野』においてはいくらか機会的な雰囲気が出ている。だが、このたびの『生誕』で詩人はまるで不可避のように『花輪線へ』の世界に戻って来る。まさに円環、「花輪線の／この環状の呪い」を辿り直すようにして。

6

なるほど吉田文憲における彷徨＝方向は、いくたびもの帰郷の物語ではあるのかもしれない。現代詩文庫の解説で赤坂憲雄も書いているように、自分の生まれ育った場所を十何年ぶりかで訪ねたという出来事が、詩人誕生の直接のきっかけになっているらしいからだ。それが何かしら東北的なものと深くかかわっていることもまたたしかであろう。しかし、それだけである。吉田氏自身素っ気なく記しているように、「故郷＝異郷」なのだ。そこにはいかなるアイデンティティ探求への信もなく、ハイデガーがヘルダーリン読解を通じて試みた大地性への問いもない。むしろブランショに近いと思う。不在への尋常ならざる感性があると思う。

7

さらに具体的には、私はブランショの『文学空間』のオルフェウスの章のことを考えているのだ。以前私は、『オルフェウス的主題』という本を書いた。本質的な詩人はみなオルフェウスであるという話である。日本の詩人では萩原朔太郎と宮沢賢治をメインに取り上げ、このラインを継承する現代詩人として入沢康夫と天沢退二郎に言及して〆とした。だがもうひとり、吉田文憲を挙げておくべきであったといまにして悔やまれる。なんのことはない、三人とも賢治研究者だ。

8

冗談はともかく、吉田作品中に何度かあらわれる「死んだ妻」、これはフィクションだと思われるが、さらに繰り返しあらわれる「死んだ姉」、これはどうか。「帰郷」が彼女を訪ねる旅だとすれば、まさにオルフェウスの地獄下りではないか。入沢氏における韜晦や天沢氏における諧謔のような包装がない分、いわばむきだしのオルフェウス的主題があらわれている。橋を渡ると「白昼夢の丘」がみえ、亡霊の女が視界をかすめるのだ。いくたびも、いくたびも。またそこから、たとえばツェラン系へと吉田文憲を位置づけることもできるだろう。最近読んだ冨岡悦子の労作『パウル・ツェランと石原吉郎』に、「ツェランは、対話の相手として呼びかける「あなた」の背後に常にかけがえのない死者を見つめていた詩人である。冥界に心を残したまま、さまよい歌うオルフォイスの運命を、ツェラン以上に重く担った詩人はほかにあるだろうか」とある。いますよ、われわれの身近にもほら、文憲（ブンケン）さんが。

9

うたうひとであるオルフェウス。うたうべき対象であるエウリュディケー。だが、彼女を振り返ってはならないという禁忌。吉田文憲における詩の行為とは、惑乱とともにいままさに振り返りつつあるオルフェウスのその注視であり、その瞬間の無限の引き延ばしである。

10

うたと禁忌のあいだに、わずかに声というテーマを置くことはできる。吉田氏の想像的世界にあって声はほとんど唯一といっていい実質的なテーマであり、オブセッションである。声は、まさしく「人語ではない」。吉田作品にそのゆくえを追っていくと、声とは、分節と非分節、言語と沈黙（あるいは死）とをへだて、かつ融合させる原初的な亀裂そのものであるようにも思えてくる。

11

では、エクリチュールは？　逆説的ながら、（デリダを俟つまでもなく？）エクリチュールによってこそ詩人はそうした声とのもっとも生き生きとした離接を果たそうとするのである。それは本源的なふるまいである。詩人はたえず声の聴取に心を奪われながら、じっさいには書くことによってしかその聴取を果たせないのである。これに関して私に非常に興味深く思われたことは、先だっての高見順賞授賞式のスピーチで、吉田氏みずからが、『生誕』にあらわれる地面に字を書く人のイメージを強調していたことだ。「まれびと」の不思議な所作としてのエクリチュール。氏はそれ以上のことは言わなかったが、この「まれびと」は同時にキリストではないか。ヨハネ福音書に、「イエスはかがみこみ、指で地面に何か書き始められた。しかし、彼らがしつこく問い続けるので、イエスは身を起こして言われた。「あなたたちのなかで罪を犯したことのない者が、まず、この女に石を投げなさい。」そしてまた、身をかがめて地面に書き続けられた」とある。以前からこの場面が私には妙に気にかかっていた。そして吉田氏のテクスト「人語ではない、（夜の）」はこうだ。

（…）（わたしは、というよりも）声はなにものかの影を追うように歩いている、古書店の前を過ぎた、軒下には鳥籠がぶら下がっていた、中に鳥はいなかった、バス停の木小屋の傍に一群れ赤いカンナが咲いていた、（その人は）軒下に立っていた、（その人は）石段に腰掛けて、地面に文字を描いていた、
それは失踪する前の、仮の姿だった
呼ぶ声があるのだ、

人語では、ない

聖書のことはよく知らない。識者ならべつの解釈をとるであろうが、私には地面に何か書くイエスの姿が、目立たないながら、聖書＝聖なるエクリチュールの、そのまた中心紋のように思われるのである。そして吉田氏もまた、中心紋を書き入れたのだ。長い年月にわたる詩作の果てに、ついに。

遠い、とても遠い——

稲川方人『聖－歌章』を読む

ときおり、バルトークを聴くことがある、ベーラ・バルトーク、ハンガリーでは日本と同じように姓をさきに置くらしいから、バルトーク・ベーラと呼ぶべきかもしれないが、そのとくに「弦楽四重奏曲」の「第三番」「第四番」や「弦楽器、打楽器とチェレスタのための音楽」などは、一九三〇年代ヨーロッパという時代背景を反映してか、音の異様な緊張と密度に満ち、聴いていて鳥肌がたつほどであるが、同時に、それは遠いところからもたらされたという距離の認識があり、あるいは慰撫があり、そのなかでいつのまにかそういう音に陶酔している自分を見出す、

というようなことが、あるいは稲川方人の『聖－歌章』を読む私のなかでも起こっているのであろうか、いや、音楽と詩とはちがう、音楽は実在でしかないが、詩は非在なるものを相手にすることもできる、『聖－歌章』がまさにそうだ、そこにはだから、私にとってバルトークを聴くのとはまたちがった意味での遠さがある、というようにも思われて、そうだその遠さについて書こう、遠い、とても遠い、たとえていうなら、何百光年も離れた星から届く光のような、私にとって『聖－歌章』はそういう詩集である、

まずそういうことだ、もちろん、その光の強さは認めよう、私の近くにある数多くの凡庸な詩の星よりも、それはずっと強い輝きをもたらしてくれる、まるでそのために、一瞬その距離が無化されてしまうような錯覚に襲われるほどだ、

微かな月光に恋い焦がれて、
亡霊たちはいまでも
私の「世界」に息を潜めているだろう
言葉は（私の孤独の鳥が啼く声の響いた騒乱の町で）冬の歌を書き、
「死後の群像」を愛する（汚れた水に手を浸して青空を乞う私の父のような）放浪の者に
充分な草木と充分な時とともに、
白い一軒の家を与えた
その家の土間に置かれた小さな椅子（どんな疵もない、
ただ見えない翼をつけた小さな椅子）を私が覚えているのは、
そこに射す光の内に
冬の歌に書かれた終わることのできない恋を嘔吐するふたりの行方を、
生きるのに等しい希望で見い出しているからだ
（…）
墓地の丘に私の幼年の日がようやく消えかかり、

父母の言葉をなくして私は思う
想像力とは私たちの何を指して甦るのかと

冒頭近くの「02」とノンブルをふられた断章から引いたが、独立した一篇の詩として読んでもすばらしく、このようにして鳥肌や陶酔や深い思考がもたらされるならば、それで充分ではないか、私もそう思う、しかしそれでも、くだんの遠さが解消されてしまうわけではなく、その遠さについて書こう、

＊

遠さのひとつの、いや最大の理由は、歴史が参照されているということである、長篇詩『聖-歌章』全体は三部構成になっていて、語り手の「私」は一九三〇年代のヨーロッパとおぼしき場所で生じたある出来事の当事者であり、その出来事が何であるかは、無知な私には不明だが（スペイン市民戦争？　ユダヤ人迫害？）、そこから現在の私たちをさすと思われる「あなた」にむかって、「私」や「私」とかかわる他者の生存の痛苦が、独特の緊張度にみちた語り方で語られ、そのことによって最終的には、「あなた」の現在の位置、「新しい塹壕の掘られた世界」が逆に照らし出される、という仕組みだ、そう、全体がひとつの巨大な投壜通信のように、

もしこれを読むときがくるのなら

数限りないその名とともに、
私が思い出す人間の果ての出来事を
ここに残らず記しておくから
あなたの父祖たちへの偽りのない感謝をともに
叶うなら、これをふたたびあなたの手で
幾十年後の未来に埋葬してほしい

（「41」部分）

というわけなのだが、「埋葬してほしい」とはまた痛ましくも潔く、こうした詩の行為のありようを、守中高明のように、デリダ的な「クリプト」という概念で語ることは美しい、いわく、「ここには、詩人の秘密のすべてが秘密のままで書き込まれている。それもむき出しの秘密として。それはまるで露天のクリプトのようだ」（「現代詩手帖」二〇〇七年十二月号）、

だがそれにしても、なにゆえに参照点がヨーロッパなのか、稲川方人という詩人は直接に主情を述べることはなく、かならず凹凸のある鈍い鏡のような言表行為の装置をたてて、そこに言表をいわば複雑に反射させる、たとえば『２０００光年のコノテーション』においては、ロードムービー風のアメリカの風景がその鏡になっていた、その伝でいけば、それが今度はさらにグローバル化してヨーロッパになったということであり、格別不思議なことではないかもしれない、主題は国境を越える、ましてや、ファシズムへと向かう一九三〇年代ヨーロッパは、いまの日本にも通じる普遍的

かつ今日的な問題を提起しており、そこにアナロジーを働かせたのはむしろ時宜にかなっている、というような評価の仕方もあることを私は知っている、だがやはり、ヨーロッパはヨーロッパでしかなく、血肉化された私たちの記憶ではない、あえていうならブッキッシュなものにすぎない、そこがバルトークとはちがうところだ、

いやそもそも、なにゆえに歴史の参照点が必要なのか、現在があまりにも空白なので、遠くから出来事を召喚しなければならないのか、あるいは批判の視座、それこそが稲川的主体の欲望であるかのように、その視座を得るためにはオルタナティブが必要であり、そのための歴史と現在なのか、

いずれにもせよ、作中の「私」はそのようにして徹底して仮構された存在となるのだが、そのような過去の「私」から現在の「あなた」へと語りの体制をゆきわたらせるためには、強固に統覚的な主体（書き手）が前提とされなければならない、

事実、稲川的主体は、「私」の仮構に欠かせない担保であり、隠れてはいるが、すみずみまで言葉を統覚しうる揺るぎない存在である、そうでなければ、参照点から現在への殆ど奇跡とも思える連続性は保証されまい、その連続性を素直にたたえるべきであろうか、いや、そうした連続性をもたらした奇跡のような装いこそ、むしろ怪しむに足る何かをひそませていると考えるべきであろうか、両方のような気がする、

というのも、『聖 - 歌章』というこの生真面目きわまりない一二〇頁あまり、そこにはユーモアのかけらもなく、エロス的意味素は極力抑えられ、代わって、抽象的な概念言語を核とした重いメタファーの組成はもとより、みえかくれする叙事の痕跡から「私」の情動的な発話の機微にいたるまで、書く主体の理性は水も漏らさぬ手際をみせ、言語の無意識やシニフィアンの自走はけっして発現させないといったふうだ、

仮構された「私」への担保として、ある種絶対的な力をふるう稲川的主体、そうでなければ、みずからの書きものを、たとえ「埋葬」されるべき文書というアイロニーを添えるにしても、「聖」と呼ぶことはないだろうし、そう呼んでなお自律しうる強さや矜持がまた、稲川方人の魅力でもあり、そのまわりにある種の神話作用を生むことにもなるのであろう、

しかし、私にはそれが抑圧のように思えることもないわけではない、ある種のシステムのように、過つことのないシステムのようにみえることもないわけではない、歴史を実はもうひとつの担保として、ほかならぬおのれ自身への担保として立てるシステムのように、そしてそれはときに暗く、重苦しく、

＊

いやもうやめよう、ひるがえって、この私は弱い、いや弱いというのもおろかな、穴だらけの主体

であり、主体のゆらぎであり、そこを通って言語のエロスや無意識がゆききするのをどうすることもできず、歴史への無関心を唯一の支えに、なぜなら歴史とは、語り得ぬこの一個の身体に、語り得たものの反復を強迫してくるような意味の体制であるからだが、そうしてかろうじてここに、立ったまま、立ったまま、幸運にも、不幸という名の健康体にはめぐまれている、考えてみればそうした身体に、「ギルティ」（有罪性）、

多くの日を唇を隠しながら
「ギルティ」と呼ばれていた彼らの遊戯に加わった

（「06」部分）

などという言葉のリアリティの、届きようはずもないのであった、

喉に城を築く
——広瀬大志論トライアル

0

一九八〇年代、「洗濯船」という同人詩誌が存在した。城戸朱理、田野倉康一、高貝弘也ら、それぞれに個性的な若手の有力詩人がそこに拠ったが、彼らにはある共通した雰囲気があって、それは、言葉で何かを伝えるというより、言葉の生起そのものをひとつの出来事にしようという、詩の正統ともいうべき野心であった。広瀬大志もそのひとりである。すでに何冊もの詩集をもち、中堅詩人としての認知を得ているが、いまひとつ、評価が追いついていない気もする。その理由のひとつに、広瀬のえらんだテーマが、ホラーにも通じる「恐怖の研究」であったことが挙げられるかもしれない。あまりにも特殊であり、おどろおどろしいのである。読者はそこになにかキワモノ的な匂いを嗅いでしまうのかもしれない。

1

広瀬大志の詩学をひとことでいうなら、いまも述べたように、それは「恐怖の研究」である。広瀬大志は――あの傑作「恐怖の研究」を書いた田村隆一を除くとすれば――詩に恐怖を導入した初めての詩人である。いうなれば、ホラー詩の創設者である。

2

恐怖は、たとえば不安とどうちがうか。不安は日常的であり、恐怖は非日常的である。不安は内的もしくは実存的だが、恐怖は生理的もしくは身体的である。生存が直接危機に晒されているときの身体的反応、それが恐怖である。ひとはいくら不安を募らせても失禁したりはしないが、恐怖に襲われるとたちどころに失禁しうる。二十世紀美術に例をとれば、ピカソは不安の画家であり、フランシス・ベーコンは恐怖の画家である。以上要するに、形而の上に不安は住まい、恐怖は形而の下にもぐる。したがって恐怖は詩と結びつきにくい。ゴシックロマンとかホラー映画とか、恐怖は物語を生み出すのであって、ポエジーの母胎にはならない。ホラー詩というのは、じつは大いなる語義矛盾なのである。では、にもかかわらず、どうやってホラーと詩を結びつけるのか。より厳密にいうなら、どうやってホラーをポエジーへと解消するのか（そう、ホラーをポエジーへと、であって、逆ではない、ポエジーをホラーに解消してしまったら、出来の悪いホラー映画以下であろう）。そこに広瀬大志の詩学の困難があり、また、それゆえの、ほかでは得がたい魅力がある。

3

今回はじめて広瀬大志の初期の詩集に触れる機会を得たが、そこに恐怖というモチーフは、まだはっきりとは姿をみせないようだ。『浄夜』にいたって、「おまえを殺してやる」という物騒な一行があらわれるが、恐怖のイメージが本格的に噴き出すのは、『喉笛城』を待ってからであろう。

4

恐怖は暴力の行使によって生じる。『喉笛城』の諸篇に暴力のイメージが頻出するのは当然だが、それは意味内容のレベルにおいてのみではない。暴力はイメージの組成そのものにも及ぶ。意想外な、出会い頭の衝突のような、強引な拉致のような。言い換えればシュルレアリスムであるが、「恐怖の研究」は、シュルレアリスムを通ってポエジーへと至る。広瀬の詩を読んで連想が及ぶのは、私の場合、意外にもあれやこれやのホラー映画ではなくて、マックス・エルンストの「百頭女」や「慈善週間」といったコラージュ作品である。冒頭に紹介した「洗濯船」の詩人たちのなかでも、もっともシュルレアリスムに近いのが広瀬大志なのである。

5

たとえば何の変哲もなくホラー的なつぎの二行、

隣の人は
頭ごと持っていかれた
（「ガス燈」部分）

ここでは文脈が与えられていないことがかえってイメージを屹立させる。身体も統覚的に捉えられるというより、部分対象的に、ばらばらに捉えられる。それが恐怖のもたらす作用だからである。身体はさらに物象に組み込みを果たしている。それが身体なのか物象なのか、生理なのか物理なのか、不分明になっている場合もある。まさに喉に城が築かれるのである。

6

ところで、その喉＝城において、おののくのは誰であろうか。語る主体か、作者か、読者か、いや、それらすべてをくるみ込む作品そのものであろう。言葉の生起そのものが恐怖なのである。

見よ
波頭やひこうき雲や母を私は
敗北している
言葉として

（「傷の旅団」部分）

「私は」で意味が脱臼を起こしている。つまりここではシンタックスがいわば恐怖している、あるいは「やられている」のだ。

7

『喉笛城』につづく『髑髏譜』はホラー詩の頂点である。もはや世界が恐怖し、悲鳴を上げ、切り刻まれている。だが同時に、

完璧な三日月型の鳴き声で見上げている施設が、空だ。
しおれた警句に誠実であることの陳述が、光だ。
膝をすりむきそうな芝生に照りかえった断崖の臭いが、風だ。
亀裂の散在する封印された瞑想を定期的に脱輪する剃刀が、水だ。

（「ヒュドラ」部分）

世界の基本要素たる空や光や風や水を、このように大胆に他なる事物や事象に結びつけた詩句をほかに私は知らない。ホラーはポエジーへと見事に解消されて、脱帽である。もうここで広瀬大志論をやめてもいいわけだが、さらに書き足すとすれば、『髑髏譜』をピークとして、「恐怖の研究」は他のテーマ——ユーモアやエロティシズム——と結びついて、ともにやわらかくテクスト表層へ滲み出してゆく感じになる。この傾向も私は好きだ。快作であり怪作である「激しい黒」を、そこで延々と繰り返される「屋根を直すと言って激しい雨だったから死んだ」というフレーズを、笑いをこらえて読み抜くことは不可能であろう。

ミトコンドリア系素描

八月末日を奥付に、現代詩文庫の一九五巻から一九八巻までが同時刊行された。順に、松尾真由美、川口晴美、中本道代、倉田比羽子。世代こそ違え（中本と倉田は全共闘世代、松尾と川口はそれよりひと回り以上下である）、すべて女性であるというこの徴を、どう読み解いたらいいのだろうか。馬鹿な。読み解かなくていい。なるほど、四人が四人とも女性であるというのは、偶然にしては出来過ぎであり、それゆえ、ふた昔ほど前ならばこの偶然を「女性詩」としてくくり、ジェンダーへの問いを突出させた時代の傾向という必然をそこに読み取るということもできたはずである。その代表が、「産む性」を大胆に表現した伊藤比呂美であったのはいうまでもない。だが、いまはもうそんなくくりをしてもあまり意味がないだろう。なによりもこの四人は、そういう時代をくぐり抜け、淘汰を免れてきた真の実力派である。あるいは、フェミニズムだの女性性だのといったイデオロギーないしは理念ではとうてい掬いきれない何かを、すなわちポエジーを、それぞれのスタイルで書いてきた人たちである。それを味わい尽くせ。

＊

そこで松尾真由美から。このひとの言葉の繰り出し方はほとんど無垢なまでに日常言語／詩的言語の差異に忠実であり、それを最大限に振幅させる。そこがまた魅力でもあるのだが、ひとことでいえば、隠喩を駆使した愛という名の関係性の精妙な表出。

そうして
交わりの後
儚い尾をひきずり
密室のような
淵をめぐり
かすかに
雨音を聴く
浮遊する半身の
半睡の夜の旋律
ほそい糸を結わえ
緩やかなぬかるみに転がり
変形の脚をかかえて
私はいっそう淫らな所与にたゆたう

（「雨期に溺れるかすかな胚芽」部分）

逆に川口晴美は、日常言語／詩的言語の差異をほとんど確信犯のようにやりすごしつつ、すなわち散文化をおそれない文体の冒険を通して、他者や都市とのインターフェースの場を探求してゆく。

指は紙を離れ
秋のテーブルの葡萄をひと粒つまむ
塞がれて
あまく苦く深まった水を
夏のくちづけに似せて唇へ運ぶと
夜の光を連れて滴り
半島のような腕をたどって
冷えた地図に
わたしの熱を小さくまるく記していった

（「半島の地図」部分）

なにげない身体の現実が、しかし全体としてこのように詩的に空間化されてゆくプロセスは、おそらく彼女の独壇場であろう。

中本道代はどうか。実物の彼女は、心身ともに奥ゆかしいたたずまいのひとだが、なかなかどうして、詩においては半端ない幻視者としての顔をのぞかせる。その、松尾とも川口とも対極的な、簡潔きわまりない言葉で紡ぎ出される、秘めやかにしてエロス的な生命幻想。

蟹が泡を吹く
私たちは豹の踊りを踊る
砂の上に尿の痕跡
私たちは岩の上に腹ばう
大人を首を吊る
蛇が泳いでいく
私たちは決して溺死しない
私たちははだしだから
私たちは淫らな遊びを淫らと思わずにする

靴は遠い町のショウウインドウの中で眠る
さらに遠い町ではキノコ雲の幻がたちのぼる
私たちは結婚した

（「花の婚礼」部分）

こうしてみてくると、私の前言はやや揺らぐかのようだ。松尾といい、川口といい、中本といい、いずれの詩の特徴も言葉の広い意味での女性性の発現であるといえるのであって、つまりそこには、筋張ったマッチョな言語感覚や想像力ではとうてい及びがたいしなやかな詩的宇宙が息づいているのである。その息づくにまかせよ。

倉田比羽子だけがやや異質だ。場合によってはきわめて思弁的に「世界」と「私」とのかかわりを主題化するこの詩人は、ある意味では男性／女性の二項対立をも突き抜けた比類のない境地に達しているといえる。その全貌を今日ようやく知ることができるのは、現代詩全体にとっても大きな悦びである。とはいえ、この強靱な知性の持ち主でさえ、そのゆらぎに満ちた詩の行の連なりは、意味の一元化という男性的収束をどこまでも逃れていくようではないか。

わたしは死んだか？　と問う声低く、わたしが通過することのできる敷居に蠢く影、死――母

がささえてきた死の域をわたしは生き延びてゆくにちがいない

（「I　種まく人の譬えのある風景」部分）

＊

するとやはり、と私はいまや前言を決定的に翻す。四人とも女性であるという徴は、むしろ強い光を発する徴として読み解かれるべきではないか。

たとえばこんな糸口はどうだろう。上記倉田作品の引用にも示されているように、彼女たちは、程度の差こそあれ「母」を、「母娘関係」を、詩の空間のどこかにひそませている。四人が不意に共振しはじめるのはこのときだ。小説でも鹿島田真希や赤坂真理の近作にその傾向は認められ、ひっくるめて、ミトコンドリア系とでも呼ぶべきか。入れ替わりに、あたかもエディプス的主題は昭和のごとく遠くなりつつあるのかもしれない。

もとより、「母親の呪縛から逃れたい」的な通俗レベルが問題になっているのではない。母の現前と不在は、ふたつながらどこまでもゆたかな詩的アリーナなのだ。以下、思いつき程度にミトコンドリア系詩人の立ち位置と様態を素描してみる。

そのまえに、いわずもがなではあろうが、ミトコンドリアとは何か、ウィキペディア的知識を伝えておこう。ミトコンドリアとは、ほとんどすべての生物の細胞に含まれている小器官で、細胞のなかで呼吸し、エネルギーを生産している。本稿との関連で重要なのは、ヒトを含む大部分の動物において、ミトコンドリアＤＮＡは母系遺伝をするということだ。ヒトの精子も細胞だからミトコンドリアが存在するが、卵子と融合したあとではなぜか精子由来のミトコンドリアは消滅してしまい、もともと卵子にあったミトコンドリアだけが生き残る。われわれの体内にあるミトコンドリアは、したがって、体細胞のＤＮＡと違いすべて母親から受け継いだものであり、またそれらは娘を通してしか次世代に受け継がれないものなのである。逆にその流れを過去へと遡っていけば、人類共通の原母、いわゆるミトコンドリア・イヴが発見されるということにもなる。

さてそこでまず、ミトコンドリア系においては、繰り返すが、エロスは母あるいは母娘関係へと折り畳まれている。

さきほど私は、松尾作品をエロス的な関係性の精妙な表出と読んだ。ところが、巻末に付された松尾自身の「私的詩論――回流・転換・消えゆくものへ」によって、その読みは見事に裏切られることになる。作中に頻出する「あなた」――

ましてふさわしい
これらの領野の
みにくい属性から
成熟しない発語を招き
とおいあなたの夢を問い
すずやかな岸辺にちかづき

凍えるほどふたりで波を受け
あなたと重なる瞬間を経ていても
つねにとどかない存在である
上澄みだけを告げてさえ
どこまでも潜んでいく欲動を湛え
うつくしい情景を捏造する私の指先を
やがてあなたは咬む

（「追記　晴れやかな不在に」部分）

このような「あなた」とは、暗に死んだ母をさすと作者は述べているのである。
自然とのエロス的合一を夢見る中本道代も、母の死に媒介されている。「母の部屋」という詩において、「私」は遺体となった母とともに病院を出る。

苦痛が生み落していく汚物
私もそれになった

ハイウエイの上の母と私
見知らぬまっ白な夜明けの部屋になった

あたかも「汚物」の全質変化のような「私」を置くこの「見知らぬまっ白な夜明けの部屋」、それこそはそこであらたな詩のテクストが紡がれるべき白紙、いやミトコンドリアの小部屋なのだ。それはそのまま、中本が偏愛する空き家のイメージにも繫がっていくであろう。つぎに、ミトコンドリア系においては、男女間のヘテロな性関係はあたかも派手な擬餌のように置かれて、真の主題とはなりえない。

驚くべきことだろうか。現代詩文庫の解説で阿部日奈子も指摘していることだが、川口晴美の初期の詩「草々の寝台」では、性愛そのものが描かれていながら、肝心の「おとこ」はいつのまにか押しやられ、消え去り、すなわち性を横断するようにして別様の生が、植物が、大地が、うねるのである。

性行為のさなか　逆立つわたしの髪に
くねくねとよく曲がる細い茎が
まきついてくる
またたくまに白から色濃い緑に染まり
髪をからめとり　首に腕にからまる冷たい茎が
生きているおとこをわたしの上から排除　し
わたし一人を抱きこむように
寝台はふるえながら

　闇は次々と葉を開かせる

最後に、ミトコンドリア系においては、母娘の連続性から、そのくるしい隙間から、さながら不可能な幼年＝言葉なき者《インファンス》の言葉の照り返しのように、詩の言語はふたたび強くうつくしく生成される。
「母、それとも月の死——」と始まる倉田比羽子の戦慄的かつ感動的な詩篇「魔の小径／幻の生地」から引こう。

くるしめくるしめ、くるしめ
ひとりずつくるしんで
置き去りにされる庭に放たれよ、
野いちごの赤い実が溶けて
猫の鳴き声が土中に潜る長い時間だった
たのしみがそらごとをくり返す不安な血の中で。

以上要するに、ミトコンドリア系においては、その女性性はジェンダー的差異の一項であることを超えており、むしろ、血や幼年やオルガスムスや植物や死や詩的言語を自在に——あるいは、こういってよければ非ジェンダー的に——交通させる天使的な空間への命名なのである。讃えられてあれ。

＊

だが、ミトコンドリア系への随伴もここまで。所詮私がそれになれるわけではないし、またそれは、今日における詩とセクシュアリティの関係においてことさらに特権的な位置を占めるわけでもない。私が真に言いたいのは、今日、ミトコンドリア系も含めて、詩とセクシュアリティの関係はかつてないほどに流動化しているということだ。女性性が女性性を超えてゆく一方で、男もまたかつてのエディプス的主体を脱いでべつのところへ出ようとしている。こうして詩の領野を、ジェンダー横断的もしくは脱ジェンダー的に、多数多様の特異な性的身体がよぎりつつあるのだ。新鋭詩人から二例だけ挙げておく。ブリングルと榎本櫻湖。ブリングルにあっては、彼女はヘテロな性にいそしみ子供こそ産みはするが、そこに通常の母子という関係は存在していない。子供がいることと子供といることと子供であることとは、もはや一緒くたであって、「わたしはみるんをうむ、あかちゃんになりたくてみるんをうむ」、つまり主体はここで言葉なき者の言葉そのものになろうというのである。また榎本的主体にあっては、文字を身体化し身体を文字化するレベルにおいて、ひとことでいうなら、ファロスの壮大な脱構築が行われているとおぼしい。もはや男性的支配原理としては機能しない、しかしそれでもその力のあふれは何ものによっても統御されないといったような、ファロスのファロス自身からのかぎりない逃走のアラベスク……　こうしたことがいま、起こっているのである。

時間のなかに在る者が……

——齋藤恵美子小論

ある決定的な主題が、もしかしたらライフワークとなるかもしれない主題が、鮮やかな詩の一行として不意に立ちあらわれる瞬間というものが、詩作行為には、たしかにあるようだ。不意に、ということはしかし、準備なしにということではない。詩人はその主題の発現にむかって不断の歩みをつづけていたのであり、その果てに、たまたまそれが可視的な一行として結実したのである。齋藤恵美子の第四詩集『集光点』中の一篇、「屋台料理」の末尾近くにあらわれるつぎの一行を、私はそのように読む。

時間のなかに在る者が　どうして　亡き者と出会えよう

このあと、「買わずに棚に戻した語録の言葉」とあるので、この一行は何かの本にあった言葉の引用かもしれない。しかも反語的なかたちで、つまり「どうして亡き者と出会えよう、いや出会えはしない」という意味で書かれていたのだ。このとき、詩人の脳裏には、ひらめいたのではあるまいか、「いや、出会えるはずだ、詩によって、ただ詩を書きつづけることによって」というさらなる否定が、そしてその否定を通して、不可能事に挑む詩人本来の不遜ともいえる決意が——。

＊

私はそのように読む。思えば長い道のりであったにちがいない。一九九〇年代中葉、私や私の詩の仲間のあいだで、ひとりの新進の詩人の名が囁かれたことがあった――「齋藤恵美子の『異教徒』、ちょっと凄いよね、まるで吉岡実の……」というふうに。だが、われわれの追跡を逃れるように、この詩人はどこかに姿を消してしまったようにみえた。十年ちかく経ったあとの『緑豆』は、『異教徒』と同一の書き手によるものとはとても思えないような、身近な事物への軽いスケッチ集という趣であったし、つづく『最後の椅子』も、おそらくは介護士としての体験をふまえての、老いという深刻な主題ながら、タッチは『緑豆』の延長線上にあるたんたんとした日録風であった。『ラジオと背中』にいたって、ようやく主題的には家族もしくは家系という齋藤特有のオブセッションがあらわれる。記憶や伝聞の底から、軍人であった曾祖父や祖父、技師であった父などがつぎつぎに呼び出され、戦争という副旋律がそこに絡む。「ラジオ」とは敗戦を告げる玉音放送の換喩であり、「背中」とは父の背中である。だがとりわけ印象深いのは、「リュッシャ」という散文詩篇、および「リュッシャ」という謎めいた言葉そのものだ。作中の兵士が口にする「リュッシャ」は、しかし人の「名前ではない」。では、場所の名前だろうか、どこか内モンゴルあたりの言葉で、ロシアあるいはロシア語を指すともきこえるが、「リュッシャにいちばん近い意味は……紅茶をそそぐと、男は言った。火をあらわすセリアーシェという音と、たいそうよく似ている。意味ではない。リュッシャは意味に、重ねることはできないんだ」。そして、詩篇末尾はつぎのように結ばれるのである。

あなたのリュッシャと、わたしのリュッシャを、炎の前でふれあわせ、そうして、互いの結び目を、ほぐし合える夜もある。わたしにとって、リュッシャは外だが、まだじゅうぶんに外ではなく、それは、言葉が、あなたへむかって、わたしをひらく支えとなる。

なんと蠱惑的なパッセージだろう。その全体を通して、「リュッシャ」という語の謎はますます深まるばかりなのであるから。それでも、以下のような読み解きは可能だろう。「リュッシャ」は「リュッシャ」というしかないような、ひとつの絶対的な固有名、あるいはひとつの空虚なシニフィアンであり、そのようなものとしてしかじかの意味に還元することはできないが、それが媒体となって、「あなたにむかって、わたしをひらく支え」にはなりうるのである。ここから例の主題の立ちあらわれまでは一歩であろう。すなわち、「あなた」を死者、「わたし」を生者とみれば、「リュッシャ」とは、「時間のなかに在る者が　どうして　亡き者と出会えよう」という不可能事をこじあける鍵語ともなりうるのだ。

意味を超えた言葉の意味深さがここにある。「リュッシャ」とは、端的にいえば、われわれの言語の意味システムには回収できない異語、こういってよければ、まさしく「異教徒」の言葉なのである。とすれば、――すこしの言葉の遊びをお許しいただきたいが――あの『異教徒』の齋藤恵美子が戻って来ているのであろうか？

たぶん。したがって、これ以降の齋藤の詩業は、いくぶんか『異教徒』の言葉の秘法を甦らせつつ、『緑豆』や『最後の椅子』で鍛えられたスケッチないしはルポルタージュの手法をも深めて、独自の詩の空間をつくり出すことになろう。事実その通りの展開になったのが詩集『集光点』である。書法とイメージにこれまでにはなかった厚みが出て、そのなかで詩人は、自己の不定な位置を不定なままに定める。

私はどこか　よその土地へ移りそこねた者として　ここに居る
あるいはすでに
遠い過去にどこからか移り終え
母国語の音へ　密かに
耳をひらく者として

（「フェイジョアーダ」部分）

そうした位置から、移民や死者をめぐる事物や固有名、無機的な臨港地帯の風景——丹念にそれらを辿り、またそれらの干渉を刻々と受けながら、詩人はやがて、まさに遅れた「集光点」のように発見的言説を浮かび上がらせる。それこそが、「時間のなかに在る者が　どうして　亡き者と出会えよう」という反語とのたたかい、すなわち生涯の主題にほかならない。

＊

形式においても内容においても準備はととのい、こうしてようやく『空閑風景』の爆発的生成となる。『空閑風景』は『集光点』の拡大的完結編といってよく、いまや件の発見的言説が、日本現代詩にあって、近年まれにみる強度で織り上げられた場所と記憶の詩学として開花するのだ。

それにしても、不思議に蠱惑的な詩集である。読む行為を跳ね返してくるようなテクストの抵抗感と、にもかかわらず、何かしら引き込まれるただならぬ気配とがあり、「なんだこれは？」と、私はその厚みのある言語態のなかへ、もう一度読む行為を向かわせることになる。しかし、本論からは逸れるけれど、これこそが、理解や評価を云々する以前の、詩の権能というものではあるまいか。そして今日、このような詩の力が現代詩の舞台の前面から遠ざかりつつあるようにみえるだけに、私はある種の愛惜の念をもって、それを強調し、それをたたえ、それとともに生きようと思うのである。

さて、このように『空閑風景』へと、二度三度と読む行為を向かわせたさきにみえてくるものとは何か。ひとことでいうならそれは、場所と記憶をめぐっての、秘儀ともいうべき変容の詩学である。巻頭の「不眠と鉄塔」――私事で恐縮だが、「鉄塔」は私の偏愛するイメージでもあり、「鉄塔に捧げるオード」という詩篇を書いたこともある――から引けば、

ひかりを弾く電波塔――生地が、新しい廃墟として
眠りの中へ戻ってくる

こうして詩的探求が始まる。ベースとなっているのは、「空閑」な、つまり『集光点』にもみられた荒涼とした臨港地帯の風景であるが、ふと読者は思わないだろうか、この「空閑」こそ、あの「リュッシャ」、あの空虚なシニフィアンが場所として変容を遂げた姿ではあるまいかと。そこに詩人の記憶とまなざしを通すことによって、ある種かけがえのない、聖性をさえ帯びた光の集積地が立ち上がってくるのである。

待たれたことなど一度もなかった背中へ、静かに差し掛けられる、涼しいドーム
白昼の傘。その先に建つ送電塔
張り渡された声の束の、すべての、光の、神経がはりつめて
――此処にも、居たことがないのです
――陽射しが、硝子を、折れていました
この世へ、落剝されまいと、張り詰めている真円の、月のように
誰かへ向かって、この身をしんしんと注ぎたい

（「孤影」部分）

すべては「間」に生じるといってもよい。その「間」があるならば、「時間のなかに在る者」であっても、存分に「亡き者」との交流を果たすことができる。あるいは、陸と海との、「父」の不

在と「わたし」の現存との「リュッシャ」＝「間」に、ついに宥められた「生地」が、詩の根源とひとつになってあらわれるかのようだ。書き手の生命をも賭したにちがいない、詩的エクリチュールのスリリングな達成がここにある。

泳ぐこと。眠ること。

――川口晴美の詩の世界

たとえばいまも泳いでいるだろうか。川口晴美の詩の世界を語ろうというのに、なんという書き出しだと人は思うかもしれない。しかしこれがなかなか核心をついているのである。つづけよう。数年前まで川口さんは私とおなじ郵便番号のところに住んでいたが、いつだったか本人から、私の家の近くのスイミングクラブに通っていると聞いたことがある。「えっ、あの駅前の?」「ええ。出くわすかもしれませんね」「いやそれは困るな。いつも無精髭でうろついているから」

＊

川口さんは名前の通りに若狭のどこかの河口付近の生まれで、水泳が得意なのだろう。私は彼女の泳ぐ姿を想像する。もちろん変な意味でではなく、いや多少はそれもあるが、それ以上におそらく彼女の泳ぐ姿は、彼女にとって詩を書くという行為に驚くほど似ているのである。バシャバシャと水しぶきをあげるような派手な、あるいは下手な泳ぎではなく、たぶんもっと静かで、深く水の中を潜行するような泳ぎだ。あるいは場合によっては水の中で停止してしまって、泳いでいるというよりは眠っているようにしかみえないかもしれない。第一詩集『水姫』(このタイトル自体実に意味深いではないか)の冒頭の詩、つまりわれわれが読むことのできる彼女の最初の詩は、現代詩文庫には収録されていないが、まさに「水眠」と題されているのである。この造語の下には、音として睡眠のほかに、スイミングも隠れているだろう。泳ぐことが眠ることに等しいほど、「わたし」は水と親和している。だが水と親和しているのは、より正確にいえば「わたし」の皮膚だ。「わたし」は皮膚の全域で水を感じ、水と戯れ、場合によっては水と一体となる。当然のことながらその交流は官能的であり、また双方向的である。

＊

やがてこの水という限定は取り払われ、都市になり他者になりもするだろう。そこに川口晴美のシャープで蠱惑的な詩の世界が開かれている。都市や他者を、水中と同じような濃いインターフェイスの生じる場に変えること、そのなかで泳ぎ、あるいは眠るようにつとめること。泳ぎはエロスへ、眠りはタナトスへとつながっていき、かつまた、両者は反転しあう。川口的主体が関心を寄せるのはこの出来事あるいは事態であり、あえていうなら、既刊のすべての詩集を通してただひたすらこの出来事あるいは事態だけである。なかでも『半島の地図』は、その集大成ともいうべき名詩集であり、集中たとえば「月曜の朝のプールでは」においては、すべての出発点である「水姫」の経験が反復され、また、反転し合うエロスとタナトスは、殺された少女の視点から生を逆照射する「サイゴノ空」にあますところなく展開されている。

＊

泳ぐこと、眠ること。いや、ここで少し訂正しておかなければならないが、濃いインターフェイスは、ときには川口的主体を強く拘束して、マゾヒズム的快楽の意味深さを与えるということにもなる。背の高い仮縫い師にいつのまにか皮膚を縫われてゆく「わたし」を語る「新宿アルタ前 仮縫う夜」は、その方面での傑作である。ふと思い出した。あれはたしか一九九四年だったか、東京デザインセンターというところで行われた小林康夫プロデュースの朗読パフォーマンスに川口さんと一緒に出演したことがあって、そのおりに、小林さんの思いつきで、なんと私が彼女をゴムロープで軽く縛るということをしたのだ。そう、「やわらかい檻」のように。いまにして思えば、小林さんのすごい直観がはたらいたのであったか。

*

いずれにもせよ、こうして世界はいたるところ界面となり、あるいは皮膜となる。作者に語らせるにしくはない。第三詩集『デルタ』のあとがきに、彼女はこう記している。「たとえば貯水場の壁に沿って歩いているとき、終点の駅で地下鉄を降りるとき、ふいに肌から剝がれて尖っていってしまいそうな感覚を、あわてて言葉にすりかえることがある。(…)すると言葉は刃物みたいに、コンクリートのごつごつした壁や人混みのホームという現実の空間と時間をすうっと切り開くのだ。その裂け目からわたしは、わたしの感覚は、わたしの言葉は流れ出し、扇状に広がってゆく気がする。」きわめて意味深い作者のコメントというべきだろう。発端はここでも主体の皮膚だが、その剝離の感覚が言葉を呼び、呼ばれた言葉は「刃物みたい」に「現実の空間と時間」を切り開くという。つまりまるでそれが皮膜でできているようにということだ。そしてその裂け目からあらためてひろがってゆく「わたしの言葉」の「扇状」、それが川口晴美のテクストということになる。いきおいそれは、界面にふさわしい形式、すなわち散文性への開かれをも獲得してゆく。それは薄められた詩でもなければ、ただの詩情に富む散文でもない。小説に近接しながらも、不思議に詩的強度を保持しつづける散文である。九〇年代初頭に岩成達也は、「いま、新しい詩のモードが川口晴美を選んだ」と書いたが、その通りに彼女は、内容においても形式においても、現代詩に独自の領域をひらいたのである。

＊

川口晴美あるいは皮膚の発見。存在を皮膚や皮膜へとトポロジカルに変換すると、そこに、汲めども尽きぬ豊かな生があらわれてくる。そう、「ヒフノナツ」、「水のさき、ゆびの先」。われわれ読者が「ボーイハント」され、あるいは「ガールフレンド」として招き入れられるのは、そういう世界なのだ。ふたたび川口さんとの会話を思い出す。ほんとうはこう応答すべきだったのだろう。「出くわすかもしれませんね」「それはすてきだな。ぼくも泳いでみたいし」

ひりひり

――杉本真維子を読むということ

忘れられない一枚の写真がある。一九八〇年代中葉だったと思う。とある写真週刊誌に載ったモノクロの一枚だが、のどかな、あまりにものどかな春の昼下がりの路上。そこに、陽気に誘い出されてそのまま昼寝を始めてしまったというように、少女がうつぶせに横たわっている。じつは少女は、絶大な人気を誇るアイドルタレントであって、しかもたったいま、ビルの屋上から飛び降りたところなのだ。頭部の三分の一ほどはアスファルトに陥没している。また、頭部からすこし離れたところには脳漿が飛び散っているが、さんさんと陽射しを浴びて、石ころか犬の糞のようにしかみえない。

二〇〇〇年代を迎えて数年経った頃、私は記憶を大いに呼び覚まされることになる。杉本真維子の第一詩集『点火期』を繙いて、同じこの写真を題材にした詩「あな」に出くわしたからである。

四谷四丁目、サンミュージックビルの前を友達と通った。

ねえここでしょ?

そうここここ。

ここで自殺したんだよね。

そうここで自殺したんだよ。

そうしてふたりは、現場検証さながらに死体の状況を想起していくのだが、そのさなか、ふいに、ある種の魔術的リアリズムがはたらいて、結末はこうである。


そうだよね、ここだよね、ここでこんなふうに死んでたんだよね。

友達は返事をしなかった。

そしてそのまま、二度と起き上がらなかった。


おおむね、このようなインパクトが、杉本真維子の詩には存在している。それをもうすこし説明的に述べるなら、以下のようになるのではないだろうか（哲学科出身の真維子さん、ごめんなさい、舌足らずなことしか書けなくて）。

ある大きな存在にわれわれは捉えられ、とりこめられてさえいて、それが何であるか、あるいは誰であるか、いうことはできないが、それでもときどき、その部分的な対象とわれわれは出くわし接触して、驚きの、いや、おののきの声をあげる。逆に言えば、そのときはじめてわれわれはある大きな存在に気づかされるのであって、その存在がそのまま全体としてあらわれることはないのである。

杉本真維子を読むとは、このいわば、世界の換喩的な切り口にふれるということである。しかも、おそろしくシンプルに、ぶっきらぼうに、それは差し出されるのだ。戦慄なしにこのようなページを読みすすめることはできないだろう。『点火期』から引けば、

蛍光灯を
悪口のように浴びて
剝き出しの背骨を
笑われる
わたしは
きっと間違える
もう
船が心臓を
むかえにくる

（「甘い芽」部分）

第二詩集『袖口の動物』になると、さすがに表現は洗練されてくるが、インパクトの強さはほとんど変わらない。「あかるいうなじ」という詩篇では、「爪を切る音が／まるく／うるんでいる午後」、そういうくつろぎの時間に、やはり平和的というほかない、ベランダで物干し竿を拭く主婦の「うなじ」を主体は眺めているのだが、

それはまるで
水槽を眺めるように
わたしを、吸いこんでいった
そのむごんの
素足のようなうごきに
心を、踏んでほしいとさえおもった
けれど間違い
なかったのだ

わたしを、
捨てるのはあれ、
わたしを、
捨てるのはあのうなじ

たかが「うなじ」なのに、そこには、最初に引いた「あな」のあの現場にも似て、「存在の不気味さ」そのものにつながる換喩的な働きがあるといえる。この作品のつぎに置かれた「いのち」もすごい。今度は全行を引いてみよう。

飴は嚙んではだめ
ゆっくりと溶かしなさいと
そんな、声がする
ふいにかかとに落ちてきた一滴の
ように

わたしは、口のなかに
刃物があったことにきづく
まるく透きとおった、ちいさな固まりが
からころとあかるく
陽だまりのように鳴っていても

突然、歯で潰す
からっぽの一瞬がある
そんなふうにひとは
死をえらぶことがあるのだろう

ゆっくりと溶かしなさい。
そのうそだけがわたしを生かす
おまえの
飴玉は溶けない
たとえ焼かれても
黒こげの口を粉々にこじ開けて去る

最後の転調には、「あな」同様、メタファーを越えた魔術的リアリズムがはたらいているように思う。それから、書き写してみて、杉本作品では句読点の打ち方がすこし変わっていることに気づく。それが独特の違和のリズムを生み出していて、そのリズムが、「うなじ」や「飴」を日常的文脈から脱臼させていくかのようである。

こうしてすべては先端であり切り口であり、あるいは「あな」であり陥没点であり、いずれにもせよ、違和を呼ぶ部分また部分、あるいは不穏な点火の瞬間また瞬間である。事物や事象ばかりではない。不意にあらわれる他者はけっしてなじむことなく、不条理な暴力をはたらいたかと思うと、つぎの瞬間にはもう消えてしまっている。

そういう世界に安らぎや慰めのあろうはずもないが、それはまた、時代の感覚でもあり、とりあえずわれわれはそのなかでひりひりするしかない。このひりひりを書く能力が、責務が、ひときわ、杉本真維子には与えられているのであろう。

小笠原鳥類論

この驚くべき、未知の、摩訶不思議な、そして「素晴らしい」小笠原鳥類の詩の世界を、どう説明すればいいのだろう。絶対的にユニークで、圧倒的に抒情的でない、そして間違いなく狂っているこの詩の世界を。もちろん説明する必要はなく、ただ何かを感じ取ればよいわけだが、それにしても、その何かについてさえ、多少は読み解きたくもなるのではないだろうか、なぜなら、われわれはすべて言語動物なのだから。

と早くもこの詩人の詩の一節――「動物論集積　鳥」のたとえば「特別な驚くべき事件は起こらないだろう。なぜなら動物は全て動物通過だからだ」云々――が乗り移ったみたいになってしまったが、言語と動物、このふたつが小笠原鳥類の詩の世界を構成する最大要素であることはまちがいない。そこで本稿では、このふたつの関係について何か言えるように努めてみよう。

＊

そのまえに、かつて私は小笠原作品をどう読み解いていたか、それをすこし確かめておこうと思う。小笠原作品との出会いは、いまを遡ること十五年前、一九九八年の「現代詩手帖」新人作品欄においてであった。この年の六月から私は、城戸朱理とともにその選者をつとめていたが、埃を被った古いバックナンバーをひっくり返してみると、小笠原鳥類がはじめて登場したのは、一九九八年十月号。

なんといってもはじめて目にした小笠原作品である。冒頭部分を引いておこう。

敵が増大している（一般論です
自分にとって嫌なものは、自分の中で
ふくらむ（犬の卵（犬の卵（犬が
嫌いなので、それについて語ろうと
思っているのですが、犬が好きな人が
「残念ながら」多いので、個と普遍の
バランスがとれたところでしか、私で
ありながら他人でもあるというふわふわの
木星生物は生まれない（ああ。ああ

（「犬」部分）

何だこれは？　と思った。現代詩らしい書法はほとんど使われていない。その意味では稚拙な感じもするが、それ以上になにか不穏な、unheimlich そのもののような言葉のざわつきを感じた。

そこで、選評で私はつぎのようにコメントしている。「今回はまず、小笠原鳥類の発見から始めましょう。と書くとなんだか科学記事のようですが、まさか小笠原諸島にだって以前から鳥類はいたでしょうし、そういうことではなくて、小笠原鳥類という名の未知の人がとても面白い作品を書き送ってきてくれたのです。タイトルは「犬」。鳥類さんが書いたためか、「犬の卵」なんていう奇妙な代物も登場します。ともあれ、犬をめぐって幾重にも折り畳まれた問いが、犬を次第にその表象の外に駆り立て、非・犬に生成変化せしめるような、併せてそして問いそれ自体をも無化してしまうようなプロセスがあざやかです。」

つぎは一九九九年二月号。小笠原鳥類は「虹色脳油、ながれ」(のちに『素晴らしい海岸生物の観察』に所収)という作品を投稿してきた。「海を舞台の空間的想像力が、進化論を逆回ししたような時間的想像力を巻き込んで、なんだかとんでもない地誌を現出させてしまったという感じです。四行一連という形式が与える眩暈のせいもあるのでしょうが、ふとランボーの「酔いどれ船」を思い出しました。それだけではありません。統辞とリズムの妙、といったらいいのでしょうか、独特なセンスに裏打ちされた言葉の運びも魅力的です。そしてそのなかに、「ながさま」とか「くりはらん」とか、わけのわからない奇妙な固有名が異物のように配されていて、つまり詩的な博物誌にもなっているわけです。脱帽。」

「詩的な博物誌」というのは、厳密に言うならこちらの誤読だろう。なぜなら、小笠原世界——以下、絶対的にユニークで、圧倒的に抒情的でない、そして間違いなく狂っているこの詩の世界を小笠原世界と呼ぶことにする——に分類や系統という博物学的手続きは希薄であり、むしろそこにあるのは、混淆あるいは混乱、侵犯あるいは嵌入、無境界あるいはゆらぎやまない境界、などであるからだ。
ちなみにしかし、あとで知ったことだが、このとき小笠原は早稲田の仏文科の学生で、卒論にはなんとランボーを予定していたのである。「ふとランボーの「酔いどれ船」を思い出した」という私の感想は当を得ていたことになる。両方引用しておこう。まず「虹色脳油、ながれ」から。

黒い海面に油が浮かんで、物語を含んで
いることがあり、鯨の虹色脳油だからそれに
耳を澄まさなければならない、私は
脳油に含まれる物語を書かなければならない、

死鯨の砕けた頭から流れ出した脳油が
歌となり、言葉となって全海水を温めている、
冬でも凍らない奇跡、その物語を
書かなければならない、……海から言葉が

ついで、「酔いどれ船」から。

以来、僕は身を浸したよ、《海の

詩》のなかにさ。星々をそそがれ、乳白に輝いて、
緑の蒼穹をむさぼったよ。吃水線はあおざめ、
恍惚として、水死人がときおり、もの思わしげに沈んでゆくよ。

鈴村和成訳『ランボー全集 個人新訳』(みすず書房)から引いた(鈴村訳では「酔いどれ船」は「酔いどれボート」となっている)。ランボーの「僕」が「身を浸した」「海の詩」から小笠原の「脳油が／歌となり、言葉となって全海水を温めている」へ、メタポエティックの次元でのはるかな照応が認められるだろう。

最後に、五月号の、城戸朱理との新人作品合評でのコメント。小笠原鳥類は「「新しい『魚歌』のための讃歌」(のちに『素晴らしい海岸生物の観察』に所収)を投稿してきた。この対談は第三十七回現代詩手帖賞選考も兼ねていて、受賞者に小笠原鳥類と石田瑞穂を私たちは選んだのだった。まず城戸朱理のコメント――「これは例によってふしぎな語彙とふしぎな展開の作品で、とくに「魚関数」などという言葉はいったい何なのか(笑)。「発生から消滅までを記録する」ということになっていますけれども。あるいは「魚」の「つながり」というものが音楽の調和を生むようなイメージがあったり、そういう展開のはてに、「地球は／「一匹の魚に支配されている」。」というある意味ではSFチックなイメージにまで行くわけです。この場合には、関係性は固定されるものではなく、微分を繰り返しながら一つの面に送り返されていくような、そのことによって一つの世界像を提示していくような鮮やかさがありますよね」。これを受けて、私はつぎのように述べた。「サイバ

ーパンクの代表作、ウィリアム・ギブスンの『ニューロマンサー』のなかに世界を支配するウィンターミュートというコンピュータが出てきますが、この詩では、それを動物への生成変化の線に沿って反転させたような魚のイメージになっている。地球の裏側の一匹の魚がすごくホットに、ネットワークの本質みたいなものをわれわれ主体のほうへ伝えてくるような感じですね。魚を中心に置くことによって、視点ががらっと変わる。ネットワークというイメージも変わるし、われわれの置かれている場所、あるいは現在的な主体のもつ感覚も変わる。そういう発想の転換は実に見事だと思います。」

＊

以上に確かめた十数年まえの見解は、いまも基本的に変わらない。そこで冒頭に戻って、言語と動物。両者の関係はどうなっているか。

小笠原作品には実に夥しい数の動物が出てくる。鳥、魚、犬、イルカ、鮫、アライグマ、エトセトラ、エトセトラ。どちらかといえば、陸上生物よりも水中生物が多い気がする。水中生物は快の気分とともに呼び出され、陸上生物とくに犬は嫌悪の情をもって語られているような気もする。ともあれ、各ページは動物の語彙で埋め尽くされているといってよい。このこと自体が、従来の誰のどんな詩にもみられなかった驚異の眺めであり、いったいなぜこんなにも作者は動物にこだわるのか、精神分析学的もしくは病跡学的アプローチを試みたくなるのがヒトの常であろうけれど、それは私の任ではないし、私の主たる関心の赴くところでもない。ここでは以下のことを確かめておくにとどめよう。

まず、動物が出てくるからといって、それはテーマ的に扱われているわけではない。「素晴らしい海岸生物の観察」というタイトルにだまされてはいけない。ありがちな、人間を動物になぞらえて寓話的に語ったり、動物を対象として観察しつつそこからなにかしらの抒情を引き出したりというようなことでは全くないのだ。そしてすでに述べておいたように、それは博物誌的ですらない。

これを要するに、動物はなにがどうあっても主体や対象ではない。それはのっけから複数性を帯びており、あるいは群れとしてあり、それが主体に覆い被さっている、いや、主体に取って代わっている。つまりのっけから、主体の安定した同一性は崩れているのである。

ドゥルーズ風にいうならまさに動物への生成変化が問題となっているのであり、主体はその流れに完全に内在化しているのである。動物は世界への関係性そのものであり、その接続と切断そのものなのである。わかりやすくいえば、関係を関係たらしめる繋ぎ目や空隙や襞、そういったものがたちまちのうちに動物で満たされる。動物はそれらを表象する表現の実質そのものなのであって

——つまり言語なのである。

その証拠に、第一詩集『素晴らしい海岸生物の観察』の冒頭に置かれた「(私は絵を描いていただけだ。／船に遠隔操作の時間差爆弾を仕掛けていたのではない)」というやたら長ったらしいタイトルの詩には、随所の語ないし連辞に恣意的つまりでたらめとしかいいようのないルビがふられているが、それを等号で結べば、「だが」＝「さかな」であり、「海の近く」＝「さかなのないぞう」であり、「青になる」＝「くだのような」、「僕は話をする」＝「さかなのむれ」なのである。

動物＝言語。これこそは小笠原作品の最大の特徴であるといえる。だからといって、動物が表現内容であり、言語が表現形式であるというのではない。動物＝言語は表現内容と表現形式をまさに動物的に混乱させ、混線させ、そうしてなによりも意味深い非意味を導入する。語同士の異様な結合、シニフィアンの自走、シンタックスの脱臼、語調の突然の変化。そうした現象がじつに頻繁に起こるのも、言語＝動物であるからにほかならない。

これらすべてを総合したような位置にあるのが、冒頭でもふれた「動物論集積　鳥」という長大なメタレベル的作品であろう。詩集『素晴らしい海岸生物の観察』の掉尾に置かれている。それによれば、「動物は全て」「動物秘密」であり、「動物絶滅」であり、「動物距離」であり、「動物通過」であり、「動物瞬間」であり、「動物永遠」であり、「動物限界」であり、以下省略、つまりこの世のあらゆる現象が動物に接続され、あるいは動物に切断されるのである。世界とは「小鳥が爆発する」ことである。

以後、汎神論ならぬ汎動物論ともいうべき世界は深まる一方となる。それが全面的に展開されているのが第二詩集『テレビ』であり、ほとんどもう論外あるいは極北、つまりほとんどもう読み得ない書物となっている。みずから迷路をこしらえてそのなかにますます潜り込むような、といってもいいかもしれない。詩集『テレビ』はひとつの巨大な錯乱系である。それはそれで驚異としかいいようがないが、読者は、もしかしたら作者も、無限の循環に落ち込んでいくような戸惑いに襲われないだろうか。

そうした意味では、現代詩文庫に詩集未収録詩篇「寒天幻魚　かんてんげんげ」の一篇として収められている「生き物が多い、楽しい街を歩く一日」という作品——「動物論集積　鳥」をしのぐ長大な作品で、もう詩と呼んでいいかどうかもわからないが——は、錯乱系のいわば出口を示して、循環のほどかれのような、嵐のあとの開放感のような、恢復期にある病人のくつろぎのような、不思議な雰囲気を醸し出している傑作である。引用はしない。読者はぜひそのページを繙かれたい。

＊

そろそろ結論めいた段へと急旋回しても——当座の結論としてなら——許されるだろうか。動物への生成変化。この概念を私は、思わず口を滑らせてしまったという感じでもう何度も言ってしまっているけれど、ここまで動物を強調されると、そう、どうしてもドゥルーズ／ガタリの『千のプラトー』、その「強度になること、動物になること、知覚しえぬものになること」という章を参照せざるを得ない。彼らは書いている——「動物への生成変化は夢でもなければ、幻想でもない。生成変化は完全な現実なのだ。しかし、それはどのような現実なのか？　というのも、動物への生成変化は動物を真似たり、動物を模倣することではないにしても、だからといって人間が「現実に」動物になるのでも、動物が「現実に」別のものになるのでもないことは明らかだからである。生成変化から生まれてくるのは生成変化だけだ。」

だが、さらにはまたつぎのようにも書くのだ。「動物への生成変化だけを過大に評価してはならない。動物への生成変化とは、むしろ中間地帯を占拠する切片だと思われるからだ。その手前には女性への生成変化や子供への生成変化が見られる。中間地帯を越えた向こう側には、元素への、細胞への、また分子状態への生成変化があり、さらには知覚しえぬものへの生成変化がひかえている」。小笠原世界から動物が消えてしまうことはあるまいが、小笠原世界とともに、あるいは小笠原世界の向こう側に、「名づけえぬ波動と見出しえぬ微粒子を宿した連続体」を夢見ていけないわけがあろうか。

いずれにもせよ、小笠原鳥類は孤独である。無人島にいるように孤独である。小笠原世界はほかの誰の世界にも似ていない。ほかの誰も真似することができない。小笠原の登場とともにいわゆる二〇〇〇年代詩は始まったが、厳密に言えば、彼は二〇〇〇年代詩人ではない。究極のところ、詩による他者への開かれの希求、それをもって抒情であるとするなら、そしていわゆる二〇〇〇年代詩がそのような次元での詩的言説空間の更新であったとするなら、彼の世界は徹底して反抒情であり、反時代的である。むきだしで純粋な言語＝動物の跳梁的愉楽あるのみ、波がそれを洗っているのみ。

われわれは彼の孤独に手を差し伸べることはできない。ただ、繰り返すが、その世界が「知覚しえぬものへの生成変化」にまでいたるのを、期待していけないわけがあろうか。あるいは、言語＝動物の呪縛が解かれて、思いのほかふつうの動物詩集めいた景色があらわれることになるのかもしれない。帰趨は神のみぞ知るであろう。だが鳥類よ、たまには外に出て、ヒト並みの逸楽や幸福を追求するふりでもしてみたらどうか。同行しよう。

想像力と批評
――大岡信論のためのノート

机上版広辞苑ほどに分厚い『大岡信全詩集』（思潮社、二〇〇二）を今回あらためて通読し、大岡信の詩の全体像を把握すべく努めたが、とくにその前半、『悲歌と祝禱』『春　少女に』にいたる大岡作品の歩みは、さながらドイツの教養小説を読むかのような趣があった。教養小説とは、ゲーテの『ウィルヘルム・マイスター』に代表されるような、主人公の人格の形成・発展を中心的モチーフとする小説であるが、大岡作品においてもまた、ひとりの若き詩人が、おのれのさまざまな可能性を模索しつつ、ありうべき詩人の姿へと成長を遂げてゆく稀有の物語であるといえる。それがわれわれに深い感動をもたらすのは、詩人の探求があくまでも真摯に誠実に行なわれ、その過程で生じる苦闘の跡も隠されてはいないからである。とはいえ、一貫してそこに、ゲーテ的な明るさにも通じる肯定の精神が認められる。しかも、生成されようとしているのはただの詩人ではない。知と情と意とがともに働き合う、いわば全人的な詩人の誕生が願われているのである。

詩に払われた全人的な努力。それはメタファーの駆使にもあらわれている。詩人の詩人たるゆえんは、古来、言語の本質的な隠喩性をそれと意識して利用するということだが、大岡信は律儀なまでにその本分を貫こうとする。隠喩にしなくてもよさそうな場合でも、とりあえず隠喩的に表現しようとするので、ときに無理があったり、不発に終わったりすることもあるが、それも含めて、大岡信という詩人は実におおらかに肯定的にメタファーを使用する。

戦後の現代詩にあって、「教養小説」的な詩人の物語は大岡信にのみ可能な試みであった。というのも、おのずから大岡信は、さまざまな流れの合流点のような位置に立つことができたからである。まずもって、大地がもたらすものに忠実であった。彼は静岡県三島市の生まれであり、その原風景には富士山系の清冽な水の流れがあったと思われる。彼はなによりも水の詩人であり、バシュラール風にいえば、水、あるいはもっとひろく流体の物質的想像力にはぐくまれたところがある。水、流体、さらには大地的な女性性とのエロス的合一は、この詩人をそのもっとも奥底で突き動かしている力である。このあたりのことは、私はすでに「「丘のうなじ」の詩学あるいは大岡信『春少女に』」(『詩のガイアをもとめて』所収)で論じたので、そちらを参照されたい。つぎには、これと関連するが、歌人を父にもつことによって、古典の素養や大和言葉のセンスをあらかじめDNA的に組み込まれていた。日本語の生理にことのほか通じていたのは、生来というほかない。つぎには、旧制高校的な教養主義という流れ。戦後の現代詩に、「荒地」以降の世代の登場をいち早く印象づけたのは、谷川俊太郎を別格とすれば、旧制高校的な教養主義をバックボーンとした『無言歌』の中村稔であったが、初期の大岡的抒情にもその雰囲気がある。彼は良い意味で知的エリートであり、個の特殊性の表出にとどまらず、時代ないし世代の全体の声を、てらいもなく代表しようとした。そして最後に、これとは逆の方向だが、彼にはまた舶来志向やネオフィリア的なところがあり、国内外のアヴァンギャルドに旺盛な好奇心と柔軟な対応を示し、シュルレアリスム、とくにポール・エリュアールに深く傾倒するようになる。

しかし、多様な知が分立する現代にあって、これらの流れが一個人のなかに合流し融合して全人的な詩人を立ち上がらせるなどということが、はたしてほんとうにありうるのだろうか。詩人として大成するためには、むしろひとつの流れに限定して、それをきわめるべきではないか。好例が、戦後最高の詩人と目される吉岡実だ。吉岡はイメージの狩人、ないしはイメージの職人というおのれの職能に徹して、あのような比類のない詩の空間を築き上げたのである。だが大岡信は、彼自身の言葉を借りれば、あくまでも「あてどない夢の過剰」（「青春」）に忠実であろうとした。あるいは、「だが夜ふけ　おれの客間はむすうのおれでいっぱいだ」（「翼あれ　風　おおわが歌」）という状態に。その結果、大岡信という「教養小説」は、途中から、それ自体の変容と解体を試みるかのような運びになってゆく。そこから、いわばいくつかの意味深いスラッシュが析出されていったのである。スラッシュは見たところ対立もしくは矛盾しあう二項を結びつける。すなわち、伝統／現代、全体／個（「うたげ／孤心」）、陶酔／理性、想像力／批評。二項は極と言い換えてもよいかもしれない。『悲歌と祝禱』所収の詩のタイトルを借りれば、まさに「声が極と極にたちのぼるときに言語が幻語となる」状態である。

なにゆえにスラッシュは意味深いか。まず、スラッシュがイコールでないことはいうまでもない。

また、スラッシュがほかのなにかへと発展解消されることもない。強調したいのはつまり、これらのスラッシュをめぐって、大岡信はあえて弁証法的な解決を求めなかったということである。もし求めたとしたら、案外つまらない「教養小説」の結末を迎えたかもしれない。大岡的主体は、弁証法の宙吊り状態に耐えつつ、言い換えるなら、スラッシュはスラッシュのまま、一方から他方への無限の往還を試みたのである。

なかんずく、ここでは想像力／批評に焦点を絞ろう。もとより両者は偶然出くわしてしばらく行動を共にするというような間柄ではない。詩に近代性が刻印されて以来、それはイエナのドイツ・ロマン主義でもいいし、ボードレールでもいいし、あるいはそれこそわが萩原朔太郎であってもいいわけだが、それ以来、両者は不可分の関係にある。その関係をもっともよく体現したひとりが、日本の近現代詩の歴史にあっては、鮎川信夫であったろうと思われる。たとえば詩篇「アメリカ」に付された「「アメリカ」覚書」。日本近現代詩の歴史において、詩人みずからが自作の一篇の詩にこれほどの深さと広がりと密度で「覚書」を付したというのは、おそらく他に類例をみないであろう。そこにはつぎのような言葉を見出すことができる。「詩が如何に精神を定着しようと試みても、言葉は一連の生のヴィジョンをひきつれてひとりで先へ進む」「私は断片を集積する」「私はやりきれない気持ちでこの作品を放棄する」――驚くべきことに、これらの言葉は、そのままその後の現代詩の命運をも先取り的に語っているように思われる。

大岡信もこのラインを継承したのである。ただし、批判的に。鮎川信夫は「荒地」グループの理念を代弁したが、詩作そのものにおいて想像力と批評とをダイナミックに協働させるというようなことはしなかった。批評は、いってみれば詩作の外側に位置して、透徹した眼を光らせていた。大岡信は、批評にも想像力の熱を帯びさせようとする。

想像力というのは、つきつめて考えれば、何かと結びつこうとする力、何かと一体になろうとする力であり、つまりそれはエロスと呼ぶことができる。一方、批評というのは、逆に何かから身を引き離す力、何かから遠ざかろうとする力であり、それはアイロニーと言い換えることができる。エロスだけだと詩はどこか一本調子になるし、またアイロニーだけだと、血が通っていないということになる。大岡信はその双方、つまりエロスとアイロニーとがはたらきあう場として、おのれの詩を打ち立てようとする。その試みはきわめてオーソドックスであり、しかし同時にきわめて困難である。そもそも、あえて詩論など書かなくとも、すぐれた詩には批評が内在しているし、じっさいそのようにして、詩論なしで済ませた批評的な詩人もいくたりか存在する。しかし大岡はそのような道はとらない。あるときは詩人となり、あるときは文字通りの批評家となって、その一人二役の立場から詩を追い求めようとする。それはある意味、きわめて厳密であって、たとえば『紀貫之』や『うたげと孤心』は、たんなる古典詩歌論であることを超えて、みずからの詩的実践を促し支える理論の書にもなっているのである。

大岡信の詩において想像力と批評がもっともスリリングに絡みあうのは、慧眼の三浦雅士（当時は今井裕康）もつとに指摘していることだが、作品「告知」をめぐってではないだろうか。ことの発端は、エッセイ「言葉の出現」によれば、「一九六六年晩夏のある夕刻、ぼくは薄暗くなってゆく部屋の中で一冊の古ぼけた写真集を見ていた」ときにさかのぼる。「ぼく」すなわち大岡は、「この写真集からよび起されるイメジに、言葉で形を与えたいという欲求」に突き動かされ、記述を試みる。数ヶ月後、ノートに定着されたその言葉の群れをもとに、それを解体し再構築するかたちで、詩篇「わが夜のいきものたち」が書かれ、発表された。ふつうの詩人ならここまでである。ところが大岡は、それから二年後、件のエッセイ「言葉の出現」を書き、そこにおいて、「自分の詩に言葉がどんな風に出現し、それをどんな風に文字という記号の中に定着したか」を示すために、「わが夜のいきものたち」という作品を例に、批評家として、その制作のプロセスをみずから明らかにしようとする。そのさい大岡は、もとになった例の自動記述的な記録と、決定稿ともいうべき「わが夜のいきものたち」と、その両方を全行掲げている。しかしこれも、大掛かりな自作解説として、ほかの詩人でもなしうることなのかもしれない。大岡の場合、その先がまだあったのだ。さらに数年後の一九七二年、詩集『透視図法―夏のための』において、今度はその記録を、ほとんどそのまま、詩篇「告知」として収録するにいたるのである。つまり記録はそのままで作品に昇格したことになる。

何が起こっているのか。三浦雅士を援用すれば、「詩人が批評家になり、批評家が詩人になったのである。「記録」を再構成して作品化した詩人大岡信はむしろ批評家であり、その経緯を発表した批評家大岡信のなかにこそ詩人が潜んでいたのではないか」。

私なりに敷衍すれば、以下のようになる。「告知」は決定稿「わが夜のいきものたち」の草稿ないしは初期形であって、時系列的には逆の順序でそれが発表された、というようなことではもちろんない。ある意味で「告知」は、作品として認知されたその瞬間から、「わが夜のいきものたち」の否定となり批評となったのだ。「告知」は、擬人的にいうなら、選択され構成された言葉の結晶体としての「わが夜のいきものたち」よりも、ふつうにいえば混沌として作品のていをなしていない、つまり意味以前の言葉の蝟集にすぎない自分のほうが、よりすぐれた——というか、より根源的な——作品だとみずから主張しているようなものである。そういう主張はふつう批評の領分だが、しかし三浦はそれこそが詩人大岡信のいさおしだと言うのである。なぜなら、意味以前の言葉の蝟集状態から意味のレベルへと言葉を選び取り構成するような行為こそむしろ批評であり、詩人の行為とは、そのような言語秩序をもとの生成状態へと、そう、いわば原初のカオスへと引き戻すことではないのか。

まとめると、まず大岡信は、表向き詩人として、だがむしろ批評家として「わが夜の生きものたち」を書いた。つぎに表向き批評家として「言葉の出現」を書き、しかしそこに詩人をひそませた。最後に、その詩人の証に、「告知」を詩として発表した。

「わが夜のいきものたち」は表層であり、「告知」は深層であるとも言い換えることができよう。詩人は完成されたテクスト、つまり表層を提示する者ではない。そうではなく、そのいわば原テクストを、つまり深層を提示することができる者のことである。たとえ一回的にせよ、想像力と批評との相互嵌入的な協働によって、大岡信はこのような離れ業をやってのけたのだ。表層が深層になり、深層が表層になったのだ。

深層／表層というもうひとつのスラッシュ。かつて、ジュリア・クリステヴァあたりも、記号論的な立場から、「ジェノテクスト／フェノテクスト」とか「原記号態／記号象徴態」というような概念装置を提唱したことがあったが、それは、西欧伝来の弁証法的な思考法に基づくものであった。ところが、「告知」と「わが夜のいきものたち」の関係は、あくまでも非弁証法的な往還である。その意味では、丸山圭三郎の言語思想を想起させる。いうまでもなく丸山はソシュール研究から出発し、『ソシュールの思想』を著したのち、次第に自前の言語思想へとソシュール理論を深化変容させるべく、たとえば「コードなき差異」というような概念を提示していったのだが、それをさらに、「アラヤ識」という大乗仏教由来の東洋的概念に結びつけようとする。そこで、東洋思想研究の第一人者であり、日本を代表するもうひとりの言語哲学者でもある井筒俊彦の著作も参照すべきかもしれない。名著の誉れ高い『意識と本質』、そこで展開されているのは、分節から絶対無分節へ、絶対無分節から別様の分節へ、という言語活動のダイナミズムである。これを「告知」をめぐるエクリチュールの劇にあてはめれば、分節＝「わが夜のいきものたち」、絶対無分節＝エッセイ「言葉の出現」のモチーフ、別様の分節＝「告知」となろうか。

丸山の「コードなき差異」も井筒の「絶対無分節」も、一九八〇年代に入ってからの、いわゆるポストモダンあるいはポスト構造主義の思想の潮流を背景にした提唱である。それよりも十年以上も前に大岡信は、詩人としての仕事において、直観的に、「コードなき差異」や「絶対無分節」にふれていたことになる。

いずれにしても、想像力と批評は、作品「告知」をめぐって、きわめてスリリングに展開した。それは大岡信という「教養小説」の解体であり、あるいはむしろ、そこからの解放、そこからの自由としての、別様な詩人の物語のはじまりである。じっさい、このあと大岡は、『悲歌と祝禱』（一九七六）『春　少女に』（一九七八）『水府　みえないまち』（一九八一）と、つづけざまにみずからの詩業の頂点を築くことができたのであった。

詩史的補遺。「告知」をめぐるドラマと同じ時期、入沢康夫の『わが出雲　わが鎮魂』が刊行されていることを考え合わせるべきであろうか。周知のように入沢は、この詩集において、本文（「わが出雲」）と自注（「わが鎮魂」）とをともに作品として提示し、詩壇を驚かせたのだった。本稿の文脈でいえば、想像力と批評とを合わせ鏡のように置いたのである。それればかりではない。本文の大部分が他の無数の作品の引用や想起やパロディーから成るテクスチャーないしは寄せ集め細工にほかならないことを、詩集後半の膨大な自注によってみずから明らかにし、作品という名の「神話」——作品は作者のオリジナリティに帰するというような、「作品」をめぐる従来の通念を突き崩していったのである。ロラン・バルト風にいうなら、作品からテクストへ。そのようにして入沢は、戦後現代詩にいちはやくポストモダン的な局面をひらいたのだったが、大岡もまた、おなじ時期、「わが夜のいきものたち」から「告知」へと、独自の観点から作品概念の転換をはかったのだとすれば、両者のシンクロはきわめて興味深い。戦後現代詩のハイライトのひとつであったといえるのではないか。ただ、入沢が作品の〈構造〉を示したのに対して、大岡はむしろ、作品の〈生成〉を示したのである。

シベリアはだれの領土でもない

——石原吉郎論のために

語り得ないものを語ること。それが詩人の身分証明であるが、石原吉郎の詩には、その身分証明がもっともシンプルに、もっとも深く、そしてもっとも痛ましく果たされている。

石原吉郎は誰も経験できないような存在の極限を生きた詩人であり、その意味では私たちからはるかに遠い。しかし、極限からこそ照らし出されるものがある。存在の極限は、私たちになりかわって彼が経験したともいえるのであり、潜在的な可能性としては、いつでも私たちの生の基底をなすものなのである。石原吉郎を読むということは、私たち自身を掘り下げることでもあるのだ。

石原吉郎は、「私の詩歴」というエッセイのなかで、シベリア抑留からの帰路を回想しながら、「おれに日本語が残っていた」と述懐している。やはり強制収容所を経験したパウル・ツェランの、例の「言葉だけが残りました」という発言に似てはいまいか。両者とも、言語に絶するような存在の極限あるいはカタストロフィーをくぐって、なお言葉が残っているというのだ。それは言葉の無力を思い知らされたのち、言葉への信頼を取り戻したということではあるまい。そうではなく、語り得ない存在の極限あるいはカタストロフィーを、それでも語ることができるのは詩の言葉だけだという詩人の深い決意をあらわしているように思われる。石原とツェランは、詩人にとってもっとも根本的な精神を共有しているのである。

極限にあって言葉は、意味よりもまえにざわめくのだ。それは不穏なざわめきである。だがやってきてしまうのだ。詩人はその意味をすべては了解しないままに、いわば書かされるようにして書く。そのようにして生まれたのが、石原の処女作「夜の招待」であり、ひいてはまた、詩集『サンチョ・パンサの帰郷』の全体ではないだろうか。

証言と抒情。一般に証言ならばすぐさまでも可能であり、むしろ時間による忘却や風化をおそれて、なるべく記憶のなまなましいうちにそれはなされようとするだろう。だが、詩はたんなる証言ではない。詩人はすべからく、経験をいったん内的に沈めて、そこからふたたび浮かび上がってくる言葉をこそ書き取らねばならないのである。詩はいわば、もっとも深められた証言としての抒情であり、もっともなまなましく開かれた抒情としての証言なのだ。

石原吉郎の場合、証言と抒情の関係はねじれている。ふつう考えられるように、証言があって、抒情がそれにつづいたというのではない。奇妙なことに、まず証言の不在があって、あるいは沈黙のままの証言があって、それから抒情が、いきなり深められた証言としての抒情が結晶してきた。詩人としてはそれで十分であったのかもしれない。ところが、その抒情を追認するようなかたちで、最後にようやく正真正銘の証言が、堰を切ったようにあふれてきたのである。石原はそれをみずからすすんで行なったのであろうか、あるいは多少ともメディアや読者によって強いられた結果、そのような流れになってしまったのであろうか。いずれにしても、ある意味でそれは致命的であった。なぜなら、いまさらのようになまなましい証言を余儀なくされたそのとき、石原の精神の変調もまたはじまったといってよいからだ。石原はかつて、詩を定義して、「書くまいとする衝動」と述べることができていた。自らに課していたそのような沈黙と言語のバランスが、沈黙するために書くという石原固有の詩作のスタンスが、ある時期を境に、証言という名の饒舌によって崩れてしまったのである。

「荒地」の詩人たちと石原吉郎のちがい、それはどこにもとめられるか。前者は「遺言執行人」つまり死者の代行という立場を選び取ったのであり、そのかぎりで主体の自由は確保されている。また、「遺言執行人」であるためには、どれほど虚無的な生き方をしようと、すくなくとも主体の主体たるステータスが担保されていなければならない。一方、石原にはそれがない。はじめから何かこわれてしまった主体が書いているような趣がある。彼には死者を代行して生きるというような書くべき主題がない。書くべき主題がないのに、なお、勝手に言葉がざわめいている背後があり、夜のようなそれが彼に書かせている。そういう意味ではその後の現代詩の歩みを先取りしているともいえるが、石原の場合そのような書き方は、方法として選び取られたものではなく、いわば不可避的なもの、実存的な要請によるものである。

あれはいつのことだったろうか、レヴィナスの『実存から実存者へ』（西谷修訳）を読みながら、これはそのまま石原吉郎の世界ではないか、と直感的に思ったのは。あるいは、順序は逆だったかもしれない。石原吉郎の詩やエッセイを読みながら、これはそのままレヴィナスの世界ではないか、と思ったのかもしれない。いずれにしても私は、戦後の現代詩をめぐるある討議で、つぎのように発言することができたのである。「これはまったくの思いつきなんですが、最近『ショアー』という映画が上映されて、またアウシュヴィッツというものが問題化されているわけです。そこで戦後詩の中核的部分が存在を問う詩の行為であるとしたら、石原吉郎の場合はレヴィナス的に、存在ではなくて「存在から存在者」へという問いのシフトを実践したのではないでしょうか。あるいは、「イリヤ」の告発。誰でもない生存として「存在」の無限に呑み込まれる状況の告発ですね。ただし、日本的な、ミニマルな表現のかたちを取ってではありますけど。」（『討議戦後詩』）

「沈黙と失語」という石原吉郎のエッセイには、存在の極限での言葉のありようがなまなましく報告されている。ラーゲリの過酷な日常のなかで、石原は徐々に失語状態に陥ってゆく。そんなある日、脱走しようとした囚人が監視兵に射殺されるという出来事が起こる。「監視兵のこの殺意は、あきらかに私の内部に反応をひきおこした。私は私の内部で、出口を求めていっせいにせめぎあう、言葉にならない言葉に不意につきとばされた。それはあきらかに言葉であった。言葉は復活するやいなや、厚いてのひらで出口をふさがれた。一切の言葉を封じられたままで、私は私のなかのなにかを、おのれの意志で担いなおした。一瞬の沈黙のなかで、なにかが圧しころされ、なにかが掘りおこされた。私にとってそれは、まったく予期しなかったことであった。」石原も強調するように、失語と沈黙はちがう。失語はたんに過酷な現実のなかで言葉を失うことであるが、沈黙は言葉を回復する第一歩であり、あるいは言葉を生み出す胎そのものなのだ。失語から沈黙へ。沈黙は失語を取り込みつつ排除するところの、すでにしてひとつの言語活動である。石原はさらにつづけて言う。「この瞬間の衝撃は、帰国後もしばしば私をおびやかした。言葉をとりもどすということは、主体にその用意がない場合、主体そのものの均衡を根底からゆりうごかす。そしてこの均衡こそは、囚人が失語を代償として、かろうじて獲得したものである。言葉は、言葉につらなる一切の眷族をひきつれて、もっとも望ましくないときに、不意をついて訪れる暴君である。」ここには、言葉の甦りのみならず、石原に固有の詩の発生までもが書き込まれているように思える。

石原吉郎におけるユーモア。「人生のリアリティというものは、結局ユーモアでしか理解できないということだ」と石原自身その「ノート」に記している。じっさい、石原のとくに前半期の詩を読んでいると、ときどき、不思議なユーモアを感じることがある。深刻な主題が扱われているときでさえ――いや、石原作品はたいていい深刻であるわけだが――そうなのだ。作品の全体がブラックユーモア、笑えないユーモアの表出ではないかと思われる場合もある。ごく大雑把に捉えるなら、「荒地」派の詩人はイロニーに拠って詩を書き、石原吉郎はユーモアに拠って詩を書いた。私の考えるところでは、イロニーとは主体が自己との距離をつくりだしてそこにメタ的ないし批評的言説を生じさせる心的態度であり、自己の二重化によって、かえって、より強化された主体を生み出す装置であるともいえる。一方ユーモアは、自己をも自己との距離をもひとしく笑いのうちに無化してしまうような、ある種言説のアナーキーである。

詩を定義して石原の言う「書くまいとする衝動」、それは「アウシュヴィッツの後で詩を書くことは野蛮である」というアドルノの言辞に、ある意味で奇妙に応答しているように思える。「そう、たしかに、アウシュヴィッツの後で詩を書くことは野蛮である、だからこそ詩とは、「書くまい」とする衝動なのだ」と。

詩人石原吉郎はどのようにして生まれたか。詩人としての天性の資質というものがあったにしても、そして決定的な実存的契機としてシベリアでの収容所体験があったにしても、もうひとつ、帰国後の石原を襲った戦後社会との違和や齟齬が、詩作を始める大きなきっかけになったことは否めない。帰国してしばらくは、石原は言葉を取り戻した喜びにふるえる。失語から饒舌へ、めくるめくような変転に身を任せる。しかしやがて、自分の発した言葉が相手に通じないという現実にも直面してしまう。言いたいことを相手に伝えたいまさにその局面で、伝達不可能性という言葉のもうひとつの恐るべき可能性を、はからずも思い知らされてしまったのだ。石原は口をつぐむ。いわば第二の失語である。それならいっそ、そもそもが伝達不可能性をベースにしているらしい詩でも書いてみようか。というか、自分にはもう詩という表現手段しか、残されていないのではあるまいか。そう思ったとしても不思議はないだろう。詩とは怒りであるが、ふつうの言語では伝わらない怒りであり、伝達不可能な詩の言語に乗せるしかない怒りなのである。

「私は告発しない。ただ自分の〈位置〉に立つ」――「告発しない」石原の証言の、しかし、いうなれば積極的意味というものを、いまや付与することが可能なのではないか。私がふまえるのは、アガンベンの思想の核心をなすいわゆる生政治という考え方である。名高い「ホモ・サケル」三部作の第三部『アウシュヴィッツの残りのもの』において、アガンベンは問いかけている。収容所における状況のあまりの過酷さのなかで、すでにガス室に向かう以前に言葉を失い、生ける屍と化してしまった者たち、アウシュヴィッツの囚人たちのあいだで「回教徒」と呼ばれていた者たちこそが、完全な意味での証人としての資格を有しているのであり、生き残って証言する者はその代理でしかない。とすれば、人間のもとでほんとうに証言しているのは脱主体化した非‐人間であるということ、人間は非‐人間の受託者にほかならず、非‐人間に声を貸し与える者であるということを意味していることにならないだろうか、と。そして、みずから答えてこう述べているのである。

「「人間」とは中間にある閾にほかならず、その閾を人間的なものの流れと非‐人間的なものの流れ、主体化の流れと脱主体化の流れ、たんに生物学的な生を生きているだけの存在が言葉を話す存在になる流れと言葉を話す存在がたんに生物学的な生を生きているだけの存在になる流れがたえず通過する。これら二つの流れは、外延を同じくするが、一致することはない。この結合の非‐場所たる「人間」という閾において生起するものこそが証言にほかならない。」石原吉郎もこの証言を担ったのだとすれば、いくらか救われるのではないか。

さらにアガンベンを参照せよ。証言は告発よりも深い。そして証言は詩を内在させている。さきに私は、抒情と証言というような二項対置的言い方で、漠然と抒情はパフォーマティブな、証言は事実確認的な記述というふうにみなしたが、アガンベンを参照すると、証言と詩とはべつものではないことがわかる。アガンベンによれば、証言は言語の問題であり、証言がはらむ証言の不可能性という問題を避けて通ることはできない。『アウシュヴィッツの残りのもの』の第一章「証人」においてアガンベンは言う、「証人は、通常は真実と正義のために証言する。そして、その言葉は、この真実と正義から充実と充足を得ている。価値がある。しかしここでは、証言は、本質的には、それに欠けているもののゆえに価値がある。ここでは、証言は、その中心に、証言しえないものを含んでおり、それが生き残って証言する者たちから権威を奪っている」。こうして「証言することの不可能性」を強調したあと、アガンベンはさらにこう書くのである。「詩も歌も、不可能な証言を救出しようとして介入することはできない。反対に、証言のほうこそが、もしできるとすれば、詩の可能性を基礎づけることができるのである。」どういうことか。アガンベンはつぎに、奇跡的にアウシュヴィッツを生き延びたイタリアの作家プリモ・レーヴィが語るひときわ印象的な逸話を紹介する。それはフルビネクという収容所の犠牲となった子供に関するもので、彼は死の床でひとつの単語を繰り返し口にしたのだが、レーヴィをはじめ周りの者は、どれほど理解しようとしてもその単語に何の意味も見出せなかった。「おそらくこの秘密の言葉こそ、レーヴィがツェランの詩の

「雑音」のうちに消失してしまっていると感じたものである。しかしそれでも、かれはアウシュヴィッツで、証言されないものになんとか耳を傾け、そこからmass-klo、matiskloという秘密の言葉を受け取ろうとした。この意味では、おそらくあらゆる言葉、あらゆる文字は、証言として生まれるのではないだろうか。だからこそ、それが証言するものは、けっして言葉ではありえず、けっして文字ではありえない。それが証言するものは、証言されないものでしかありえない。そして、これは、欠落から生まれてくる音であり、孤立した者によって話される非‐言語である。非‐言語を言語が引き受け、非‐言語のうちで言語が生まれるのだ。」この秘密の言葉の聴取と書き取り、この非‐言語と言語との閾が詩の可能性を基礎づける。石原においても、もちろん然りである。

アガンベンはさらに、第三章「恥ずかしさあるいは主体について」でも、キーツやランボーら詩人たちの詩的体験を引き合いに出しながら、「(…)だが、ひとたび言語外のあらゆる現実をぬぎ捨てて、言表行為の主体になると、かれは、自分が到達したのは発話の可能性であるよりも語ることの不可能性であること、あるいはむしろ、自分が統御することも手にすることもできない異言の力によってつねにすでに先取りされていたものであることを発見する」と述べる。この異言の潜勢力こそは詩だ。それはまた『アウシュヴィッツの残りのもの』という表題にもなっている「残りのもの」という概念に結びつけられる。「ヘルダーリンの「残っているものを詩人たちは創設する」というテーゼは、詩人たちの作品は時を越えて永続し残るものであるという陳腐な意味に解してはならない。そうではなく、詩的な言葉はそのつど残りのものの位置にあるものであるということであり、このようなしかたで証言することのできるものであるということである。」アガンベンはそして、詩と証言との結びつきを以下のように同定するのである。「このような言語はなにを証言するのだろうか。事実であれ事件であれ、記憶であれ希望であれ、歓喜であれ苦悶であれ、すでに語られたことのコルピュスのなかに記録できるようなものをだろうか。それとも、語ることを語られたことへと還元することの不可能性をアルシーヴのなかで検証する言表の行為をだろうか。そのいずれでもない。作者が自分の話すことの無能力を証言することに成功する言語は、言表しえないもの、保管しえないものである。そこでは、それを話す主体たちのあとに生き残るひとつの言語が、言語のこちら側に残っている話す者と一致する。その言語は、レーヴィがツェランの作品のなかで「底の雑音」として増大していくのを感じた「闇」であり、語られたものの図書館のなかにも言表されるものの古文書館のなかにも自分の席をもたないフルビネクの非‐言語である。」詩はもっとも深められた証言としての抒情であり、もっともなまなましい抒情としての証言であるという私の定式を、アガンベンによって補強し深化させれば、だいたいこのようなことになるだろうか。繰り返すが、証言と詩はべつものではない。証言は詩を内在させ、詩の可能性を基礎づける。石原のあの一連のエッセイ、その執筆は晩期の石原自身には生活の荒廃をもたらしたのだったが、あの一連のエッセイから、私たちは、証言と言語との本質的な関係を辿るようにして、もう一度『サンチョ・パンサの帰郷』に戻ることができ、その言語を「シベリアの残りのもの」として聴き取ることができるのである。

第一詩集『サンチョ・パンサの帰郷』に所収の「耳鳴りのうた」は、石原作品のなかでも屈指の秀作といってよい。

おれが忘れて来た男は
たとえば耳鳴りが好きだ
耳鳴りのなかの　たとえば
小さな岬が好きだ
（…）
おれに耳鳴りがはじまるとき
そのとき不意に
その男がはじまる
はるかに麦はその髪へ鳴り
彼は　しっかりと
あたりを見まわすのだ
おれが忘れて来た男は
たとえば剝製の驢馬が好きだ
たとえば赤毛のたてがみが好きだ
たとえば銅の蹄鉄が好きだ

銅鑼のような落日が好きだ
笞へ背なかをひき会わすように
おれを未来へひき会わす男
おれに耳鳴りがはじまるとき
たぶんはじまるのはその男だが
その男が不意にはじまるとき
さらにはじまる
もうひとりの男がおり
いっせいによみがえる男たちの
血なまぐさい系列の果てで
棒紅のように
やさしく立つ塔がある
おれの耳穴はうたがうがいい
虚妄の耳鳴りのそのむこうで
それでも　やさしく立つ塔を
いまでも　しっかりと
信じているのは
おれが忘れて来た

その男なのだ

自己の分裂を語るかのような断定調の冒頭二行のあと、「ちいさな岬」というイメージがあらわれる。断定とメタファーと、石原詩学を凝縮したような始まりである。それにしても、「耳鳴り」のインパクトが圧倒的だ。自作解説において石原は、「おれが忘れて来た男」は「シベリヤへ忘れて来た男」と読まれて差し支えないと述べているが、両者を「耳鳴り」が繫ぐのである。「おれに耳鳴りがはじまるとき／そのとき不意に／その男がはじまる」――散文的にいえば、耳鳴りがすると過去のシベリア抑留時代の自分が呼び覚まされるということなのだろうが、それを「その男がはじまる」と表現する。奇妙な言い方であり、それだけになにかしら戦慄的である。あたかもいま生きているのは実存の抜け殻であって、真の実存はまだシベリアにとどまって苦しんでいる、とでもいうかのようだ。結句近くの「やさしく立つ塔」というのは、冒頭の「小さな岬」の変奏であろうが、過酷な極限的状況にはあまり似つかわしくないイメージである。といって、それを帰国後の安堵の空間のなかに移し替えることは、なおのこと不可能である。極限にだけあらわれる「やさしく立つ塔」とはいったい何か。謎を残して、いや、謎を謎のままに輝かせて、石原の詩は終わる。

ところで、「耳鳴りのうた」の「おれ」をいまの私たち自身として読んでいけないわけがあろうか。するると、「おれが忘れて来た男」は石原吉郎そのひとなのだ。石原吉郎から私たちへも、耳鳴りはつづいている。

石原吉郎の戦後を思うとき、ニュアンスは大分違うが、私はたとえばフランス語圏カリブ海の大詩人エメ・セゼールを連想する。苛烈な植民地の枷から逃れようと、宗主国フランスに活路をもとめようとする若きエリート黒人セゼール。だがやがて、黒人性にめざめた彼は、厭うべき故郷の島に戻って、反植民地文学の金字塔『帰郷ノート』を書く。「耳鳴りのうた」は、いわば石原の「帰郷ノート」ではないだろうか。いや、『サンチョ・パンサの帰郷』という詩集のタイトル自体がなんとも意味深長であると言わざるを得ない。それは二段構えなのだ。第一の帰郷は文字通り日本への、しかしそこからもう一度シベリアへと「帰郷」するもうひとりのサンチョ・パンサがいるのだ。そのとき、

シベリヤはだれの
領土でもない

（「やぽんすきい・ぼおぐ」部分）

シベリアはひとりひとりの単独者のための領土であり、またそれぞれの単独者が他者へとおのれを開く脱領土であり、異言の潜勢力がざわめき、詩の可能性が基礎づけられるほとんど未知の証言の大地である。

可能性としての石原吉郎。「単独者」にしても、「位置」にしても、「断念」にしても、すでに語ら

れすぎるほど語られてきた。それらは、それ自体としてもすぐれた詩的認識の言葉であると思う。ただ、いかんせん静的である。それ自体として閉じているような、同一性に安らぎ固着してしまっているようなところがある。可能性としての石原吉郎は、したがって、位置が位置としてゆらぎ出すことのうちに、断念がより存在論的にたとえば切断と言い換えられることのうちに、そして単独者がそれ自身他者であるような単独者に変容しつつ、単独者同士の共同体へと動き出すことのうちに、もとめられるだろう。可能性としての石原吉郎は、こうして、アガンベンが提唱した政治哲学――「到来する共同体」――にさえ結びつく。そこに私は、言葉のアナーキーによって実存を耐え抜く者の、つまり詩を書き詩を読む者の共同体という面を加えたい。

石原吉郎を読んできて、そのもっとも感動的な場面のひとつは、名前の喪失と回復をめぐる出来事ではないだろうか。石原のエッセイ「詩と信仰と断念と」で語られている、バム地帯での痛切なエピソード。あの失われた名前の、あの「壁に刻まれた姓名」の対極にあるのが、たとえば詩「フェルナンデス」におけるこのファーストネームの発話であるように思われる。

フェルナンデスと
呼ぶのはただしい
寺院の壁の　しずかな
くぼみをそう名づけた

ひとりの男が壁にもたれ
あたたかなくぼみを
のこして去った
〈フェルナンデス〉
しかられたこどもが
目を伏せて立つほどの
しずかなくぼみは
いまもそう呼ばれる
ある日やさしく壁にもたれ
男は口を　閉じて去った
〈フェルナンデス〉
しかられたこどもよ
空をめぐり
墓標をめぐり終えたとき
私をそう呼べ
私はそこに立ったのだ

——生きるとはくぼみを残すことである。単独者という名のくぼみ。それは私たちのそれぞれがこの地上にたしかな実存者の重みとして存在したということの証である。そこでは存在がいわば重力としてはたらいたのだ。だが同時に、そのくぼみにフェルナンデスという名が与えられるとき、存在の重みは解き放たれ、軽やかさを得て今度はあたかも上昇し始めるかのようだ。フェルナンデスという固有名にはそのシニフィアンの響きのほかに何の意味もない。意味がないからこそ存在を軽くすることができるのである。このくぼみ、そしてそこでのこの固有名の回復——要するにこの幸福、ほとんど恩寵といってもよいこの幸福のまえでは、石原における信仰の問題も、また晩年の悲惨も、すべては溶融してしまうかのようだ。石原吉郎が私たちにもたらしてくれる贈り物のうち、おそらく最大のものがそこにはある。

結語に代えて

危機を生きる言葉。２０１０年代現代詩クロニクル。いま、それを閉じるにあたって、なおつきまとういくつかの想念を、結語に代えて——

危機を生きる言葉？　そうかもしれない。そうではないかもしれない。むしろさえずり、難解なさえずり、あるいは狂気、言語が言語として晴れわたる前のとびきりプラズマな狂気、あるいは悲鳴、浅い深淵のうえで身体のようにそよぎ波打つ悲鳴、あるいは怒り、世界の影のパートを秘儀さながら光に変えてしまう怒り、あるいはめぐらし、ハアハアきれぎれの閾でもある息のめぐらし、あるいはヴィーナス、むきだしの元素たちが飛び交う無修正リアルな肌のヴィーナス、あるいは、あるいは——

危機を生きる言葉！　あれはいつのことだったか。平林敏彦の『戦中戦後　詩的時代の証言』についておおよそ以下のように書評したことがある。地と図という。ある事象が歴史化されるというのは、地から図が浮かび上がって、図だけがみえるようになることであろう。たとえば戦後の詩。それは鮎川信夫、田村隆一ら「荒地」派の詩人たちによってきりひらかれ、谷川俊太郎らの第二世代に引き継がれていった、とみるのがふつうである。ところが、平林敏彦の『戦中戦後　詩的時代の証言』は、そういう図が浮かび上がるためには、膨大な地の存在が必要であったという忘れがちな事実に目を向けさせる。しかもその地たるや、流動してやまず、そのうごめきのたびに刻々と図の模様を変えてゆくのである。本書はいわば、戦後の現代詩を始源の混沌の状態に戻して、そこでのみ可能だった詩と詩人たちのドラマを描き出そうという試みである。そしてその試みは見事な成功を収めている。著者は「荒地」にこそ参加しなかったが、戦中戦後の混乱期を生き抜いた筋金入りの詩人であり、また、いくつかの重要な詩誌を創刊した辣腕の編集者でもあった。本書のタイトルに「証言」という言葉があるゆえんである。しかし、ただの証言ではない。達意の文体によって、若き詩人たちの群像がじつに生き生きと描かれており、こんな詩人がいたのか、こんな詩が書かれていたのか、といううれしい驚きに私は何度も打たれた。それにしても、詩人とは（私もその一員だが）なんと不思議な人種であろうか。およそ実利的なものはもたらさない詩というものに、それこそ寝食を忘れて没頭する。ましてや、死と隣り合わせの極限的状況にあった戦中や、食うや食わずで焼け跡をさまよわねばならなかった戦後すぐの時期に、いったいどうして詩への情熱を燃やしたりすることができたのだろう。いや、それはちがうのだ。人間存在の根底にあるのは言語であり、そのまた精髄が詩である。そういう確信があるからこそ、もしそれが危機にさらされている場合には、詩人は常にもましてアクションを起こすのだ。戦中戦後の混乱期を、著者がそれでも「詩的時代」と呼んでいることには、おそろしく深い詩人の批評精神が込められている。詩は不幸な時代にこそ豊かに結実するのかもしれない。

危機を生きる言葉？　あるいは、言葉を生きる危機。言葉を使う、言葉とともに生きる、それが普通の人のステージなら、言葉を生きる、それが詩人のステージだ。たとえ危機の時代にあろうとも。たとえ言葉を生きることが、視聴覚文化の優位や情報の砂によって、かぎりなく困難にみえるような時代にあっても。すなわち、言葉を生きる危機。それは統覚的に秩序正しく言葉を運用することではない。そうではなく、むしろ、言葉の自律的な運動に翻弄され、他者の言葉にきりもなく横断されながら、そこでなお叫んでいる主体の声があるということである。

危機を生きる言葉！　たとえば石原吉郎の「葬式列車」を読む。「葬式列車」とは、直接には、かつて、シベリアの強制収容所に虜囚を送り込んだ移送列車のことである。作者石原吉郎はその虜囚のひとりであった。この詩はそういう特異な体験にもとづいて書かれている。あくまでも幻想的なタッチで、虚構としての処理がなされてはいるが、それでも、シベリア虜囚の経験がなければ、つまり石原吉郎でなければ書けなかった作品である。そこにおいて詩人の経験の単独性特異性はきわだっている。しかしそれだけではない。そこに書かれているのはたしかにひとつの極限であるとしても、その極限は私たちと無縁ではない。たとえば病院だ。誰でも病院に行けば、そして入院でもすればなおのこと、多少ともこの「葬式列車」の乗客のような気分にならないだろうか。じっさい私も、一昨年入院を経験して、自分の身体がただ体温や脈や血圧や尿量といった徴候の集まりに還元されてしまったかのように感じたが、夜、眠れないままにさらに横になりつづけていると、まるで下りエレベーターに乗ったときのように、徴候としての身体は、私の意識を置き去りにしてどんどん沈みつづけ、ついに夜の底、いや底なき底にふれたような気がした。そうか、これがレヴィナスのいう「夜の経験」、労働収容所で啓示のように彼にもたらされたという、「私が存在する」とはちがうべつのもっと恐ろしいあの非人称的な「ある（イリヤ il y a）」の経験なのかと、ふたたびベッドのレベルまで浮上して私は思った。同時にそして、石原吉郎の「葬式列車」が、はじめて読んだときのような鮮烈さで思い出されてきたのである。そしていわゆる3・11以降を生きるわれわれ、あるいはもっとひろく、なにかしら危機的臨界的な状況を生きているともいえるわれわれにとっても、奇妙に切実に、聞き逃せないものとして、石原吉郎の声が響き始めているのではないか、そんな気もするのだ。われわれのこの社会、多少の自由はあるらしいが、それと引き換えに容認するにはあんまりな、洗練されたこの隷属のシステム、それを誇張的に「葬式列車」と呼んでいけないわけがあろうか。じっさい、見方によっては破局に向かっているとしか思えない現今の社会経済システム（『「知の技法」入門』（二〇一四）という対談本のなかで小林康夫と大澤真幸はそれをタイタニック号になぞらえている）は、私たちの「やりきれない遠い未来」そのものであろうし、「誰が機関車にいるのだ」とはつまり、誰がこのようなシステムを動かしているのか、誰が私たちを支配し統御しているのか、という問いにも通じてゆく。厄介なのは、私たち自身においてさえ支配と被支配の、管理と被管理の関係が、ストライプ模様のようにうねり、錯綜していて、いずれか一方だけを取り出すのがむずかしいということだ。まさにミシェル・フーコーが、そしてジョルジョ・アガンベンがいうところの、生権力、生政治にも通じてゆくようなこうした状況をさして、繰り返すが、「葬式列車」と呼んでいけないいわけがあろうか。

危機を生きる言葉？　あるいは未知への痕跡、と題されたエルンスト・ブロッホの本があった。なんとすてきなタイトルだろうと思った。飽かず眺めているうちに、言葉の流動が始まった。未知への痕跡は未知からの痕跡と言い換えられ、やがて両者は区別がつかなくなり、そこから、未知とも痕跡ともつかぬ何かが浮かび上がってくる。

危機を生きる言葉！　たとえば私の究極の夢、というか希望は、もう刻限となってこの場を離れなければならなくなったとき、しかし手だけが残って、まだなお何か書きつけていることだ、ちょうど首を切られた鶏が、それでもまだしばらくは痙攣的に歩きつづけているように。手だけが残って、そこだけ時間の外の明るみのように、手だけが、あるいは手へと、私は深く永く脱自して、どこか葡萄のひとふさのようにみえるのにちがいない。

危機を生きる言葉。なおつきまとう想念はただひとつ、言葉という触手は、逆説的ながら、たとえばカタストロフィーがそうであるところの、言葉にならない事象のほうに向かうという習性をもっており、その習性においてだけ、私たちは言葉に信を置くことができるということ。また、当の言葉にならない事柄のほうでも、言葉の触手にさわられてはじめてその神秘の相をひらくということ。

もちろんこんな秘儀めいた事象は、苛烈な市場原理――そこでは売れるかどうかだけが問題だ――に貫かれた現代社会にあって何の意味もなく、役にも立たない。しかしだからこそ、詩は今日、市場原理のくびきから解放されたもっとも自由なジャンルといえるのではないだろうか。現行の経済システムの限界はすでに見え始めており、いつの日かこの奇妙な自由に目を向ける人々も出てくるかもしれない。本書はその希望に向けて刊行される。

謝辞

本書は、『散文センター』（思潮社、一九九六）、『二十一世紀ポエジー計画』（同、二〇〇一）、『詩のガイアをもとめて』（同、二〇〇九）につづく、私の四冊目の——そしておそらくは最後の——時評的詩論集です。

二〇一一年一月から二〇一四年十二月まで、私は読売新聞紙上の「詩の月評」を担当しました。東日本大震災と福島第一原発事故があったのは、開始後まもなくのことでした。したがって「詩の月評」の四年間は、3・11のカタストロフィーのあとの、（本文でも再三言及しましたが）パウル・ツェランの名高い言葉を引用するなら、「それ、言葉だけが、失われていないものとして残りました。そうです、すべての出来事にもかかわらず」というようなその「言葉」を追い求めた四年間でした。これほど状況に寄り添って詩を観測しつづけた数年というのは、私にとっても例外的な時期であったといえます。五十回にも及ぶその月評を加筆して本書第一部「*Chronicle*」へと編み上げましたが、それらのページはそのままこの時評的詩論集の中核をなすといってさしつかえありません。本書タイトルを『危機を生きる言葉』とし、またその副題を「2010年代現代詩クロニクル」としたゆえんです。月評執筆時、ほとんど二人三脚的な伴走を惜しまれなかった読売新聞文化部の待田晋哉さんと金巻有美さんに、心からの謝辞を捧げたいと思います。

第一部には、つづいて、公明新聞に私が持っているコラム「今月の詩集」のうち、二〇一五年以降のものを、「クロニクル２０１５〜２０１８」としてまとめました。学芸部の森嶋繁嗣さんに謝意を表します。

第二部「*Poets*」には、ここ十年ぐらいのあいだに、諸紙誌の求めに応じて書かれたさまざまな詩人についての文章を集めました。なんとたくさんの詩人について論じてきたことかと、いまさらのように驚いています。

最後に、現時点における詩についての私の認識を、「イントロダクション」と「結語に代えて」に分けて書き下ろしました。といっても、いずれも書評や詩についての断章をパッチワーク状に繋ぎ合わせたもので、ここだけ、遊びつつ書くという愉楽をみずからに許したといえるかもしれません。

こうして多方向的多次元的に本書は成りましたが、今回も出版は思潮社に委ねました。代表の小田久郎さんには例によってお礼の言葉もありません。また、初出時にお世話になった編集部の諸氏、とりわけ今回の編集の労を執られた遠藤みどりさん、ありがとうございました。

二〇一九年　厳冬

野村喜和夫

泳ぐこと。眠ること。——川口晴美の詩の世界
　『現代詩文庫 196・川口晴美詩集』(2012 年、思潮社)
ひりひり——杉本真維子を読むということ
　「詩の練習」2 号、「杉本真維子特集」、2010 年 9 月
小笠原鳥類論
　『現代詩文庫 222・小笠原鳥類詩集』(2016 年、思潮社)

　＊

想像力と批評——大岡信論のためのノート
　「詩の練習」26 号、2016 年 3 月
シベリアはだれの領土でもない——石原吉郎論のために
　「現代詩手帖」2015 年 8 月号

結語に代えて
　書き下ろし

初出一覧

イントロダクション——二〇一九年の時点から
　書き下ろし

Chronicle
クロニクル 2011 - 2014
　「読売新聞」2011 年 1 月 12 日付 - 2014 年 12 月 23 日付
クロニクル 2015 - 2018
　「公明新聞」2015 年 1 月号 - 2018 年 12 月号

Poets
詩人吉本隆明
　「図書新聞」3058 号、2012 年 4 月 14 日
詩論のエートス、詩学のパトス——五冊の谷川俊太郎論をめぐって
　「現代詩手帖」2014 年 9 月号
北川透さんから学んだこと
　「現代詩手帖」2015 年 2 月号
「赤壁」私解——吉増剛造という極限
　「詩の練習」27 号、「特集 オシリスから石狩シーツへ」、2016 年 8 月
中心紋まで——吉田文憲論のためのメモランダム
　「現代詩手帖」2014 年 6 月号
遠い、とても遠い—— ——稲川方人『聖 - 歌章』を読む
　「現代詩手帖」2008 年 3 月号
喉に城を築く——広瀬大志論トライアル
　『現代詩文庫 230・広瀬大志詩集』（2016 年、思潮社）
ミトコンドリア系素描
　「現代詩手帖」2012 年 11 月号
時間のなかに在る者が……——齋藤恵美子小論
　『現代詩文庫 235・齋藤恵美子詩集』（2017 年、思潮社）

や

ら

わ

は

ま

た

な

索引

あ

野村喜和夫（のむら　きわお）
1951年埼玉県生まれ。早稲田大学第一文学部日本文学科卒。戦後生まれ世代を代表する詩人のひとりとして、現代詩の先端を走りつづけるとともに、小説・批評・翻訳なども手がける。詩集に『川萎え』、『反復彷徨』、『特性のない陽のもとに』（歴程新鋭賞）、『風の配分』（高見順賞）、『ニューインスピレーション』（現代詩花椿賞）、『街の衣のいちまい下の虹は蛇だ』、『スペクタクル』、『ヌードな日』（藤村記念歴程賞）、『デジャヴュ街道』など。選詩集に『現代詩文庫141・野村喜和夫詩集』などがある。小説に『骨なしオデュッセイア』、『まぜまぜ』、評論に『現代詩作マニュアル』、『萩原朔太郎』（鮎川信夫賞）、『証言と抒情——石原吉郎と私たち』、『哲学の骨、詩の肉』など。また、英訳選詩集『Spectacle & Pigsty』で2012 Best Translated Book Award in Poetry (USA)を受賞。

危機《きき》を生《い》きる言葉《ことば》——2010年代現代詩《ねんだいげんだいし》クロニクル

著者
野村喜和夫《のむらきわお》

発行者
小田久郎

発行所
株式会社 思潮社
〒一六二—〇八四二　東京都新宿区市谷砂土原町三—十五
電話〇三（三二六七）八一五三（営業）・八一四一（編集）
FAX〇三（三二六七）八一四二

印刷・製本所
三報社印刷株式会社

発行日
二〇一九年八月十五日